SINA JUNKER

Wenn es Liebe regnet, braucht man keinen Schirm

FSC
www.fsc.org
MIX
Papier aus verantwortungsvollen Quellen
Paper from responsible sources
FSC® C105338

Impressum:

Sina Junker
c/o easy-shop
K. Mothes
Schloßstr. 20
06869 Coswig (Anhalt)

Herstellung und Druck über tolino media GmbH & Co. KG, München.
Printed in Germany

Wenn es Liebe regnet, braucht man keinen Schirm

Sina Junker

1. Auflage, Juli 2022

Lektorat: Anja Koser

Bei diesem Roman handelt es sich um eine fiktive Geschichte. Orte, Events, Markennamen und Organisationen werden in einem fiktiven Zusammenhang verwendet.
Alle in diesem Buch geschilderten Handlungen und Personen sind frei erfunden. Ähnlichkeiten mit lebenden oder verstorbenen Personen wären zufällig und nicht beabsichtigt.

Verwendete Fotos:
©DesainKireina ©pixabay ©Natalya Antuanetto ©PavelVectors ©sketchify ©DKDesignz, ©Aleksander, Cover erstellt mit Canva

ISBN: 9783754675830

KAPITEL 1

Nur keine Panik! Beim erneuten Blick auf die Unterlagen, die ich in der Hand hielt, raste mein Herz wie wild und meine Hände begannen zu zittern. Mit schwitzenden Fingern strich ich das Papier nochmal glatt, um mich zu vergewissern, dass das Gedruckte auch nicht verschwand. Eine so große Summe hatte ich schwarz auf weiß zwar schon gesehen, jedoch war sie nie mir bestimmt gewesen.

Doch das Anschreiben meines Galeristen Nohr Carlsen war eindeutig. Er hatte während einer Vernissage Kontakte geknüpft. Eigentlich hatte er vorgehabt, eines meiner neuen Bilder, die den Sonnenuntergang über Tideborg zeigten, zu verkaufen, aber es schien, als habe es jemanden gegeben, der meine Bilder als so überzeugend empfunden hatte, dass er sein gesamtes Wochenendhaus mit meinen Arbeiten einrichten wollte.

Dass er dabei die Summe von drei Millionen Kronen – 403000 Euro – bezahlen wollte, war für mich schier unfassbar.

Entweder glaubte der unbekannte Käufer, ich sei eine bekannte Künstlerin und diese Summe wäre normal oder aber Nohr hatte sein Verhandlungsgeschick bewiesen und diese Summe ausgehandelt. Sollte Letzteres der Fall sein, würde ich mich unbedingt bei ihm revanchieren müssen.

Ich hatte mir in Dänemark bislang noch keinen großen Namen

als Malerin gemacht, konnte aber zumindest von meinen Bildern leben.

Malen war für mich mehr Leidenschaft und Ausdruck meiner Liebe zur Natur und ein Ventil, meine Kreativität nach außen zu tragen, als dass es mir zuallererst ums Geld verdienen ging. Ich wollte einzigartige Momente festhalten und diejenigen, die meine Bilder betrachteten, einladen, sich in jedem Detail zu verlieren. Ich liebte es, die Schönheit der Natur an der dänischen Westküste einzufangen. Auch die kleine Bucht, die sich in die große Nordsee öffnete und in der mein Strandhaus stand, hatte sich schon oft als Motiv auf meinen Leinwänden wiedergefunden.

Da mich dieser große Auftrag ziemlich überforderte – warum wollte dieser jemand gerade mich als Künstlerin für sein Stranddomizil engagieren? – beschloss ich, meine Schwester Anni um Rat zu fragen. Anni lebte mit ihrem Verlobten Magnus nur wenige hundert Meter von mir entfernt in einem wunderschönen Strandhaus aus grauem Holz und großen Glasfronten, gegen das mein beschauliches Heim wie ein Schuhkarton wirkte. Dennoch liebte ich mein Strandhaus und würde es für kein anderes Haus auf der Welt tauschen.

Ich steckte die Unterlagen zurück in den Umschlag, hängte meinen Malkittel an den dafür vorgesehenen Haken neben der Tür und eilte die schmale Holztreppe hinab, die von meinem Atelier ins unten liegende Wohnzimmer führte.

Das kleine Strandhaus, in dem ich seit einigen Jahren lebte, gehörte einst unserer Oma Inge, die als Haushälterin in Magnus' Familie gearbeitet hatte, bis sie an einem Krebsleiden gestorben war.

Anni und ich hatten unsere Oma jedes Jahr in den Sommerferien in Dänemark besucht und ich hatte es immer genossen, unserer Heimatstadt Hamburg für eine Weile den Rücken kehren zu können.

Ich hatte mich schon viele Wochen vor den großen Ferien darauf gefreut, Oma Inge zu besuchen. Die Sehnsucht nach Stunden am Strand, dem rauschenden Meer und dem Dünengras, das bei den vielen Spaziergängen, die wir unternahmen, an meinen Waden entlang streifte, wuchs fühlbar von Tag zu Tag.

Die kleine Muschel, die unsere Oma mir geschenkt hatte, als ich fünf Jahre alt war und die, hielt man sie an sein Ohr, das Meeresrauschen imitieren sollte, trug ich immer in meinem Schulranzen mit mir. Wenn die Sehnsucht nach Oma Inge und Tideborg zu groß zu werden drohte, hielt ich mir mit geschlossenen Augen die Muschel an mein Ort und träumte mich für einen kurzen Moment nach Dänemark. Als Träumerin hatten einige meiner Mitschüler mich damals betitelt und wollten mich mit ihren Aussagen ärgern und kränken. Aber an mir prallten schon damals die Äußerungen der anderen Kinder ab. Meine Eltern bestärkten mich und vermuteten, dass meine Mitschüler neidisch darauf waren, dass ich die Möglichkeit hatte, viele Wochen im Jahr am Meer zu verbringen.

Als unsere Oma vor sieben Jahren verstarb, traf mich ihr Tod vollkommen unvorbereitet und ich war tieftraurig. Trost hatte ich in der Zeit besonders im Malen gefunden.

Waren meine Bilder kurz nach Oma Inges Tod noch schwarze Kohlezeichnungen, die meine trübe Stimmung widerspiegelten, wurden sie von Monat zu Monat heller und freundlicher und das tiefe Schwarz fand sich immer seltener auf meinen Leinwänden wieder.

Als ich bei der Testamentsverlesung erfuhr, dass Oma Inge mir ihr Strandhaus in Tideborg vererbt hatte, erschien mir das wie ein Wink des Schicksals. Ohne überlegen zu müssen, packte ich meine Koffer und verstaute die wichtigsten Dinge aus meiner Zweizimmerwohnung in Kartons, kaufte mir einen alten Transporter und fuhr gen Norden an die dänische Nordseeküste.

Da ich die maritime Einrichtung in Oma Inges Strandhaus immer sehr gemocht hatte und ich es zudem nicht übers Herz brachte, mich von den Möbeln zu trennen, entschied ich, die Möbel in meiner Hamburger Wohnung zu verkaufen und sie nicht mit nach Dänemark zu nehmen. Von den Einnahmen richtete ich mir mein kleines Atelier im Dachgeschoss des Strandhauses ein.

Hier in Dänemark fühlte ich mich frei und konnte meiner Kreativität freien Lauf lassen. Die Schönheit und Einzigartigkeit von Tideborg ließ meine Pinsel wie von selbst über die Leinwand streichen.

Als meine Schwester Anni vor fast zwei Jahren ebenfalls nach Tideborg kam, war mein Glück nahezu perfekt. Zwar hatte Anni nur vorgehabt, zwei Wochen zu bleiben, um eine Auszeit von Hamburg zu bekommen, da sie sich von ihrem damaligen Freund getrennt hatte. Als sie und Magnus von Linnenberg, mit dem wir schon als Kinder viel Zeit verbracht hatten, sich aber wiedertrafen, hatten die beiden zum Glück nach einigen Irrungen und Wirrungen zueinandergefunden. Mittlerweile hatte auch Anni ihren Lebensmittelpunkt von Hamburg nach Tideborg verlegt und lebte nun in meiner unmittelbaren Nähe.

Als ich durch die Terrassentür ins Freie trat, wirbelte der Wind meine blonden Haare durcheinander und ließ mich aufschrecken. Ich hatte mir erst vor wenigen Tagen meine langen Haare auf einen kinnlangen Bob kürzen lassen und war noch nicht daran gewöhnt, dass meine Haare dem Wind ausgeliefert waren.

Immer wieder versuchte ich, die umherwirbelnden Strähnen aus meinem Gesicht zu streifen und gleichzeitig mein Gesicht gegen die Sonne abzuschirmen. Obwohl es heute, was durchaus nicht selten vorkam, besonders windig war, schaffte die Wärme der Sonne es dennoch, dass ein Sommergefühl entstand. Das Thermometer kletterte jeden Tag ein wenig höher und hatte gestern bereits 24 Grad angezeigt, was für unsere Verhältnisse einem wahren Sommerinferno glich.

Ich hielt den Brief fest und rannte die Holztreppe, die von meiner Terrasse direkt an den Strand hinunter führte, hinab. Für mich gab es keinen schöneren Ort zum Leben als Tideborg. Von meinem Haus aus hatte ich den besten Blick über das Meer und wenn der Himmel wolkenfrei war, bildeten das Wasser und der Horizont eine Linie. Doch auch im Winter, wenn die Tage kürzer erschienen, graue Wolken den Himmel bedeckten und der Nebel über die Dünen kroch, verlor Dänemark nicht an seinem Reiz. Der Kamin in meinem Esszimmer brannte dann beinahe unentwegt und ich liebte es, nach getaner Arbeit in eine Decke eingekuschelt auf dem Sofa zu sitzen und hinauf aufs Meer zu schauen. Dass meine Schwester nun fast neben mir wohnte, machte jede Jahreszeit noch schöner. Wir verbrachten viele Abende gemeinsam, tranken Tee, Schorle oder das ein oder andere Glas Rotwein und konnten uns bis tief in die Nacht unterhalten.

Der Wind drückte meine weite Leinenhose eng an meinen Körper. Barfuß rannte ich über den Strand und wirbelte mit jedem Schritt noch mehr Sand auf, als es der Wind bereits tat. Nur selten nahm ich den Weg über die Straße, um vor ihrer Haustür zu stehen, lieber ging ich den Strandweg entlang, denn jede Sekunde am Strand war eine gewonnene Sekunde.

Nach wenigen hundert Metern hatte ich Magnus' und Annis Strandhaus erreicht und stapfte die Treppe, die hinauf zu ihrer Terrasse führte, hoch. Es war in Dänemark nicht unüblich, dass man das Grundstück von anderen Leuten einfach betrat und auf sich aufmerksam machte. Eine Klingel besaßen die meisten Häuser eh nicht. Entweder klopfte man, rief oder stand eben einfach auf der Terrasse. Dänemark war gesellig, wenn man sich kannte. Es dauerte eine Weile, bis man Freundschaften schloss, aber wenn man jemanden seinen Freund nennen konnte, war man sich dessen sicher.

Durch die große gläserne Front konnte ich in das Innere des Strandhauses sehen. Anni stand hinter ihrer Kücheninsel und war dabei, Gemüse zu schneiden.

Ich klopfte an die Terrassentür und meine Schwester hob ruckartig ihren Kopf. Die beiden Hunde Fina und Bella kamen bellend angerannt und zappelten hinter der Glastür aufgeregt herum. Anni eilte zur Tür und schob den großen Flügel der Tür zu Seite, um mich eintreten zu lassen.

»Hej«, rief ich über den pfeifenden Wind hinweg.

»Hej Stine, komm schnell rein. Der Wind peitscht heute extrem gegen die Fenster.« Wie, um Besagtes zu unterstreichen, bekam ich einen Schubs und eine Windböe fegte über uns hinweg.

Halb gehend, halb stolpernd trat ich ins Innere.

»Was hast du da?« Anni deutete mit einem Kopfnicken auf den Umschlag in meiner Hand. Sie drehte sich um, nahm zwei Gläser aus dem Schrank und goss sprudelndes Wasser hinein.

»Puh. Das habe ich heute bekommen … von Nohr«, begann ich.

»Von Nohr Carlsen? Deinem Galeristen?«

Ich nickte.

»Und? Was ist es?« Verdutzt schaute Anni mich an. Es fiel mir schwer, in Worte zu fassen, was in dem Schreiben stand, also reichte ich ihr den Umschlag wortlos.

Vielleicht hatte ich mich auch verlesen oder etwas falsch verstanden. Doch während Anni den Brief las, weiteten sich ihre Augen. »Das ist aber was«, sagte sie und atmete hörbar auf. »Weißt du, was das bedeutet?«

»Dass ich jetzt viel Arbeit habe?«, warf ich ein und versuchte zu grinsen. Ich merkte jedoch, dass es mir nicht gelingen wollte und mein Gesicht bestimmt einer Fratze glich.

»Nein, Quatsch«, empörte sich Anni und kam um die Kücheninsel herum. »Es bedeutet, dass das dein Durchbruch ist. Stine, du hast es geschafft.« Sie schrie beinahe, als sie das sagte und ganz langsam kamen ihre Worte bei mir an und sickerten durch meinen Gehörgang in mein Gehirn.

Hatte sie recht? Sollte es wirklich so sein? War dieser Auftrag der Beginn einer Karriere als Künstlerin?

»Magnus, hol' den Champagner«, rief sie aufgeregt. Schwere Schritte kamen den Flur entlang und Magnus tauchte im Wohnbereich auf. Seine große, breite Statur nahm so viel Raum ein, dass alles um ihn herum beinahe winzig wirkte. »Was soll ich holen? Oh hej Stine.«

»Hej Magnus.« Meine Antwort klang immer noch leicht benommen. Ich war noch nicht wieder in der Realität angekommen, sondern hing noch zwischen den Worten *großer Durchbruch* und *geschafft* fest.

Anni hatte anscheinend keine Schwierigkeiten, das Gelesene zu verarbeiten. »Champagner, Aquavit oder was du sonst findest.«

»Gibt es etwas zu feiern?«, wollte er wissen.

»Und ob.« Anni drehte sich um, schob die Wassergläser beiseite und nahm stattdessen vier Sektgläser aus dem Schrank.

Die Gelassenheit meiner Schwester hätte ich in diesem Moment gerne gehabt. Eigentlich war ich doch diejenige von uns beiden, die immer entspannt war, nie zu viel nachdachte und das Leben lebte, wie es kam. Doch scheinbar hatte die große Zahl auf Nohr Carlsens Anschreiben meine Gehirnzellen eingefroren, sodass sie nur noch langsam arbeiten konnten. Wobei, so entspannt konnte Anni nicht sein, wenn sie vier Sektgläser bereitstellte, wo wir doch nur zu dritt waren.

Magnus nahm ihr das Blatt aus der Hand, las es, drehte es um und las es scheinbar noch einmal. Im Gegensatz zu seiner Verlobten blieb er dabei allerdings vollkommen ruhig.

»Was sagst du?«, wollte ich von ihm wissen. Meine Sprache hatte also endlich zurück zu mir gefunden.

»Ich weiß nicht...«

»Wie, du weißt nicht?« Anni riss ihm den Brief aus der Hand. »Das ist doch großartig oder nicht? Hast du die Summe gesehen, die dieser Kerl für Stines Bilder zahlen will?« Ihre Stimme überschlug sich beinahe und ich dankte meiner Schwester lächelnd.

»Habe ich. Gerade deswegen bin ich etwas stutzig.«

Ich horchte auf. Nicht, weil Magnus weniger enthusiastisch als Anni reagierte, sondern weil er nicht nur ganz Tideborg persönlich kannte, sondern gefühlt halb Dänemark dazu. Magnus lebte schon viel länger hier und war durch den Einfluss seiner Familie in gehobenen Kreisen aufgewachsen und hatte wahrscheinlich auf unzähligen Veranstaltungen ziemlich viele Leute kennengelernt.

»Was weißt du über diesen … Stieg Jansen?«, wollte er von mir wissen.

Ich zuckte mit den Schultern. »Ehrlich gesagt nichts. Kennst du ihn denn?«

Magnus schüttelte den Kopf. »Nein, der Name ist mir noch nie begegnet.«

Anni entzog Magnus das Blatt und fuhr mit dem Finger die einzelnen Zeilen nach. »Dann rufen wir ihn einfach an«, sagte sie voller Überzeugung. »Hier stehen doch seine Kontaktdaten. Warum nicht also einfach anrufen?«

Auf meine Schwester war Verlass. Wenn sich bei Magnus' Worten ein kleiner Zweifel in meiner Magengegend breitgemacht hatte, zerstörte Anni ihn damit sofort.

»Sehr gute Idee. Ich rufe ihn an und stelle auf Lautsprecher. So könnt ihr mithören. Sollte ich danach noch unsicher sein, kann ich den Auftrag immer noch ablehnen.« Obwohl ich das sagte, stand für mich bereits fest, dass ich den Auftrag annehmen würde. Ich schätzte es sehr, dass Magnus vorsichtig war und sich Gedanken machte. Aber alle Entscheidungen, die ich bislang in meinem Leben getroffen hatte, hatte ich aus dem Bauch heraus getroffen. Nicht immer war ich damit erfolgreich gewesen, aber zumindest hatte ich etwas gewagt und das würde ich auch dieses Mal machen.

Weitere Schritte waren aus dem Flur zu hören und wenige Sekunden später tauchte Rasmus auf. Wie lange war er schon im Haus? Ich hatte ihn gar nicht gehört. Rasmus hatte die Angewohnheit, unbemerkt aufzutauchen und genauso schnell wieder zu verschwinden. Vielleicht, weil er Polizist war und das zu seinem Beruf gehörte. So viele Polizisten kannte ich allerdings nicht, als dass ich meine Theorie hätte überprüfen können. Jetzt ergab das vierte Sektglas Sinn.

»Stine«, sagte er einsilbig.

»Hej Rasmus, wie geht's dir?«, fragte ich ihn.

Er schaute nacheinander in alle Gesichter, als wollte er die

Situation und die Stimmung scannen. Als er bei mir angekommen war, war es, als ließe er seinen Blick über meinen gesamten Körper wandern, bis er an meinen Augen hängen blieb. Ein kurzes Zucken an seinem rechten Mundwinkel kam zum Vorschein, so schnell, dass man es nicht wahrnehmen konnte, wenn man nicht genau hinsah. Ich kannte Rasmus bereits, seitdem ich vor sieben Jahren nach Tideborg gezogen war, eine Freundschaft hatte sich allerdings nie zwischen uns entwickelt, vielmehr hatte ich das Gefühl, als würden wir einer Feindschaft entgegensteuern. Er verhielt sich meistens unfreundlich, wenn er sich überhaupt dazu herabließ, mit mir zu sprechen. Ich konnte nicht verstehen, warum er so unfreundlich war und konnte ihn nicht leiden. Am Anfang gefiel er mir. Das erste Mal, als ich ihn sah und meine Freundin Marlies ihn mir vorstellte, hatte ich das Gefühl, ein Feuerwerk explodiere über mir, aber Rasmus' Verhalten hatte mir schnell einen Dämpfer verpasst. Seitdem beschränkte sich unser Kontakt auf ein Minimum und das würde sich auch in Zukunft nicht ändern.

Dass er mich an diesem Tag mit meinem Namen ansprach, war beinahe eine Besonderheit.

Ohne auf meine Frage zu antworten, trat Rasmus neben Magnus. Die beiden gaben ein durchaus bemerkenswertes Bild ab. Sie waren fast gleich groß und so breit gebaut, dass man vermuten könnte, zwei American Footballspieler vor sich zu haben. Beide waren ähnlich wortkarg, mit dem Unterschied, dass Magnus dabei stets freundlich und zuvorkommend war und man sich immer auf ihn verlassen konnte. Ob das auf Rasmus auch zutraf, wusste ich nicht, so weit waren wir nicht im Ansatz gekommen.

»Darf ich?« Rasmus nahm Magnus den Brief aus der Hand und riss mich damit aus meinen Gedanken.

Er überflog den Text, wobei seine Augen hin und her sprangen.

Einen kurzen Moment dachte ich, seine Kieferknochen hervortreten zu sehen, aber wahrscheinlich hatte ich mich geirrt.

»Dein neuer Auftrag?«, wandte sich Rasmus an mich. Direkt und ohne Umschweife.

Ich schluckte die kurz aufkommende Enttäuschung herunter, dass er nicht einmal auf meine Frage nach seinem Befinden geantwortet hatte und versuchte, souverän zu antworten. »Ja. Ich wollte Stieg Jansen gerade anrufen und zusagen.«

»Wie, zusagen?«, kam es von meiner Schwester. »Ich dachte, du wolltest erst einmal anrufen, um dir sicher zu sein.«

»Habe ich mir gerade anders überlegt. Ich bin mir sicher. Ich nehme den Auftrag an.« Es war eine Riesenchance für mich, mir als Künstlerin einen Namen zu machen. Wenn Stieg Jansen mit meiner Arbeit zufrieden war, würde er mich bestimmt weiterempfehlen und ich vermutete, dass jemand, der so viel Geld für Kunst ausgab, auch viele Freunde, Bekannte oder Geschäftspartner hatte, die ebenfalls über das nötige Geld verfügten, um die eigenen Wände mit einem individuellen Bild zu schmücken. So könnte ich den ein oder anderen Folgeauftrag an Land ziehen.

»Ok, aber dürfen wir trotzdem zuhören, wenn du ihn anrufst?«, bat Anni mich. »So hätte ich bestimmt ein besseres Gefühl.« Sie versuchte, mich mit ihrem Augenaufschlag zu überreden, der, da war ich mir sicher, bei Magnus nie seine Wirkung verfehlte. Bei mir war er zwar überflüssig, aber ich wusste, dass Anni sich schnell Sorgen machte und im Gegensatz zu mir Sicherheit brauchte. Also stimmte ich zu und griff in die Hosentasche meiner Leinenhose, um mein Handy hervorzuziehen.

Jedoch griff ich ins Leere. Ich musste das Handy im Atelier liegen gelassen haben.

»Sorry, ich habe mein Handy zu Hause vergessen. Dann rufe ich von dort aus an und erzähle euch, was dieser Jansen gesagt hat.« Gerade wollte ich Rasmus den Brief aus der Hand nehmen, und mich auf den Rückweg machen, als er mir sein Handy vor die Nase hielt.

»Du kannst meins nehmen.« Verwirrt über seine plötzliche Hilfsbereitschaft schaute ich ihn skeptisch an. Rasmus räusperte sich. »Das würde deiner Schwester bestimmt schlaflose Nächte ersparen.«

»Würde es«, warf Anni ein und grinste breit.

Seufzend nahm ich Rasmus sein Handy aus der Hand und tippte Stieg Jansens Nummer ein. Dann drückte ich die Anruftaste, stellte die Lautsprecherfunktion ein und legte das Handy auf die Kücheninsel, sodass alle mithören konnten.

Als das Freizeichen erschien, beugten wir unsere Köpfe über das Display und ich spürte die Spannung im Raum. Es war wie früher, als wir als Kinder Telefonstreiche gemacht hatten und die Luft anhielten, weil wir nie wussten, wer am anderen Ende der Leitung war.

»Ja, Stieg Jansen hier«, nahm eine tiefe Stimme das Gespräch entgegen. Der Klang dieser dunklen, leicht rauen Stimme ließ eine Gänsehaut auf meinen Armen und im Nacken entstehen, als würde eine ganze Ameisenfamilie sich einen Weg über meinen Körper bahnen. Für diese Stimme hätte er zumindest schon mal einen Oscar verdient. Ich schluckte und war unfähig zu antworten.

»Stine«, flüsterte Anni. »Sag was.«

Sie hatte recht. Wenn ich nicht wollte, dass Stieg Jansen jeden Moment wieder auflegte und mein Auftrag damit möglicherweise beendet war, bevor ich ihn überhaupt annehmen konnte, musste ich etwas sagen.

»Hej Stieg. Stine Wagner hier«, begann ich und hoffte inständig, dass Stieg Jansen meine Anrede nicht übergriffig fand. In Dänemark war es normal, sich zu duzen, auch wenn man sich nicht kannte. Es unterstrich das Gemeinschaftsgefühl, die Verbundenheit, das entspannte Miteinander.

»Stine, wie schön, dass Sie anrufen.« In Ordnung, dann also diese Variante. Ich atmete erleichtert aus, denn die Freude in Stiegs Stimme war unverkennbar zu hören. »Dann haben Sie mein Angebot erhalten. Wann wollen Sie anfangen?«

Anni schnaufte leise und schaute mich mit zusammengezogenen Augenbrauen an. »Das geht zu schnell«, flüsterte sie fast tonlos.

Ob mich Stiegs Art nicht verschreckte, weil mich bei jedem

Wort, das er sagte, ein erneuter Schwung wandelnder Ameisen überzog oder weil es mir imponierte, wie selbstsicher er war, wusste ich nicht genau. Was ich aber ganz sicher wusste, war, dass ich das Richtige tat. Mein Entschluss stand unumstößlich fest.

Ohne auf den schmerzverzerrten Blick meiner Schwester, Magnus' skeptische Miene oder Rasmus' malmenden Kiefer zu achten, gab ich Stieg meine Antwort. »Wann es Ihnen passt. Ich habe Zeit und kann sofort anfangen.«

Rasmus stieß sich bei meinen Worten von der Kücheninsel ab, wandte sich abrupt um und trat aus meinem Sichtfeld. Da ich unter keinen Umständen meine Aufmerksamkeit vom Telefonat abschweifen lassen wollte, blickte ich mich nicht nach ihm um. Keine Ahnung, was sein Problem war. Vielleicht war er ähnlich wie Anni der Sicherheitstyp und konnte nicht verstehen, warum ich aus dem Bauch heraus zusagte. Es sollte mir auch egal sein, denn ich hatte Wichtigeres zu erledigen.

Stiegs tiefes Lachen, das selbst durch das Telefon in meiner Brust vibrierte, ließ mich fast aufseufzen. Ich schaffte es in letzter Sekunde aber noch, den aufkommenden Ton herunterzuschlucken, um die anderen nicht noch mehr zu verärgern. Denn das waren sie. Ich konnte es an ihren Gesichtern ablesen. Zumindest an denen von Anni und Magnus. Rasmus konnte ich nicht mehr sehen, aber ich spürte, wie es in ihm brodelte.

»Wie wäre es Morgen? Oder ist das zu spontan?«

Ok, das ging schnell. Aber das war gut. Je eher ich beginnen konnte, desto besser. »Nein, das ist perfekt.«

Ich überhörte Annis Schnaufen und redete weiter. »Wohin soll ich denn kommen?«

»Ich schicke Ihnen meine Adresse auf Ihr Handy. Dann sehen wir uns um zehn.«

»Perfekt. Aber haben Sie ...« Weiter kam ich nicht, denn Stieg unterbrach mich mitten im Satz. »Tut mir leid, Stine, ich habe einen Anruf auf der anderen Leitung. Bis dann.« Damit legte er auf und ich verpasste die Chance, ihm mitzuteilen, dass er meine

Handynummer gar nicht hatte, sondern seine Adresse an Rasmus Kirkegård schickte.

»Das lief doch super«, versuchte ich herauszufinden, was in den Köpfen der anderen vorging.

Anni rieb sich mit geschlossenen Augen die Schläfen und Magnus stand vollkommen still neben ihr. Es war nicht unüblich, dass er nichts sagte. Magnus war ein Mann weniger Worte und man konnte gut mit ihm schweigen, ohne dass eine unangenehme Stille sich ausbreitete. In diesem Moment wünschte ich mir aber, er wäre weniger stumm und würde mir seine Gedanken mitteilen.

Anni fand ihre Sprache als Erste wieder. »Nett war er ja.« Ich wusste, wie viel Überwindung es sie kostete, das zu sagen. Sie tat es nicht aus Überzeugung, sondern weil sie mich damit unterstützen wollte. Anni kannte mich gut. Besser als jede andere verstand sie, wie ich dachte und was in mir vorging. Und sie wusste, dass es keine Möglichkeit gab, mich umzustimmen, wenn ich mich einmal festgelegt hatte.

»Nett?«, kam es von Magnus. Er hatte also weniger Hemmungen, mir seine Meinung zu offenbaren. »Ich fand ihn übergriffig, arrogant und unfreundlich.« Er schnaufte. »Wie kann er davon ausgehen, dass du den Auftrag annimmst, ohne dass ihr konkret über die Details gesprochen habt? Er hat dir gar keine Wahl gelassen, Stine.«

Magnus' Worte machten mich wütend. Wie konnte er nur vom Schlechtesten ausgehen? Und warum regte er sich so auf? Es war meine Entscheidung, nicht seine.

»Er ist eben ein Mann, der weiß, was er will. Ich fand ihn selbstsicher und hinreißend.« Ich schlug mir die Hand vor den Mund. Der letzte Teil war so schnell aus meinem Mund herausgeschossen, dass ich ihn nicht hatte zurückhalten können.

»Dann pass besser auf, dass er nicht noch andere Sachen will«, schnauzte Magnus. Anni legte ihm beschwichtigend die Hand auf den Arm und bekam im Gegenzug einen Kuss auf ihren Scheitel. Die beiden waren ein absolutes Traumpaar. Sie verstanden sich ohne Worte und bildeten eine Einheit, die durch nichts auseinanderbrechen konnte.

Wütend schnaubte ich. Darauf würde Magnus keine Antwort bekommen. Und sollte der Fall eintreten, dass zwischen Stieg und mir je etwas laufen sollte, würde ich den Teufel tun, ihm etwas davon zu sagen. Wobei … bei meinem Glück war Stieg Jansen ein alter, untersetzter Herr, der nur über eine atemberaubende Stimme verfügte. Außerdem besuchte ich ihn nicht, um ihn zu daten, sondern um für ihn zu malen und Geld zu verdienen. Ich war Künstlerin und nicht auf der Suche.

Bevor Rasmus neben mir stand, spürte ich bereits seine Anwesenheit direkt hinter mir. Ich wusste, dass er während des Telefonates nicht so nah hinter mir gestanden hatte, denn das hätte ich gemerkt. Seine Art brachte mich ständig zum Kochen und ich musste mich oft zusammenreißen, ihm keine Schimpftiraden entgegenzuschleudern, was ich ab und an natürlich trotzdem tat, weil er mich so auf die Palme brachte.

Ich drehte meinen Kopf in seine Richtung, weil ich wusste, dass er gleich an meiner rechten Seite auftauchen würde.

Seine grünen Augen durchdrangen mich förmlich und war es bei Stieg Jansens Stimme eine Ameisenfamilie, die über mich gerannt war, war es in diesem Augenblick eine ganze Horde. Oder eine sehr große Ameisenfamilie, inklusive Nichten, Neffen, Schwippschwager und entfernten Tanten. Mein Herzschlag setzte einen Moment aus und mein Mund fühlte sich staubtrocken an. Ich war beinahe unfähig zu schlucken. So, als würde man einen Löffel Zimt in seinen Mund nehmen und versuchen, ihn zu essen. Es war schier unmöglich. Ich hasste Rasmus dafür, dass er so unverhofft neben mir aufgetaucht war und mich anstarrte.

Ohne etwas zu sagen, trat Rasmus dicht neben mich, wobei sein Arm meine Seite streifte. Er griff an mir vorbei und langte nach seinem Handy.

»Die Adresse leite ich dir gleich weiter«, sagte er nur, steckte sich sein Handy in seine Gesäßtasche und ging in den Flur in

Richtung Haustür.

»Du hast meine Nummer doch gar nicht«, rief ich ihm hinterher.

Ohne seinen Schritt zu verlangsamen, ging er zur Haustür, öffnete sie und war schon halb durch die Tür verschwunden, als er mir seine Antwort über die Schulter hinweg zurief. »Die gibt Magnus mir.«

Durch die offene Bauweise in Magnus' und Annis Haus konnte ich von der Kücheninsel durch den Flur und den gläsernen Eingangsbereich auf den Hof schauen.

Rasmus stieg auf sein Motorrad, warf mir einen letzten durchdringenden Blick zu, setzte sich seinen Motorradhelm auf und raste so schnell vom Hof, dass der Kies hinter ihm aufwirbelte.

Ich schüttelte den Kopf. Was war das heute? Männer-Arschloch-Tag?

KAPITEL 2

Mit einem leisen *Klick* zog Anni die Terrassentür hinter uns zu, Bella und Fina wirbelten um uns herum. Sie nutzten jede Gelegenheit, um nach draußen zu rennen und am Strand zu spielen.

Gerade konnte ich sie gut verstehen. Ich brauchte jetzt auch die Nordseeluft, die mir um die Nase pustete, um mir das Durchatmen zu erleichtern.

»Puh, das ist ganz schön viel Neues«, sagte Anni, während wir die Stufen zum Strand hinuntergingen.

»Ich freue mich auf jeden Fall. Ich kann Magnus nicht verstehen. Er ist immer so misstrauisch. Man muss doch auch einfach mal etwas wagen.« Ich genoss den warmen Sand unter meinen Füßen und hatte ich eben noch versucht, meine Haare wegen dem Wind zu bändigen, genoss ich es jetzt, von den Böen durchgepustet zu werden.

»Magnus ist einfach nur vorsichtig. Er möchte nicht, dass du eine falsche Entscheidung triffst«, sagte Anni und ging barfuß neben mir her.

»Schließlich bin ich seine Schwägerin in spe, willst du damit sagen?«

»So kann man es auch nennen«, lachte Anni. Die Hochzeit von meiner Schwester und Magnus sollte im nächsten Sommer stattfinden. Die beiden waren ein tolles Paar, für mich so etwas wie ein Traumpaar. Im letzten Jahr hatten sie nach fünfzehn getrennten Jahren wieder zusammengefunden und ich könnte nicht glücklicher für meine Schwester sein. Als ich sie anschaute und ihren verträumten Gesichtsausdruck sah, war mir sofort klar, dass sie das Gleiche dachte wie ich.

»Du hast großes Glück, Anni. Und niemand verdient es so sehr wie du.« Ich drückte sie an mich und hauchte ihr einen Kuss auf die Wange.

»Manchmal kann ich es selbst kaum fassen. Aber ja, ich bin glücklich.« Sie strahlte mich über das ganze Gesicht an und die Sonne, die gleißend hell vom Himmel schien, hätte neidisch werden können, ob des Strahlens, das von Anni ausging. »Aber sag mal.« Sie blieb abrupt stehen. »Was ist denn da zwischen dir und Rasmus?«

Ich verschluckte mich bei ihren Worten und begann zu husten. Bella und Fine kamen angerannt und liefen um meine Beine. Das taten sie immer, wenn sie das Gefühl hatten, jemandem ginge es schlecht. Zumindest auf die Hunde war Verlass.

»Wie, was ist das zwischen uns? Gar nichts ist da. Wie kommst du darauf?«, versuchte ich abzulenken, denn eigentlich wusste ich selbst nicht, was es war. Wir konnten uns nicht ausstehen und manchmal wusste ich nicht, wer die größere Abneigung gegen den anderen hegte.

»Ich sehe doch, wie er dich anschaut.«

»Wie denn?«, wollte ich wissen. Mir war nicht aufgefallen, dass Rasmus mich anders betrachtet hatte als sonst. Meistens war er kurz angebunden, mal mehr, mal weniger unfreundlich, mehr nicht.

»Keine Ahnung, so, als wollte er die Lage ergründen. Und als wäre ihm dein Telefonat mit Stieg Jansen nicht recht. Hast du bemerkt, wie plötzlich er eben abgehauen ist? Rasmus ist zwar eher der nüchterne Typ, aber so kannte ich ihn gar nicht.«

Ich konnte mir ein Grinsen nicht verkneifen. Rasmus und nüchtern … wenn Anni wüsste, dass Rasmus und ich letztes Jahr auf dem *Havnefestival* den ein oder anderen Aquavit getrunken hatten und er alles andere als nüchtern war, würde sie ihn so nicht mehr bezeichnen. Und dass er betrunken äußerst niedlich sein konnte, behielt ich ebenfalls für mich. Rasmus hatte es anscheinend ebenfalls vergessen, denn seine miese Laune war wie eh und je.

»Er ist Polizist, vielleicht muss man da so sein«, antwortete ich stattdessen.

Anni lachte. »Wie denn? Immer ohne große Worte von dannen ziehen?«

»Vielleicht musste er zu einem Einsatz?«, versuchte ich Rasmus' Abgang zu erklären.

»Und woher wusste er davon? Hast du sein Diensthandy klingeln hören? Oder hat er den Einsatz gerochen?« Anni schien das Thema brennend zu interessieren. So kannte ich meine Schwester gar nicht. Sie sah in allem und jedem nur das Beste und war der herzlichste Mensch, den ich kannte. Eigentlich war sie weniger wie eine Bulldogge, die sich festbiss und nicht mehr losließ, aber vielleicht färbte es ab, da sie selbst einen Hund dieser Rasse besaß.

»Es ist doch auch egal, oder?«, wurde ich etwas ungehalten. Ich hatte keine Lust, über Rasmus zu sprechen. Er war ja noch nicht einmal ein Freund. Und er war der Letzte, mit dem ich mir etwas Ernsteres vorstellen konnte, von komplizierten Männern hielt ich mich lieber fern, dafür waren mir meine Zeit und meine Nerven zu lieb und teuer.

»Ok, genug von Rasmus«, lenkte Anni ein. »Was hältst du stattdessen von Jansen?«

»Er klang … nett, oder?« Dass sich beim Klang seiner Stimme eine Gänsehaut über meinen ganzen Körper ausgebreitet hatte, verschwieg ich lieber. Es reichte, dass Anni heute Rasmus analysieren wollte, da brauchte ich ihr nicht noch Futter für einen weiteren Mann geben.

»Nett?«, quietschte sie. Ok, sie hatte das Timbre in seiner

Stimme also auch gehört. »Er klang heiß«, grinste sie.

Ich merkte, wie meine Wangen sich rot färbten. So sehr ich versuchte, meine gesamte Willenskraft darauf zu verwenden, meine ursprüngliche Gesichtsfarbe wieder herzustellen, merkte ich zu meinen Leidwesen, dass sich Hitze und Schamesröte in meinem Gesicht ausbreiteten. Das war der Nachteil meiner hellen Haut. Man konnte mir meine Stimmung oft einfach im Gesicht ablesen. Ich hätte mir tonnenweise Make-up darüber schmieren können, um jegliche Farbe zu verdecken, aber das würde mich zu sehr an irgendwelche Schönen und Reichen erinnern, die mich eindeutig abschreckten.

Anni blieb stehen und knuffte mir in die Seite. »Wusste ich es doch. Du fandest seine Stimme auch heiß.« Triumphierend lächelnd schaute sie mich an. Wartete sie wirklich auf eine Antwort?

Ich ging an ihr vorbei, direkt ins seichte Wasser und blieb erst stehen, als mir das kühle Nass bis zu den Waden reichte. Wenn es etwas gab, was meinem überhitzten Körper Abhilfe verschaffen konnte, dann war es die Nordsee. Das Wasser hier in Dänemark war immer erfrischend – manche würden sagen kalt – aber ich konnte nicht verstehen, warum so viele Leute in den Süden flogen, um im lauwarmen Meer zu baden. Da konnte ich genauso gut in meine Badewanne steigen. Ich liebte die kühle, raue Nordsee schon immer. Seitdem ich sie als kleines Kind das erste Mal betreten hatte, konnte ich mir nichts Schöneres vorstellen, als die Wellen um mich herumschwappen zu spüren. Ich schloss meine Augen, inhalierte die Meeresbrise und konzentrierte mich auf das Wasser, das bei jeder Bewegung eine andere Stelle meiner Waden traf.

»Egal, ob Stiegs Stimme heiß war, oder nicht. Ich will für ihn arbeiten, nicht ihn daten.«

Anni trat neben mich. »Das weiß ich doch. Entschuldige, wenn ich dich bedrängt habe.« Sie legte mir einen Arm um die Schulter. Und da war sie wieder: meine friedfertige Schwester, die es nicht ertragen konnte, auch nur eine Minute schlechte Stimmung zu spüren. Es war ziemlich leicht, sich mit Anni zu streiten, sie gab nämlich fast immer nach. »Du wirst einen tollen Job machen und ich bin mir sicher, Stieg Jansen wird begeistert von dir und deinen Bildern sein.«

»Wenn er begeistert von meinen Bildern ist, reicht mir das schon. Aber etwas aufgeregt bin ich schon. Dieser Auftrag ist riesig, so viel Geld wurde mir noch nie für meine Bilder geboten. Das darf ich nicht vermasseln.«

»Das wirst du nicht. Ich glaube an dich. Du bist eine begnadete Künstlerin, Stine.«

Ich drückte meine Schwester fest an mich. »Danke, Anni.« Gemütlich gingen wir an den Strand zurück, an dem Fina und Bella bereits auf uns warteten. Grinsend kraulte ich Finas Hals. »Sie wird wohl nie eine Wasserratte, oder?«

»Nein«, lachte Anni. »Leider muss sie damit leben, direkt am Meer zu wohnen. Aber zumindest hat sie Gefallen am Strand und den Möwen gefunden.« Fina machte um jeden Wassertropfen einen großen Bogen. Anni hatte erzählt, einmal mit ihr geschwommen zu sein, aber ein zweites Mal hatte sie sich nicht getraut, ins Wasser zu gehen.

»Ich gehe jetzt rüber und packe meine Sachen, die ich morgen zu Jansen mitnehme.« Ich beendete Finas Streicheleinheit, was diese mit einem Fiepen quittierte.

»Kommst du danach rüber und berichtest, wie es es gelaufen ist?«, fragte Anni. Ich wusste, dass sie versuchte, nicht zu aufdringlich zu sein. Am liebsten hätte sie mich bestimmt auf meinen Termin begleitet, um sich selbst ein Bild zu machen.

»Das mache ich. Bis morgen.«

»Bis dann, kleine Schwester.«

Augenrollend drehte ich mich um und ging am Strand entlang zu meinem Haus. Für Anni würde ich immer die kleine Schwester bleiben, was ich ja korrekterweise auch war. Aber mittlerweile war ich nicht mehr zwölf, sondern siebenundzwanzig, aber ich hatte aufgegeben, sie darauf hinzuweisen. Einmal kleine Schwester, immer kleine Schwester.

Es gab Dinge, die änderten sich nie. Manche Männer waren Arschlöcher und blieben Arschlöcher. Deswegen hielt ich mich von ihnen fern. Ich brauchte keinen Mann, um glücklich zu sein.

Es dämmerte bereits, als ich zufrieden die Tür meines Transporters schloss. Neben mehreren Leinwänden unterschiedlicher Größe hatte ich Pinselsets und eine erste Auswahl meiner Acrylfarben verladen. Stieg Jansen hatte noch nichts Genaues darüber gesagt, welche Art von Bildern er bevorzugte oder welche Motive er sich wünschte. Eigentlich hatte er gar nicht viel gesagt. Wahrscheinlich war er einer dieser reichen Geschäftsleute, die immer in abgehackten Sätzen sprachen und erwarteten, dass man aus den Bruchstücken erkannte, was sie wollten. Aber egal, wie er drauf war oder sich benahm, ich wollte meinen Auftrag zu seiner Zufriedenheit erfüllen. Wahrscheinlich würde ich ihn eh nicht viel zu Gesicht bekommen.

Ich ging zurück ins Haus und schaute zum wiederholten Male auf mein Handy. Immer noch keine Nachricht von Rasmus. Es war schon spät und ich hatte noch keine Adresse von Herrn Jansen. Bislang hatte ich also nicht die geringste Ahnung, wohin ich am nächsten Tag fahren sollte.

Um das Warten zu verkürzen, bereitete ich mir mein Abendbrot zu. Ich stellte das Radio in der Küche an, schnitt frische Tomaten, Gurken und Feta und röstete Pinienkerne an, und sang die Lieder, die den Raum erfüllten, mit.

Was für ein ereignisreicher Tag. Als ich am Morgen die Post geöffnet hatte und den Brief vorgefunden hatte, hatte ich nicht vermutet, dass etwas so Großes auf mich warten würde. Aber ich war mehr als bereit, diesen Auftrag nicht nur anzunehmen, sondern zu Stieg Jansens vollster Zufriedenheit zu erfüllen.

Ich deckte den Tisch, nahm eine Flasche Wasser aus dem Kühlschrank und setzte mich mit meinem Salat und dem mediumgebratenen Steak an den ovalen Esstisch, von dem aus ich einen direkten Blick aufs Meer hatte.

Gerade genoss ich den ersten Bissen und lehnte mich entspannt auf meinem Stuhl zurück, als mein Handy piepte und eine Nachricht ankündigte. Mit dem Wasserglas in der Linken griff ich mein Smartphone, entsperrte das Display und las Rasmus' Nachricht:

Rasmus:
Stieg Jansens Adresse: bagskovvejen, Tideborg.

Das war alles? Keine Begrüßung, nichts? Nur ein Straßenname hier in Tideborg? Aber gut, was er konnte, konnte ich ebenfalls, also antwortete ich:

Stine:
Keine Hausnummer?

Rasmus:
Nö

Stine:
Hat er keine mitgeschickt?

Rasmus:
Gibt keine

Dieser Mann machte mich noch wahnsinnig. Was konnte so schwer daran sein, ganze Sätze zu bilden und eine vernünftige Antwort zu geben?

Stine:
Ok. Übrigens: Ein Satz besteht aus einem Subjekt, einem Prädikat und einem Objekt.

Rasmus:
Ok

Was für ein Idiot. Ich pfefferte mein Handy auf den Küchentisch und leerte mein Glas. Aus Rasmus würde ich wohl nie schlau werden, also würde ich mich gedanklich von ihm verabschieden. So einfach konnte es sein. Ich war nie eine große Grüblerin gewesen, ganz im Gegenteil zu meiner Schwester. Anni konnte über jede Kleinigkeit nachdenken, alle Optionen in Erwägung ziehen und am Ende doch alles ganz anders machen. Ich hatte ihr immer wieder geraten, nicht zu viel nachzudenken, also würde ich es jetzt ebenso wenig tun.
Tschüss Rasmus, hinfort aus meinen Gedanken. Morgen wartet ein wichtiger Auftrag auf mich. Zumindest kannte ich jetzt aber die Straße und würde Stieg Jansen Haus finden.

Ich räumte das dreckige Geschirr in den Geschirrspüler und entschied, mich schon bettfertig zu machen. Ich wollte ausgeschlafen und fit sein und einen klaren Kopf haben, wenn ich Stieg Jansen gegenübertreten würde.

Ich zog mir die dünne Bettdecke bis unters Kinn und stellte den Fernseher an. Man konnte von Fernsehern im Schlafzimmer halten, was man wollte, ich liebte es, abends vor dem Schlafen die ein oder andere Serie anzuschauen und langsam in den Schlaf abzudriften. Ich zappte durch die Programme und blieb an einem Krimi hängen, den ich noch nicht kannte.

Meine Lider wurden schwer und die Müdigkeit übermannte mich. Obwohl ich heute nicht gearbeitet hatte - wann hätte ich es zwischen der ganzen Aufregung schaffen sollen? - fühlte ich mich, als wäre eine Dampfwalze über mich gerollt.

Ich schaltete den Fernseher aus, löschte die Nachttischlampe, überprüfte den Wecker auf meinem Handy, den ich auf sieben Uhr gestellt hatte, und kuschelte mich tief in mein Kissen.

Als ich kurz davor war, einzuschlafen, piepte mein Handy und ließ mich aufschrecken.

Im Dunkeln griff ich nach dem hell erleuchteten Teil und sah, dass eine weitere Nachricht von Rasmus eingegangen war.

Rasmus:
Gute Nacht, Stine.

Ohne es verhindern zu können, schaltete mein Herz in den nächsten Gang und galoppierte los. So sehr ich versuchte, sein Tempo zu drosseln, wollte es mir nicht gelingen. Ich atmete tief durch, tippte auf meinem Handy herum, um dann doch wieder alles zu löschen. Verflucht, ich mochte ihn nicht, warum polterte mein Inneres nun los? Es musste an der Aufregung vor dem kommenden Tag liegen.

Ich entschied mich für die einzig sinnvolle Antwort.

Stine:
Nacht

Was Rasmus konnte, war für mich ein Kinderspiel.

Mit einem Lächeln auf den Lippen und immer noch wild klopfendem Herzen legte ich das Handy auf den Nachttisch zurück, drehte mich auf die andere Seite und war fast im selben Moment eingeschlafen.

KAPITEL 3

Dass Stieg Jansen Geld besaß, stand außer Frage. Jemand, der eine so große Summe für Kunst ausgab, musste die Kronen nicht zweimal umdrehen. Bestimmt lebte er in einer prunkvollen Villa. Von denen waren in den letzten Jahren immer mehr aus dem Nichts aufgetaucht, wie kleine Setzlinge, die innerhalb weniger Tage zu voller Pracht entfalteten.

Während ich in meinem alten, klapprigen Transporter die Straßen durch Tideborg fuhr und meinem ersten Aufeinandertreffen mit Stieg Jansen entgegenfieberte, malte ich mir aus, wie sein Haus aussah.

Sollte er wollen, dass ich meine Bilder bei ihm malte, brauchte ich ein helles, offenes Ambiente. In kleinen, engen Räumen konnte ich meine Kreativität nicht entfalten, sie brauchte Platz. Am liebsten malte ich mit dem Blick auf die Dünen, das Meer oder zumindest auf den Wald. Hauptsache, ich konnte die Natur um mich herum sehen und spüren, um mich von ihr beflügeln zu lassen.

Bestimmt würde Stieg Jansens Haus eine helle, offene Villa sein, anders konnte ich es mir nicht vorstellen. Ich konnte die große Marmortreppe schon vor mir sehen, die den Zutritt zur großen Eingangshalle ermöglichte. Wahrscheinlich hatte er einen Gärtner, der die buntesten Blumen um das Haus gepflanzt hatte, unterbrochen durch verschiedene Strandgräser.

Ich rückte meinen pinkfarbenen Haarreif zurecht, der meine Haare daran hindern sollte, mir allzu wild um den Kopf zu wirbeln. An meinen Bob hatte ich mich noch nicht richtig gewöhnt. Eigentlich hatte ich meine langen, glatten Haare geliebt, aber zu viel Stillstand behagte mir nicht und ich fand es langweilig, mich nicht zu verändern. Also hatte ich kurzerhand selbst zur Schere gegriffen und meinen langen Zopf abgeschnitten. Leider hatte ich Schwierigkeiten, mir durch den Blick in den Spiegel eine vernünftige Frisur zu schneiden und musste meine Haare durch den *frisør* in Tideborg retten lassen. Das Ganze war nur erfolgreich, da Liv meine Haare um einige weitere Zentimeter gekürzt hatte, um einen geraden Schnitt hinzubekommen. Nun endete mein blonder Bob an meinem Kinn.

Ich bog in den *bagskovvejen* ein. In diesem Teil von Tideborg war ich bislang noch nie gewesen, gehörte diese Straße überhaupt noch zum Ort? Ich hatte die Dünen schon lange hinter mir gelassen und konnte das Meer weder sehen noch hören. Um mich herum befanden sich Bäume, nichts als Bäume. Verschiedenste Nadelbäume standen wie große Riesen vor mir, als würden sie etwas beschützen wollen. Nur eine schmale, nicht einmal gepflasterte Straße und das zugegeben winzige Straßenschild ließen erkennen, dass hier ein Weg langführte.

Ich wackelte auf meinem Sitz umher, so uneben war die Straße, die mich zu Stieg Jansen führen sollte. War er ein Einsiedler oder warum lebte er mitten im Wald?

Als ich nach gefühlt endlosen Minuten schon in Erwägung zog, umzukehren – wie mir das mit meinem großen Wagen auf der schmalen Straße gelingen sollte, wusste ich nicht – tauchte plötzlich ein riesiges Haus vor mir auf.

»Okaaaay.« Langsam fuhr ich auf das große Tor zu und hielt an. Ich hatte mit fast allem gerechnet, aber wirklich nicht mit dem Haus, das vor mir stand. War es überhaupt ein Haus oder nur ein Betonhaufen?

Wenn das hier Stieg Jansens Heim war, lebte er scheinbar gerne abgeschirmt und versteckt.

Vor mir ragte ein graues Betongebilde in die Höhe, verschlossen durch ein dunkles Tor, das den Blick vor allem, was dahinter lag, versperrte. So sehr ich die Front nach Fenstern absuchte, so erstaunt war ich, als ich keine fand. Oder sollten die schmalen Öffnungen, die eher an Lüftungsschächte erinnerten, etwa die Fenster sein? Wie viel Licht wollte er in seinem Haus haben? Keines? Vielleicht hatte er eine Abneigung gegen Tageslicht. Gab es solche Menschen?

Verwirrt stellte ich den Motor aus und stieg aus. Von meinen Sandalen ging kaum ein Geräusch aus, als ich auf den weichen, sandigen Waldboden trat.

Ich griff meine kleine, braune Handtasche aus dem Wageninneren, hängte sie mir über die Schulter und ging langsam auf das Haus - konnte man das sagen? - zu.

Gerade als ich auf dem grauen Aluminiumtor die schwarze Klingel und die Kameraanlage entdeckt hatte (schwarz auf schwarz sollte verboten werden), schwang der linke Flügel des Tores auf.

Gespannt, wer oder was mich dahinter erwarten würde, hielt ich die Luft an und überlegte kurz, ob ich dem Tor nicht einen Schubs verpassen sollte, damit es schneller aufging, als der Spalt groß genug war und ich die Person, die dahinter stand, vollständig sehen konnte.

Hatte ich kurz in Erwägung gezogen, dass Stieg Jansen ein in die Jahre gekommener Mann war, dickbäuchig, gekleidet in Kordhose und mit einer Pfeife im Mundwinkel, hatte ich mich komplett getäuscht. Der Mann, der vor mir stand, hätte nicht gegensätzlicher zu meiner Vorstellung sein können. Vielleicht war dieser große, schlanke Mann mit den blonden, kurz geschnittenen Haaren aber auch sein Fitnesstrainer. Dann müsste ich nur noch eine Erklärung für seinen sicherlich maßgeschneiderten Anzug finden, der an diesem Mann saß, als habe er nur darauf gewartet, sich an seinen Körper zu schmiegen.

»Hej, ich bin Stine Wagner«, sagte ich und dachte urplötzlich an Eis, massiv gefrorenes Eis, damit die Hitze sich nicht in meinem Körper ausbreiten konnte und meine Wangen sich wieder rot färbten. Ich war selten nervös, eigentlich brachte mich nichts aus der Ruhe, ich nahm alles so, wie es eben kam, und hatte schon die unterschiedlichsten Menschen kennengelernt. Aber auch ich war nicht immun gegen Männer, die ohne ein Wort zu sagen, eine Ausstrahlung hatten, die den gesamten Raum – oder in diesem Fall den gesamten Hof - einnahm.

»Hej Stine, ich bin Stieg Jansen. Schön, dass du den Weg gefunden hast.« Also nicht der Fitnesstrainer. Mit großen Schritten kam er auf mich zu, hielt mir seine Hand entgegen und hauchte mir links und rechts einen Luftkuss entgegen. Dabei kitzelte sein herbes Parfüm in meiner Nase. »Dann wollen wir mal«, sagte er und schritt schon voran. »Komm, ich zeige dir mein Haus.«

Als er bereits an der Haustür, ebenfalls aus anthrazitfarbenem Aluminium, angekommen war, setzte ich mich langsam in Bewegung. Stieg Jansen war anders als alle anderen Männer, die ich bisher kennengelernt hatte. Smart, selbstbewusst, aber doch nicht richtig einzuschätzen. Seine blauen Augen ruhten auf mir, während ich ihm entgegenschritt. Ich versuchte, seinen Blick zu analysieren, wurde aber nicht schlau aus ihm.

Er hielt mir die Tür auf und ließ mich an sich vorbei ins Innere treten. »Hinein in die gute Stube.«

Was hier an eine Stube erinnern sollte, konnte ich nicht erkennen. Der Betonboden bildete nur wenig Kontrast zur Betonwand.

Ich blieb im großen Eingangsbereich stehen. Hinter mir fiel die Haustür ins Schloss und das letzte bisschen Tageslicht verschwand. An den Wänden waren Lampen in Form von Fackeln angebracht, die warmweißes Licht spendeten. Die Lampen waren wirklich hübsch, aber Sonnenlicht wäre mir lieber gewesen. Ich räusperte mich und drehte mich zu Stieg Jansen um.

»Vielen Dank für ihr Angebot, Herr Jansen«, sagte ich und

meine Stimme hallte mir von den Wänden entgegen. Eigentlich duzten wir uns in Dänemark und nur die Königsfamilie wurde mit einer förmlicheren Anrede bedacht. Stieg Jansen strahlte jedoch etwas Unergründliches aus, das mich dazu brachte, ihn plötzlich zu siezen.

»Stieg bitte. Ich heiße Stieg oder habe ich etwas so Bedrohliches an mir, dass du mich siezen musst?«

Ja! »Nein, natürlich nicht«, antwortete ich schnell. »Das kam wohl aus der Gewohnheit heraus.« Als ob ich jemals irgendjemanden in Dänemark gesiezt hatte. Der Königin und ihrer Familie war ich bislang noch nicht begegnet.

»Dann ist ja gut.« Dabei machte er zwei Schritte auf mich zu, legte mir seine große Hand auf den Rücken und schob mich mit leichtem Druck den ebenso mit Fackellampen erleuchteten Flur entlang.

»Fenster waren dir wohl zu teuer, was?«, versuchte ich die Stimmung zu lockern. Die aufgeladene und nicht greifbare Atmosphäre in Verbindung mit diesem unergründlichen, gutaussehenden Mann behagte mir nicht.

Stieg blieb stehen. »Nichts ist mir zu teuer.« Seine tiefe Stimme hallte beinahe von den Betonwänden wieder. »Aber ich mag es düster. Farben sind nicht mein Ding.«

»Und deswegen erteilst du mir den Auftrag, für dich zu malen?«

Der Anflug eines Lächelns huschte über Stiegs Lippen. Genauso schnell, wie es sich den Weg auf sein Gesicht bahnen wollte, war es aber auch schon wieder verschwunden. Lächeln gehörte also ebenso wenig wie Fenster zu seinen Vorlieben.

»Komm, ich zeige dir den Wohnbereich. Dort sollen deine Bilder hängen.«

Wir gingen den Flur hinunter und bogen rechts um die Ecke. Vor uns erstreckte sich ein riesiger, offener Wohn- und Essbereich. Zwar waren die Wände und Böden wie der Rest des Hauses aus Beton und Teppiche auch in diesem Teil des Anwesens Fehlanzeige, aber zumindest gab es Fenster. Riesige Fenster, die den Blick auf den Wald freigaben, der das Anwesen umschloss.

Ich blieb stehen, vergrub meine Hände in den Taschen meiner Hose und ließ meinen Blick langsam durch den großen Raum gleiten. Das Zentrum des Wohnbereichs bildete eine überdimensionale schwarze, lederne Wohnlandschaft. Der Esstisch aus Chrom passte ebenso in das Bild, wie die verchromten Barhocker, die an der ausladenden Kücheninsel standen. Die Fronten der Küche waren auf Hochglanz poliert und kein einziges Küchenutensiel zu sehen. Standen in meinem Haus gefühlt die Hälfte meiner Teller, Tassen oder Gläser in offenen Regalen oder auf der Kücheninsel herum, fand man bei Stieg nichts. Einfach nichts. Gemütlich war anders, aber ich wollte ihn nicht aufgrund seines Geschmacks beurteilen. Ein Strauß frischer Blumen in einer bauchigen Vase hingestellt, und der ganze Raum würde schon viel freundlicher aussehen.

Das Handy in meiner Handtasche piepte und signalisierte mir, dass ich eine neue Whatsapp-Nachricht bekommen hatte. Zu gern hätte ich gewusst, wer mir geschrieben hatte. Ich wollte aber an meinem ersten Tag nicht unhöflich sein, auch wenn ich neugierig war und meine Finger kribbelten. Anni fand, ich sei der neugierigste Mensch, den es gab. Ich fand eher, dass ich an allem und jedem Interesse hatte, was doch eine sehr bemerkenswerte Eigenschaft war. Ich war einfach offen und freundlich.

Stieg stand immer noch dicht neben mir, ohne seine Hand von meinem Rücken zu nehmen. Ich machte einen großen Schritt nach vorn, sodass zumindest ein kleiner Abstand zwischen uns war.

»Und für diesen Raum soll ich die Bilder malen?«, fragte ich, um endlich auf den Grund meines Besuchs zu kommen.

»Aber nur zwei und in gedeckten Farben. Nichts Buntes und schon gar nichts Helles oder womöglich Sonnenschein.«

Ich wusste nicht, was mich mehr erstaunte: Die Tatsache, dass er mich als Künstlerin, die vorwiegend Strand- und Dünenbilder malte, die nicht selten die auf dem Meer glitzernden Sonnenstrahlen zeigten, ausgewählt hatte, oder dass er nur zwei

Bilder von mir verlangte. Zwei Bilder im Wert von über drei Millionen Kronen.

»Okaaay.« Ich trat an die große Fensterfront. Der weitläufige Garten hinter dem Haus hätte hervorragend hergerichtet werden können. Ich konnte mir bildlich vorstellen, wie ein Gartenteich in der Mitte wirken würde. Verschiedene Beete würden einen Blickfang darstellen, unterschiedliche Strandgräser und Kübel, bepflanzt mit Hortensien, würden dem Garten Farbe verleihen. Forsythien oder duftender Flieder und Jasmin würden das Bild komplettieren. All das würde den Garten perfekt machen. Aber Stiegs Garten hatte nichts von alldem, er war eine einzige kurz gemähte Rasenfläche.

»Hast du Probleme damit?« Ohne ihn kommen gehört zu haben, tauchte Stieg neben mir auf. Meine Fähigkeit, Menschen im Raum zu spüren, galt wohl nur für Rasmus. Bei ihm wusste ich immer und zu jeder Zeit, wo er sich im Raum befand. Wahrscheinlich lag das aber nur daran, dass ich mich über ihn ständig ärgern musste und er viel zu arrogant und eingebildet war.

»Nein, nein. Ich war nur erstaunt wegen der zwei Bilder und der Summe, die du zahlst.« So, jetzt war es raus. Ich war keine tüchtige Geschäftsfrau. Eigentlich hätte ich mich darüber freuen sollen, dass Stieg Jansen für nur zwei meiner Bilder mehr als drei Millionen Kronen bezahlen wollte. Die Summe war enorm und ich konnte lange Zeit davon leben. Aber es gab so viele Menschen, die hart arbeiteten und kaum dafür entlohnt wurden. Stiegs Angebot fühlte sich nicht richtig an.

»Ist es dir zu wenig? Kein Problem. Mach' vier Millionen Kronen draus.«

»Was?«, schrie ich beinahe heraus und nestelte nervös an meinem Haarreifen.

Bevor ich weiterreden konnte, nahm Stieg sein Handy aus seiner Hosentasche und tippte darauf herum.

Ich nutze den Moment, ging in den Essbereich und griff schnell in meine Handtasche, um die Nachricht zu öffnen, die ich erhalten hatte. Möglichst unauffällig schaute ich auf mein Handy. Ich hatte sogar zwei neue Nachrichten erhalten, eine von Anni und, das erstaunte mich, eine von Rasmus.

Bei Rasmus' Namen, der auf meinem Display erschien, wurde mir flau im Magen. Wahrscheinlich wollte er mir wieder etwas Gehässiges mitteilen. Also öffnete ich zuerst Annis Nachricht.

Anni:
Viel Glück! Ich drücke dir die Daumen und denke fest an dich. Kuss, Anni

Glücklich über Annis Nachricht schickte ich ihr einen Kuss-Smiley als Antwort. Auf meine Schwester war Verlass. Auch wenn sie an meiner Stelle den Auftrag nicht angenommen hätte, unterstützte sie mich. Anders als Rasmus hielt Anni sich mit abfälligen Kommentaren stets zurück. Eigentlich wollte ich nicht lesen, was Rasmus mir geschrieben hatte, ich würde mich ja doch nur über ihn ärgern. Leider siegte meine Neugierde über den Wunsch, seine Nachricht zu ignorieren und ich schielte vorsichtig, mit nur einem Auge – das war doch fast, als würde ich die Whatsapp gar nicht lesen – auf den Text, den er mir geschickt hatte.

Rasmus: *Pass auf dich auf!*

Was sollte das denn? Erstens passte ich immer auf mich auf … zumindest meistens. Manchmal handelte ich, ohne darüber nachzudenken, und brachte mich in peinliche oder brenzlige Situationen (mir kam das Trampen in der Toskana vor vier Jahren in den Sinn, bei dem ich darauf vertraut hatte, sicher ans Ziel gebracht zu werden, aber nachts um drei Uhr in einer gottverlassenen Gegend abgesetzt wurde und mich kurz ziemlich hilflos gefühlt hatte. Aber das passierte mir zum Glück nicht alltäglich). Zweitens, und das war der weitaus größere Aspekt, ging es Rasmus nichts, aber auch gar nichts an, was ich tat. Er war nicht mein Freund, wir waren nicht einmal miteinander befreundet, höchstens bekannt, aber das war man in dem 900 Seelendorf Tideborg beinahe mit jedem.

Wütend schnaufend löschte ich seine Nachricht und steckte das Handy zurück in meine Tasche.

»Gibt es ein Problem?« Stieg stand vor mir und ich musste den Kopf in den Nacken legen, um nicht nur seine Brust anzuschauen.

»Nein, nein! Alles bestens«, antwortete ich mit etwas zu schriller Stimme. Ich wollte mich nicht weiter über Rasmus und seine übergriffige und arrogante Art ärgern. Er würde mich nicht von meinem Auftrag abhalten.

Stieg nickte zufrieden. »Dann ist ja gut. Ich habe Nohr gerade mitgeteilt, dass ich unseren Deal geändert habe. Du erhältst vier Millionen Kronen für die beiden Bilder.«

»Bitte was?« Glaubte ich einen kurzen Moment, Stieg würde in Gelächter ausbrechen und mit mitteilen, dass das ein Scherz gewesen war, wartete ich vergeblich auf seine zuckenden Mundwinkel. Er blieb ebenso ernst wie vor einigen Minuten und nicht der winzige Hauch eines Lächelns trat auf sein Gesicht.

»Ich sagte, dass ich dein Honorar auf vier Millionen Kronen erhöht habe«, wiederholte er noch einmal.

»Das habe ich schon verstanden. Aber warum? Der Deal lautete drei Millionen Kronen.« Mir war klar, dass ich eine schlechte Geschäftsfrau war. Die meisten anderen hätten den Mund gehalten, und sich über diesen wahnwitzigen Deal gefreut, aber nicht ich. Ich konnte es nicht ausstehen. Natürlich wollte ich ein gutes und angemessenes Honorar für meine Kunst, aber vier Millionen Kronen für zwei Bilder waren auch in meinen optimistischen Augen eine Nummer zu viel. »Warum änderst du einfach den vereinbarten Deal?«, wollte ich wissen und merkte, wie es in meinem Bauch zu brodeln begann. Wie ein Vulkan, der langsam an Fahrt aufnahm und das Magma in seinem Inneren erhitzte, sodass ein Ausbruch kurz bevorstand.

Stieg lachte tief und sein Timbre hallte von den Betonwänden zurück. »Warum? Weil ich es kann.« Mit diesen Worten ging er an mir vorbei in die offene Küche.

Vollkommen verdutzt und überrumpelt blieb ich stehen, unfähig einen Fuß vor den anderen zu setzen. Was war das nur für ein merkwürdiger Mann? Dachte er, er bekäme alles, was er wollte?

Seelenruhig nahm Stieg zwei bauchige Weingläser aus einem der Schränke und öffnete eine Weinflasche, die wie aus dem Nichts in seinen Händen aufgetaucht war.

Ich sollte mich einfach umdrehen und gehen, sollte den Deal platzen lassen, mich in meinen alten Transporter setzen und den Waldweg zurückfahren. Ich würde schon andere Aufträge bekommen, die mir zwar viel weniger Honorar einbringen würden, aber nicht so kompliziert und anstrengend sein würden. Aber es gab etwas, dass mich in diesem Betonbau stehen ließ.

Meine Neugierde und der unstillbare Drang, herauszufinden, was passieren würde, wenn ich blieb, ließen mich wie festgewurzelt an meinem Platz verharren. Jeder Mensch hatte eine gute Seite, dessen war ich mir sicher. Ganz bestimmt hatte Stieg nicht nur eine davon, vielleicht musste er als Geschäftsmann auf diese unumstößliche Weise auftreten, und hinter der Fassade versteckte sich ein ganz anderer Mensch. Der Drang, herauszufinden, was hinter dieser undurchdringbaren Fassade steckte, drückte gegen das Innere meines Brustkorbes. Langsam setzten sich meine Füße wie von allein in Bewegung und ich stellte mich zu Stieg an die Kücheninsel.

Wortlos reichte er mir das Rotweinglas. Diesen Teil würde ich meiner Schwester verschweigen müssen, wenn ich nicht mit einer Standpauke rechnen wollte.

»Auf unseren Deal, deine Bilder und dich.« Stieg hielt mir sein Glas entgegen, damit ich mit ihm anstoßen konnte.

»Skål«, ließ ich mein Glas gegen seines klirren und erschrak über den Ton, den die beiden Gläser machten. In diesem Haus hallte einfach jedes Geräusch von den Wänden wieder.

»Wann soll ich mit dem Malen beginnen?«, warf ich ein, um auf den Grund meines Besuches zu sprechen zu kommen. Über das Honorar konnte ich mich später immer noch kümmern.

»Am besten sofort. Komm, ich zeige dir dein Zimmer.«

Gespannt auf den Raum, in dem ich malen würde, folgte ich ihm den Flur hinunter. Hoffentlich hatte das Zimmer einige Fenster, die Tageslicht hineinließen. Ich musste aus verschiedenen Stellen im Zimmer sehen, wie meine Bilder aussahen, wenn das Licht aus unterschiedlichen Winkeln darauf schien. Notfalls würde ich meine Staffelei im Garten aufstellen. Es würde die nächsten Tage nicht regnen. Zwar würde ich nur auf den Wald schauen können und nicht wie sonst auf die Dünen und die Nordsee, aber zumindest wäre ich so in der Natur.

Am Ende des Flures blieb Stieg stehen.

»Hier links ist mein Zimmer«, sagte er und ich spürte seinen Atem an meiner Schläfe. »Und das hier«, dabei zeigte er auf die gegenüberliegende Tür, »ist dein Zimmer.«

Ich wartete, dass er die Tür endlich öffnete, aber nichts geschah.

»Du kannst sie ruhig öffnen«, forderte er mich auf. Anscheinend war es für ihn normal, dass er die Anweisungen gab und andere sie befolgten. Normalerweise hätte ich jetzt mit ihm darüber diskutiert, dass wir uns in seinem Haus befanden und er vorgehen sollte, aber ich war zu gespannt auf den Raum, der sich hinter der Tür verbarg. Ich hatte schon einige Male bei Auftraggebern zu Hause gemalt und in vor Kreativität sprühenden Ateliers, offenen Wohnzimmer oder niedlichen Kinderzimmern Platz für meine Staffeleien gefunden.

Mit kribbeliger Vorfreude drückte ich die Klinke herunter, öffnetet die Tür und sagte erst einmal nichts.

Das Zimmer, das zugeben sehr groß war und Tageslicht durch die bodentiefen Fenster hereinließ, stellte sich nicht etwa als Kreativraum heraus, sondern als Schlafzimmer. Ein ausladendes Himmelbett bildete den Mittelpunkt des Raums. Der Boden war, im Gegensatz zum Rest des Hauses, nicht aus Beton, sondern aus dunklem Holz. Vor dem Bett und im Raum verteilt, erhoben sich helle Teppiche aus dem Dunkel des Bodens.

Mit krampfhaftem Griff hielt ich mein Weinglas fest umschlossen und hatte Angst, es im nächsten Moment zerbersten zu lassen.

»Was ist das?«, fragte ich irritiert. Vorsichtshalber trat ich in das Zimmer ein und schaute hinter der Tür nach, ob nicht dort ein anderer Teil des Raumes auf mich wartete. Fehlanzeige.

Stieg überwindete die Distanz zwischen uns wieder und stand so dicht vor mir, dass ich sein herbes Parfüm, vermischt mit dem Aroma des Rotweins, wahrnehmen konnte.

»Das ist dein Zimmer«, sagte er so beiläufig und selbstverständlich, als gäbe es keinen Grund zur Frage.

»Hier drin soll ich malen?«

»Und wohnen, solange du für mich malst.« Ich ließ einige Sekunden verstreichen, um ihm die Möglichkeit zu geben, über seinen eigenen Witz zu lachen. Aber obwohl ich mir das Auflockern der Situation herbeiwünschte, wusste ich doch, dass nichts dergleichen geschehen würde. Stieg hatte während meines Besuches mehr als einmal eindrücklich bewiesen, dass er keine Scherze machte.

Ich schluckte meine aufkommende Wut hinunter, der Vulkan stand kurz vor seinem Ausbruch und versuchte, die Situation zu klären. »Wie kommst du auf die Idee, ich würde bei dir wohnen wollen?«, fragte ich.

»Weil ich es will.« Diese Antwort also wieder. Glaubte er ernsthaft, dass er alles bekam, was er wollte, nur weil er es sich in den Kopf gesetzt hatte?

»Ich will das aber nicht.« Ich reckte mein Kinn hervor, straffte meine Schultern, bereit, mich einem Wortgefecht zu stellen. »Stieg, ich male gerne für dich und nehme den Auftrag an. Die Sache mit dem Honorar klären wir noch. Aber ich werde nicht hier schlafen.« Ich war zwar deutlich kleiner als er, aber meine Körpergröße hatte mir noch nie im Weg gestanden, wenn es darum ging, mich zur

Wehr zu setzen, sei es verbal oder körperlich.

»Bei dem Honorar kann ich doch ein bisschen mehr verlangen, als dass du ab und zu herkommst und zwei Bilder malst, oder?« Bei diesen Worten zeigte sich das erste Mal ein Lächeln in seinem Gesicht. Jedoch kein freundliches, offenes Lächeln, sondern ein anzügliches, welches genau verdeutlichte, was Stieg von mir wollte.

Das war das Fünkchen Hitze, das mein innerer Vulkan gebraucht hatte, um die heiße Lava nach oben zu schießen.

»Jetzt pass mal auf«, donnerte ich los. »Das M in meiner Berufsbezeichnung steht für Malerin, nicht für Mätresse. Wenn du im Entferntesten auf die Idee kommen solltest, mich anzugrapschen, anzumachen oder etwas dergleichen zu tun, kann ich dir versichern, dass ich dir deine Weichteile so sehr vermöbeln werde, dass du für den Rest deines Lebens nicht mehr laufen kannst!«

Abrupt drehte ich mich um, wobei ich es mir nicht nehmen ließ, Stieg meinen Ellenbogen ein klitzekleines bisschen in seine Seite zu rammen, und eilte an ihm vorbei den Flur hinunter. Im Eingangsbereich stellte ich mein Weinglas auf dem Boden ab, da sich keine Kommode finden ließ, auf der ich es hätte abstellen sollen. Wo hätte sie auch stehen sollen zwischen all dem Beton?

Stiegs schwere Schritte hallten den Flur entlang und Sekunden später tauchte er im Flur auf. Seine Blicke ruhten undurchdringbar auf mir.

»Stine, willst du wirklich einfach so gehen? Lass uns doch noch einmal in Ruhe reden.« Seine eben noch so abfällige Stimme kam mir deutlich sanfter, leiser und weniger dominant vor. Jedoch ließ ich mich nicht von ihm einlullen. Niemals würde ich einem Mann, der mich bedrängt hatte, eine zweite Chance geben. Mein Entschluss, das Anwesen von Stieg Jansen für immer zu verlassen, war unumstößlich.

Ich griff die Türklinke und war schon halb zur Tür hinaus, als ich mich noch einmal zu ihm umdrehte. Hatte ich geglaubt, zuvor in seinem Blick etwas Sanftes erkannt zu haben, war davon nichts mehr zu sehen. Stieg schaute mich mit einem stählernen Blick an. Jedoch verfehlte er seine Wirkung bei mir, denn ich ließ mir keine Angst von ihm einjagen.

»Falls du glaubst, dass ich noch einmal dein Haus betrete, geschweige denn mit dir rede, irrst du dich. Und wenn du es wagst, mich noch einmal zu bedrängen, muss ich dich vorwarnen: Mein Freund ist Polizist. Er wird nicht erfreut darüber sein, was ich ihm gleich erzählen werde!« Okay, ich musste zugeben, er jagte mir doch Angst ein. So schnell wie möglich, aber ohne dass ich dabei wie ein angsterfülltes Kaninchen wegrannte, eilte ich über den Hof … und hatte nicht an das unüberwindbare Gartentor gedacht, das mir den Weg auf die andere Seite versperrte, auf der mein alter, weißer Transporter stand.

So gelassen wie möglich drehte ich mich zu Stieg um, der mit verschränkten Armen an der Hauswand lehnte.

»Öffne bitte das Tor!«, sagte ich ruhig, aber bestimmt und versuchte, alles zu beherzigen, was ich in meinem Selbstverteidigungskurs gelernt hatte. Einen Moment glaubte ich, Stieg würde mir das Öffnen des Tores und damit den Weg in die Normalität verwehren, aber er drückte lässig auf die kleine Fernbedienung in seiner Hand. Fast geräuschlos schob sich das anthrazitfarbene Ungetüm vor mir zu Seite. Kurz bevor das Tor aufgeschwungen war und mir den Weg ins Freie öffnete, sah ich ein schwarzes Motorrad, das den *bagskovvejen* zur Straße hinunterfuhr. Da musste sich wohl jemand verfahren haben. Hier gab es, wie ich jetzt wusste, weit und breit nichts, dass sich lohnte, zu sehen.

Erhobenen Hauptes und Stiegs Blick im Rücken spürend, ging ich zu meinem Transporter, ließ mich so gelassen wie möglich auf den Fahrersitz gleiten und schloss die Tür hinter mir, nicht ohne im selben Moment die Türverriegelung zu betätigen, sodass das Auto nicht mehr von außen geöffnet werden konnte. Mit knatterndem Motor wendete ich mein weißes Gefährt auf dem Waldweg und fuhr, so schnell es der holprige Waldboden zuließ, davon. Kurz bevor das Ende des Waldweges in Sicht kam, sah ich das Motorrad erneut.

Mit ausbrechendem Hinterrad fuhr es auf die Hauptstraße und verschwand aus meinem Blickfeld. Wenn ich mich nicht geirrt hatte, war Rasmus es, der auf dem Motorrad saß. Rasmus, den ich nicht ausstehen konnte und eben vor Stieg als meinen Freund ausgegeben hatte. Das aber auch nur, weil mir nichts Bedrohlicheres eingefallen war. Rasmus war der letzte Mann, mit dem ich je eine Beziehung führen wollte … nein, er war der Vorletzte. Den letzten Platz belegte nun definitiv Stieg Jansen, den ich hoffentlich nie wieder sehen würde.

KAPITEL 4

»Sag jetzt nicht, du hättest es geahnt«, sagte ich halb im Scherz, halb drohend zu Magnus.

»Das würde ich nie sagen.«

»Aber gedacht hast du es.« Er grinste mich an, was Antwort genug war.

Anni war nicht so gelassen wie ihr Verlobter. Unruhig tigerte sie auf meiner Terrasse auf und ab. »Dass Stieg Jansen sich als so ein Mistkerl entpuppt, hätte ich nicht gedacht.« Sie raufte sich ihre langen, braunen Locken, die immer mehr einem Vogelnest glichen.

»Das dachte ich auch nicht«, seufzte ich. »Dass er ein reicher Geschäftsman ist und dominant dazu, ja. Damit hätte ich gut umgehen können, von diesen Anzugträgern sind mir schon so einige begegnet. Aber dass er sich an mich ranschmeißt und andere Absichten hat, habe ich wirklich nicht vermutet.«

»Gut, dass du den Auftrag abgelehnt hast«, sagte Anni erleichtert. »Nicht auszudenken, was alles hätte passieren können, wenn du wieder zu ihm gefahren wärst.«

»Mach dir nicht so viele Sorgen.« Magnus zog Anni fest an sich heran und gab ihr einen liebevollen Kuss auf den Scheitel. »Ich muss los.«

»Fährst du rüber nach Sylt?«, wollte ich wissen. Magnus war erfolgreich als Reetdachdecker tätig und betrieb mit einem Kollegen eine Firma, dessen Hauptsitz auf der beliebten deutschen Insel lag. Wo, wenn nicht auf Sylt, gab es genügend zahlungswillige Kunden, die sich ihre Häuser mit Reet eindecken lassen wollten.

»Ja, ich mache mich gleich auf den Weg und nehme den Zug von Esbjerg. In Westerland werde ich abgeholt.«

Er umarmte mich zum Abschied und versank in einen leidenschaftlichen Kuss mit Anni. Bella und Fina sprangen wild um die beiden herum. Nachdem Magnus auch ihnen seine Aufmerksamkeit geschenkt hatte, ging er die Holztreppe zum Strand hinunter.

Anni seufzte schwer, setzte sich neben mich auf die Gartenliege und schaute mich aus großen Augen an. »Stine, als du eben erzählt hast, was passiert ist, hatte ich wirklich Angst um dich.« Anni konnte nicht anders, als sich Sorgen zu machen. Sie war sechs Jahre älter als ich und als große Schwester schon immer um mein Wohl besorgt. Schon als wir jünger waren, hatte sie immer versucht, mich zu beschützen, was kein leichtes Unterfangen war, da ich schon immer als Wildfang durchs Leben marschiert war.

»Es ist doch aber alles gutgegangen«, versuchte ich, sie zu beruhigen. »Du weißt, dass ich mich wehren kann.«

»Oh ja, das weiß ich. Du hättest dich wahrscheinlich auch mit Fäusten zur Wehr gesetzt, oder?«

»Und ob«, grinste ich. In meiner Grundschulzeit war es nicht nur ein Mal vorgekommen, dass ich mich mit den Jungs der Schule geprügelt hatte. Sie hatten mich merkwürdig gefunden und als Träumerin bezeichnet, weil ich mich immer schon für das Malen interessiert hatte und oft in schrillen Outfits in die Schule kam. »Aber dazu ist es ja gar nicht mehr gekommen.«

»Zum Glück.« Anni drückte meine Hand.

Während ich Bellas großen Kopf kraulte, den sie entspannt auf meinem Schoß abgelegt hatte, erinnerte ich mich an meine Worte, die ich Stieg zum Ende meines Besuches entgegengeschleudert hatte und konnte mein Lachen nicht mehr zurückhalten.

»Was ist denn so komisch?«, wollte Anni wissen und musterte mich von der Seite.

»Ich habe dir noch gar nicht erzählt, was ich Stieg aus Verzweiflung an den Kopf geworfen habe.«

»Einen Blumenkübel?«, fragte sie im Scherz, aber ich konnte die kleine Falte zwischen ihren Augen genau sehen. Sie sorgte sich wieder.

Aber diesbezüglich konnte ich ihr ruhigen Gewissens Entwarnung geben. »Nein, nein, keinen Gegenstand. Ich wehre mich, aber aggressiv bin ich nicht.« Anni atmete hörbar aus. Grinsend fuhr ich fort. »Ich habe ihm gesagt, dass mein Freund Polizist sei und es Probleme geben würde, sollte er sich noch einmal bei mir melden.«

»Aber du hast doch gar keinen Freund«, antwortete Anni verdutzt.

»Nein, natürlich nicht. Aber das weiß doch Stieg Jansen nicht. Mir ist spontan nichts besseres eingefallen, womit ich ihm hätte drohen können. Und da ich eine Whatsapp von Rasmus bekommen habe, ist er mir spontan in den Sinn gekommen.«

Annis Gesicht entspannte sich und sie verstand, was ich ihr sagen wollte. »Du bist wirklich ein Unikat«, lachte sie. »Die Idee ist gut, aber ich dachte, du magst Rasmus gar nicht.«

»Tue ich auch nicht, aber das weiß Stieg ja nicht.«

»Stimmt. Dann hoffe ich, dass dein Schwindel nicht auffliegt und die beiden sich niemals begegnen.«

Entspannt winkte ich ab. »Wie sollte das jemals passieren?« Ich war mir sicher, die Welten, in denen Rasmus und Stieg lebten, waren zu unterschiedlich, als dass sich ihre Wege jemals kreuzen würden.

»Der ist für dich.« Marlies ließ sich neben mir auf der Bank nieder. Meine nackten Beine hatte ich lang von mir gestreckt und ließ mich von den warmen Sonnenstrahlen in meinem Gesicht kitzeln. Ich nahm das Sektglas, das sie mir vor die Nase hielt, entgegen.

Vor wenigen Minuten hatte sie ihr Geschäft, die *nye butik*, geschlossen, nachdem die letzte Kundin mit einem langen Sommerkleid in ihrer Einkaufstasche den Laden verlassen hatte. Wann immer es meine Zeit zuließ, besuchte ich meine beste Freundin in ihrem Geschäft.

Gerade hatte ich ihr von meiner Begegnung mit Stieg Jansen berichtet und Marlies, die eigentlich nicht so schnell aus der Ruhe zu bringen war, hatte nicht minder erschrocken reagiert, wie es wenige Stunden zuvor meine Schwester getan hatte.

»Willst du ihn nicht anzeigen? So etwas kannst du ihm doch nicht durchgehen lassen«, war ihre Idee.

»Darüber habe ich auf dem Weg hierher auch nachgedacht. Aber nein, ich denke nicht. Erstens ist nichts Schlimmeres passiert und zweitens möchte ich diese Misere einfach hinter mir lassen.« Entschlossen nickte ich, denn auch dieses Mal stand mein Entschluss fest. Sollte sich Stieg mir noch einmal auf unangebrachte Art und Weise nähern, hätte er eine Anzeige am Hals, noch bevor er wieder in seinem Betonbau wäre. Die Anzeige würde ich dann allerdings bei Rasmus aufgeben müssen oder darauf warten, dass einer seiner Kollegen auf der Wache war.

Ich erzählte Marlies von meinem verrückten Einfall, Rasmus als meinen Freund auszugegeben.

Sie prustete so laut los, dass beinahe der gesamte Sekt wie eine Fontäne aus ihrem Mund herausgeschossen kam.

»Verrückt, oder?«, sagte ich grinsend und schüttelte mich dabei, als würde ich einen Käfer loswerden wollen, der sich auf meinem Körper niedergelassen hatte.

»Und wie«, lachte Marlies. »Ausgerechnet Rasmus, den du partout nicht ausstehen kannst. Warum eigentlich nicht?«

Ich zupfte nicht vorhandene Fussel von meiner pinkfarbenen Haremshose und betrachtete meine in dem gleichen Farbton lackierten Fußnägel ausgiebig.

»Keine Ahnung … so richtig sagen kann ich es gar nicht«, druckste ich herum. Eigentlich versuchte ich, allen Menschen etwas Positives abzugewinnen, und kam mit fast jeder Person zurecht, sei sie auch noch so merkwürdig. Einzig Rasmus bildete seit jeher eine Ausnahme. »Er ist so ...«, suchte ich nach den richtigen Worten, »arrogant und nüchtern und beherrscht.«

»Nüchtern und beherrscht?«, lachte Marlies und schrie beinahe. »Was soll er deiner Meinung nach denn tun?«

»Ich weiß nicht, lockerer sein und freundlicher. Ist dir schon aufgefallen, dass er fast nie lächelt? Und wenn er mir eine Whatsapp-Nachricht schreibt, schafft er es nicht mal, einen vollständigen Satz zu formulieren.« Ich schnaufte wütend und versuchte, mein T-Shirt nach unten zu ziehen, was mir jedoch aufgrund des Saums, der oberhalb meines Bauchnabels endete, misslang.

»So ist das also.« Marlies setzte einen wissenden Gesichtsausdruck auf.

»Was meinst du?«, wollte ich von ihr wissen.

»Das ist gekränkte Eitelkeit.« Sie lachte und knuffte mir in die Seite, sodass mein Sekt aus dem Glas herausschwappte und mir über die Finger lief.

»Quatsch, gekränkte Eitelkeit. Auf keinen Fall. Rasmus ist blöd. Er ist einfach … Rasmus und damit Ende.«

»In Ordnung, dabei belassen wir es«, grinste Marlies und hielt mir ihr Sektglas zum Anstoßen hin.

»Skål«, stieß ich an und merkte, wie trotzig sich meine Stimme anhörte.

Während ich die Tropfen Sekt von meinen Fingern leckte und Marlies dabei zuhörte, wie sie von der Strandparty erzählte, die sie in wenigen Tagen geben wollte, erschrak ich.

Obwohl die Fußgängerzone von Tideborg noch gut besucht war, und viele Urlauber bepackt mit Einkaufstüten, freudig hüpfenden Kindern oder einem Softeis in der Hand das Kopfsteinpflaster entlangspazierten, trat eine Gestalt aus der Masse hervor. Wie eine

Lawine, die sich unaufhörlich ihren Weg bahnte und alles überrollte, was sich ihr in den Weg stellte, trat Stieg Jansens Gestalt aus der Masse hervor.

»Mist«, flüsterte ich erschrocken.

»Was denn?«, fragte Marlies genauso laut, wie sie immer redete. Ein Wunder, dass nicht alle Passanten ihre Köpfe zu uns umdrehten.

»Pscht«, machte ich. »Leise. Siehst du den Kerl im dunklen Anzug dahinten?« Dass Stieg bei über zwanzig Grad im dunklen Zweiteiler durch die Stadt ging, sollte schon Warnzeichen genug sein. Wer machte so etwas?

»Den mit dem strengen Gesichtsausdruck?«

»Ja«, hauchte ich.

»Der ist heiß.«

Ich musste zugeben, dass Stieg auch auf den zweiten Blick ein attraktiver Mann war, aber nach unserem Treffen am Morgen konnte mich sein Aussehen glücklicherweise nicht mehr blenden.

»Das ist Stieg Jansen«, flüsterte ich Marlies zu.

»Oh shit.«

»Genau, oh shit.«

»Will der etwa zu dir?«

»Ich hoffe nicht.« Ich versuchte, meine Atmung zu kontrollieren. Trotz der noch angenehmen Temperatur überzog eine Gänsehaut meine nackten Arme.

»Ich habe mal einen Karatefilm gesehen, vielleicht kann ich davon was bei ihm anwenden«, tat Marlies kampfesmutig, aber das leichte Zittern in ihrer Stimme verriet, dass sie sich dessen nicht so sicher war.

Stieg steuerte tatsächlich in unsere Richtung. Noch etwa hundert Meter trennten uns voneinander und ich hoffte, dass er stolpern würde oder sich ein Loch vor ihm auftat.

»Siehst du das?«, atmete Marlies erleichtert aus und zog an meinem Arm. Ich folgte ihrem Blick und erkannte den weißen Audi Q5 und atmet erleichtert aus, als ich die gelb leuchtenden

Streifen sowie die Aufschrift *politi* entdeckte.

Langsam rollte der Polizeiwagen die Fußgängerzone entlang, vorbei an *annes skobutik* und *Lenes Souvenirforretning*, in dem man unzählige Andenken unserer kleinen dänischen Stadt erstehen konnte.

Fast gleichzeitig hielten der Polizeiwagen und Stieg auf unserer Höhe.

Als sich die Türen des Autos öffneten, erschien – warum hätte das Glück auch ein Mal auf meiner Seite sein können – Rasmus.

Wahrscheinlich wollte er während seiner Streifenfahrt Marlies einen Besuch abstatten, denn die beiden hatten keine Schwierigkeiten im Umgang miteinander.

»Da ist ja dein Freund«, gluckste Marlies neben mir. Rasmus kam auf uns zugeschlendert und auch Stieg ließ sich nicht von seinem Weg abbringen.

Ich hatte zwei Möglichkeiten: Entweder, ich stellte mich Stieg erneut und würde ein schmutziges Wortgefecht mit ihm austragen müssen, oder ich stellte Rasmus als meinen Freund vor. Ganz ehrlich, hatte ich eine Alternative?

Ich sprang von der Bank auf und ließ eine kichernde Marlies zurück. So schnell meine Flipflops es zuließen, rannte ich auf Rasmus zu und versuchte, mich an ihn zu schmiegen, was aufgrund seiner Schutzweste kein leichtes Unterfangen war.

»Da bist du ja, Schatz«, säuselte ich und schaute ihn verliebt an.

Ich wusste nicht, wer in diesem Moment verdutzter war. Stieg, der in seiner Bewegung innehielt und sich erst einmal nicht weiter näherte oder Rasmus, der mich skeptisch beäugte.

Jetzt hatte ich mit diesem Spiel begonnen, also musste ich es auch zu Ende bringen. Als wollte ich Rasmus auf die Wange küssen, legte ich meine Hand in seinen Nacken und zog seinen Kopf zu mir herunter. Ich musste ihm zugutehalten, dass er nicht den Versuch startete, sich zu wehren, sonst hätte ich seinen muskulösen Hals keinen Millimeter bewegen können.

Als sein Kopf auf meiner Höhe war, flüsterte ich ihm ins Ohr:

»Bitte spiel mit.« Dann drückte ich ihm einen flüchtigen Kuss auf die Wange. Er roch ziemlich gut. Männlich, herb, aber auch ein wenig nach Sommer.

»Ich erwarte später eine Erklärung«, raunte er mir zu, legte jedoch zu meiner Erleichterung seinen Arm um mich.

Gespielt verliebt kuschelte ich mich an ihn und legte meinen Arm ebenfalls um ihn. Da sein gesamter Oberkörper durch die Weste bedeckt war und ich an seiner linken Hüfte die Pistole im Holster fühlen konnte, blieb mir nichts anderes übrig, als meine Hand auf seinen Po zu legen. Solche Situationen passierten auch nur mir.

Stieg stand immer noch wenige Meter von uns entfernt und ließ uns nicht aus dem Blick.

»Ach, Stieg«, tat ich überrascht. »Das hier ist mein Freund, der Polizist, von dem ich dir heute Morgen berichtet habe, nachdem du den Versuch gestartet hast, mich als Mätresse anzustellen.« Vielleicht hatte Anni recht damit, wenn sie fand, ich sollte aufpassen, was ich sagte, denn mein vorlauter Mund könnte mir Schwierigkeiten einbringen. Meine Wut auf Stieg war jedoch zu groß, als das ich meine Worte kontrollieren konnte.

Rasmus' Griff um meinen Arm wurde fester. Fast hatte ich Angst, er wollte mich zerquetschen. Zu meinem Erstaunen ließ er mich jedoch los, trat direkt vor Stieg und baute sich bedrohlich vor ihm auf. Auch ohne Uniform konnte Rasmus erschreckend autoritär wirken. Seine grünen Augen konnten einen durchbohren. Mit seinen dunklen, kurz geschnittenen Haaren, der gebräunten Haut und den tätowierten Unterarmen kam man gar nicht auf die Idee, sich diesem Mann in den Weg zu stellen.

»Gibt es Probleme?«, fragte er Stieg Jansen. Bei dem wütenden Klang seiner Stimme war das Blut in meinen Adern kurz davor, zu gefrieren und ich war froh, dass sie nicht mir galt.

Wenn mich nicht alles täuschte, geriet Stiegs undurchdringbare Haltung ins Wanken. Sein Blick zuckte zwischen Rasmus und mir hin und her.

»Nein, nein. Natürlich nicht. Ich wollte mich nur noch einmal aufrichtig und in aller Form bei Stine für mein Benehmen entschuldigen. Es wird nie wieder vorkommen.« Hörte sich seine Stimme dabei ein kleines bisschen weinerlich an? Jeder Mensch hatte etwas, wovor er Angst hatte. Bei Stieg war es scheinbar die Polizei. Bestimmt gab es etwas, was er zu verbergen hatte.

»Ich bin mir sicher, dass es nie wieder vorkommt. Ansonsten werden wir uns noch einmal sehen und dann werde ich nicht so freundlich sein wie jetzt.«

Wenn das der freundliche Rasmus war, wollte ich lieber niemals der wütenden Version begegnen. Doch seine Worte zeigten Wirkung. Wie ein scheues Kaninchen auf der Flucht drehte Stieg sich um und eilte in die entgegengesetzte Richtung der Fußgängerzone davon.

Erleichtert atmete ich aus. »Puh, das war knapp.«

Rasmus drehte sich zu mir um und stand nach zwei Schritten wieder vor mir.

Dankbar lächelte ich ihn an, doch bei seinem mürrischen Gesichtsausdruck erstarb mein Lächeln abrupt.

»D … Danke«, stotterte ich.

»Und jetzt bekomme ich eine Erklärung.« Er griff meinen Arm und zog mich mit sich. Lässig öffnete er die Ladentür und ließ Marlies ohne ein Wort auf der Bank sitzen.

Empört riss ich mich von ihm los. »Sag mal spinnst du?«

Rasmus blieb stehen und musterte mich. »Du kannst mich doch nicht einfach mitreißen wie einen Häftling.«

Er nickte, das sollte wohl eine Entschuldigung darstellen.

»Erklärst du mir jetzt bitte, was das da draußen eben sollte?«, sagte er in etwas milderem Tonfall.

Ich nickte und erzählte Rasmus in allen Einzelheiten, was sich am Vormittag im Haus von Stieg Jansen abgespielt hatte.

Rasmus blieb still, schnaufte aber wütend und ich konnte die Ader an seiner linken Schläfe hervortreten sehen.

»Also nochmal tausend Dank, dass du mitgespielt hast«,

beendete ich meinen Monolog. »Ich werde es wieder gutmachen, versprochen.«

»Davon gehe ich aus.«

Hatte ich gedacht, wir würden uns noch einen Moment unterhalten, stellte sich diese Vermutung binnen Sekunden als falsch heraus. Rasmus nickte mir zu und marschierte mit schweren Schritten zur Ladentür. Ich war mir nicht sicher, ob ich wissen wollte, wie ich sein Entgegenkommen wieder gutmachen sollte.

Mit weniger enthusiastischen Schritten als er trat ich aus dem Laden auf die sonnige Straße und ließ mich geräuschvoll neben Marlies plumpsen. Der Streifenwagen fuhr gerade aus der Fußgängerzone heraus und ließ mich mit wirren Gedanken zurück.

KAPITEL 5

Unruhig schwang ich meinen Pinsel über die Leinwand. Immer wieder huschte mein Blick durch die Atelierfenster auf das Meer hinaus und ich versuchte, die Ereignisse des gestrigen Tages abzuschütteln.

Hatte ich vermutet, dass mir Stiegs übergriffiges Auftreten gar nichts anhaben konnte, musste ich mir nun eingestehen, dass ich mir geirrt hatte. Ich ärgerte mich über ihn und hoffte, dass er nicht bei allen Frauen dieses Verhalten an den Tag legte. Ich war mir sicher, dass nicht jede so reagiert hätte wie ich. Nicht alle Frauen fanden den Mut, sich einem dominant auftretenden Mann entgegenzustellen. Ich konnte nur hoffen, dass er seinen Betonbau so schnell nicht mehr verlassen würde, oder besser noch, ihn für immer hinter sich ließ. Was wollte er in einer Kleinstadt wie Tideborg? Ein Geschäftsmann wie er war in Kopenhagen oder Aalborg deutlich besser aufgehoben.

Ich legte den Pinsel auf den Beistelltisch neben der Staffelei. So recht wollte meine Konzentration mir heute nicht dabei behilflich sein, etwas Vernünftiges auf die Leinwand zu bringen. Nachdem ich meinen Malkittel auf den hölzernen Hocker gelegt hatte, öffnete ich die beiden Sprossenfenster und hielt den Kopf hinaus.

Die warmen Sonnenstrahlen streichelten mein Gesicht und ich

schloss die Augen. Das Meeresrauschen ertönte wie ein meditativer Klang in meinen Ohren. Es wurde lauter, die Wellen kamen näher, bis sie sich im nächsten Moment zurückzogen und wieder stiller wurden. Ich hätte diesen wundervollen Klängen der Natur noch ewig lauschen können. An manchen Tagen konnte ich mein Glück, in diesem Strandhaus direkt am Meer zu wohnen, nicht fassen. Dass meine Oma mir nach ihrem Tod dieses kleine Idyll hinterlassen hatte, bedeutete nach all den Jahren Freiheit für mich. In jedem Winkel des Hauses spürte ich kreative Schwingungen. Beim Blick aus dem Atelier konnte ich bei gutem Wetter sogar den kilometerweit entfernten Leuchtturm erkennen, von dem man bei Dunkelheit das Leuchtfeuer kreisen sehen konnte.

Mein Handy piepte und kündigte eine Nachricht an.

Ich putzte die letzten Farbtupfer von meinen Händen, plumpste auf die Chaiselounge und entsperrte mein Handy.

Wie in den letzten Tagen bereits mehrfach vorgekommen, tauchte auch dieses Mal Rasmus' Name auf meinem Display auf. Nicht, dass es zur Gewohnheit wurde, dass er mir schrieb. Ich konnte bestens darauf verzichten, immer wieder von ihm zu hören. Dennoch war meine Neugierde über die Nachricht zu groß, als das ich sie hätte ungelesen löschen können.

Rasmus:
Komm um 16 Uhr zu mir! R.

Ernsthaft? Was glaubten die Männer, wie sie mit uns Frauen umgehen konnten? Tsss, obwohl ich Rasmus' Stimme nicht hören konnte, wusste ich dennoch, wie sie klang, hätte er mir die Nachricht nicht geschrieben, sondern gesagt. Hielt er sich für so unwiderstehlich, dass er nicht mal die Güte besaß, eine Begrüßung oder ein Bitte/Danke zu benutzen?

Wütend stand ich von der Chaiselounge auf und ging die Treppe vom Atelier hinunter ins Wohnzimmer, das durch die

Sonnenstrahlen in ein warmes Licht getaucht wurde.

Ich legte das Handy auf den Esszimmertisch und verschwand in meinem Schlafzimmer, um mir meinen Bikini anzuziehen. Was ich jetzt brauchte, war eine Abkühlung. Obwohl die Temperaturen draußen die 25-Gradmarke geknackt hatten, würde die Wassertemperatur deutlich niedriger sein und mich erfrischen.

In meinem neongelben Bikini und mit einem flauschigen Handtuch unter dem Arm, öffnete ich die Terrassentür. Gerade als ich hinausgehen wollte, ertönte mein Handy erneut. Eine weitere Nachricht war eingegangen. Ich war erstaunt, wieder Rasmus' Namen auf dem Display zu sehen, und öffnete seine Nachricht.

Rasmus:
Bitte!

Ein Lächeln schlich sich auf mein Gesicht. Natürlich nur ein kleines, zaghaftes, mehr würde ich Rasmus Kirgekård bestimmt nicht zuteilwerden lassen. Er hatte also eingesehen, dass seine Nachricht nicht allzu freundlich geklungen hatte.

Dennoch legte ich mein Handy auf den Tisch zurück, ohne ihm zu antworten. Er konnte ruhig ein wenig schmoren. Ich ließ mich nicht herumkommandieren, auch wenn er ein *Bitte* hinterhergeschoben hatte.

Zufrieden mit mir und meinem selbstbestimmten Auftreten, hüpfte ich beschwingt die Holztreppe zum Strand hinunter, sodass die Bommel an meinem Bikini umherschwangen.

Mein Handtuch legte ich auf die unterste Stufe und lief durch den Sand zum Ufer hinunter, wobei ich unzählige kleine Sandkörnchen aufwirbelte.

Das kalte Wasser schwappte um meine Knöchel und schon bald reichte es bis an meine Waden.

Mit den Händen formte ich eine Schale, nahm Wasser darin auf und ließ es mit Schwung nach oben spritzen, sodass sich die kleinen Tropfen im Sonnenlicht brachen wie unzählige Diamanten.

»Juhuuuu«, rief ich, breitete meine Arme zu beiden Seiten aus und drehte mich im Kreis, bis ich auf dem sandigen Untergrund ausrutschte und mit einem lauten *Platsch* komplett im Wasser landete.

Wieder und wieder spritzte ich das Wasser mit meinen Händen empor und merkte, wie ich mit jedem Tropfen, der durch die Sonne zu glitzern begann, meine innere Balance zurückerlangte.

Den meisten Erwachsenen war es peinlich, im Wasser zu tollen oder sich auf jegliche andere Weise fallen zu lassen. Dabei vergaßen sie viel zu oft, wie schön diese kleinen Momente waren. Das Leben bot uns so viele Möglichkeiten, doch die wenigsten ergriffen sie. Zu oft verschwanden die Farben des Lebens im Grau des Alltags. Dabei war es so leicht, Farbe in sein Leben zu bringen. Man musste nur die Augen öffnen, Gelegenheiten boten sich an jeder Ecke, sie waren nur zu leicht zu übersehen, wenn man in Eile geriet und sich nicht die Zeit nahm, sie zu entdecken.

Genüsslich seufzend ließ ich mich nach hinten sinken, bis ich im Wasser lag. Ich ließ den Blick über die zarten Wolken am Himmel gleiten. Langsam zogen sie über die Weite des Meeres. Heute wehte der Wind nur leicht und ließ den Wolken Zeit, sich fortzubewegen. An windigen Tagen zogen sie wie aneinandergereihte Perlen auf einer Schnur unaufhaltsam vorwärts.

Nach einigen weiteren Minuten im kühlen Nass spürte ich, dass ich meine Unruhe an das Wasser abgegeben hatte und meine Kreativität ihren Weg zurückgefunden hatte. Bilder glitzernder Wassertropfen im Sonnenlicht schossen mir in den Sinn und ich konnte gar nicht schnell genug aus dem Wasser und ins Atelier zurückkommen, um zu malen.

Triefend nass eilte ich über den Strand und trocknete mich nur notdürftig mit dem großen Handtuch ab. Ich wollte keine unnötige Zeit mit dem Umziehen vergeuden. Meine Finger kribbelten aufgeregt, ich wollte endlich die verschieden großen Pinsel in die Hand nehmen, in die Farben tauchen und eine weiße Leinwand füllen.

Noch im Bikini nahm ich mir nur schnell aus dem Kühlschrank eine Wasserflasche und eilte ins Atelier, wo ich mir den Malkittel umband, der in Sekundenschnelle durch meinen noch nassen Körper getränkt wurde.

Hingebungsvoll begann ich, meine Ideen auf die Leinwand zu bringen. Summend und abwechselnd die Augen schließend oder aufs Meer hinausschauend, färbte ich den weißen Untergrund.

Völlig in meine Arbeit vertieft, fuhr ich erschrocken zusammen, als es an meiner Terrassentür klopfte.

Ich legte den Pinsel zurück und polterte nach unten. Durch den offenen Wohn- und Essbereich konnte ich schon von der Treppe aus erkennen, dass Anni vor der Terrassentür stand und mir grinsend zuwinkte.

»Hej Anni, komm rein«, öffnete ich ihr die Tür.

»Wow, ist es so warm in deinem Atelier, dass du im Bikini malst?«, fragte sie und ließ ihren Blick über mich gleiten.

»Nein, nein. Ich habe im Meer gebadet und plötzlich kamen die Ideen.« Schulterzuckend schaute ich sie an.

»Wie immer«, nickte Anni wissend.

»Jap.« Nicht selten war es vorgekommen, dass ich mitten im Gespräch innegehalten und mir Stift und Papier geschnappt hatte, um eine Skizze niederzuzeichnen. Im Restaurant mussten regelmäßig die Servietten herhalten, damit ich darauf zeichnen konnte. Hatte ich eine Idee, musste ich sie sofort verwirklichen. Ich konnte mich zwar auch später noch daran erinnern und sie vor meinem geistigen Auge sehen, aber ich hatte stets das Gefühl, dass meine Finger nicht zu kribbeln aufhörten, wenn ich sie nicht sofort zu Papier oder eben auf die Serviette brachte.

»Möchtest du einen Kaffee?«, bot ich meiner Schwester an und begann direkt damit, die Maschine vorzubereiten.

»Du bist ja schon dabei«, lachte Anni. »Aber na klar, gerne möchte ich einen Kaffee trinken.«

Sie stellte sich an die Kücheninsel und folgte mit grinsendem Blick meinen Bewegungen.

»Hast du gleich noch etwas vor oder möchtest du mit uns essen?«

»Wie spät ist es denn?« Im Atelier vergaß ich regelmäßig die Zeit. Wenn ich mich ganz auf meine Bilder konzentrierte, nahm ich nur wenig um mich herum wahr.

»Kurz nach vier«, sagte Anni. »Bis zum Abendessen hast du noch etwas Zeit.«

»Oh mist. So spät schon.« Ich rannte aus der Küche ins Badezimmer und rief Anni über die Schulter hinweg zu, dass sich sie ihren Kaffee selber nehmen sollte.

In Windeseile stieg ich unter die Dusche und wusch mir das klebrige Gemisch aus Salzwasser und Sand vom Körper.

Ich hatte nicht vorgehabt, Rasmus absichtlich warten zu lassen. Zwar gefiel mir seine Art nicht, so unfreundlich zu sein, aber ich musste es ihm ja nicht gleich tun.

»Warum die Eile?«, fragte Anni durch die verschlossene Badezimmertür.

»Ich musste eigentlich um vier Uhr bei Rasmus sein.«

»Bei Rasmus?« Ihr Kopf tauchte in der Badezimmertür auf und sie machte ein erstauntes Gesicht. »Was willst du da denn? Habt ihr euch jetzt doch angefreundet? Das ging ja schnell.«

Ich lachte auf. »Nein, nein. Wir werden uns niemals anfreunden, ganz sicher nicht. Ich habe aber etwas gutzumachen.«

Und dann erzählte ich Anni, während ich mir mein knielanges Jeanskleid anzog, was sich am gestrigen Abend in Tideborg vor Marlies Geschäft zugetragen hatte.

Dass Anni in schallendes Gelächter ausbrach, hatte ich nicht vermutet. »Stine, Stine. Du schaffst es auch immer wieder, dich in die unmöglichsten Situationen zu bringen.«

Seufzend grinste ich. »Das nennt man Talent.«

»Und davon hast du jede Menge.« Annis Gesichtsausdruck wurde immer heiterer, zumindest hatte sie Spaß an der ganzen

Sache.

»Was er wohl von dir als Wiedergutmachung haben möchte?«, überlegte Anni.

Ich föhnte meinen Bob nur kurz an und schob meinen Pony mit einem roten Haarreifen zurück. Dann band ich drei passende Perlenarmbänder in Rot, Türkis und Gelb um mein Handgelenk und schob mich an Anni vorbei aus dem Bad heraus.

»Bestimmt möchte er ein Bild von mir. Was sollte er auch sonst haben wollen? Ich bin Künstlerin.«

»Wahrscheinlich hast du recht. Wäre das so schlimm?«

Ich überlegte kurz. »Nein, ich denke nicht. Rasmus müsste nur damit rechnen, kein Sonnenbild vom Meer zu bekommen. Vielleicht eher ein Gewitter über den tosenden Wellen, das passt besser zu ihm.« Die Idee gefiel mir und ich musste über mich lachen.

»Sei nicht so unfreundlich ihm gegenüber. Ich verstehe gar nicht, was du gegen ihn hast. Zu mir ist er immer sehr nett«, versuchte Anni ihn zu verteidigen.

»Ja, nett ist die kleine Schwester von Scheiße. Also bitte!«

Ich ging in den Flur und schlüpfte in meine knallblauen Flipflops, die ich kurz nach Annis Ankunft vor knapp zwei Jahren zusammen mit ihr in *Annes skobutik* gekauft hatte.

»Sei gleich bitte freundlich zu Rasmus, ja?«

Ich schnaufte. »Ich bin immer freundlich.«

Anni folgte mir durch die Haustür, die ich mit mehr Wucht als beabsichtigt hinter uns zuzog.

»Immer schön durchatmen«, neckte Anni mich und ich gab ihr einen liebevollen Klaps auf den Arm. »Ich habe dich auch lieb, große Schwester.«

Ich setzte mich hinter das Steuer meines alten Transporters und fuhr vom Hof, eine grinsende Anni zurücklassend.

Ich kannte Rasmus schon, so lange ich in Oma Inges Strandhaus lebte. Das waren mittlerweile fast sieben Jahre. Wir waren uns damals bei Marlies im Laden begegnet. Er, in Uniform, stattete Marlies vor seinem Dienst einen kurzen Besuch ab, und ich, kurz nach meinem Umzug nach Tideborg, wollte meine neu gefundene Freundin besuchen.

Marlies hatte uns vorgestellt und ich war vom ersten Moment an gebannt von Rasmus grünen Augen und seiner großen, athletischen Statur gewesen. Die Haare kurz geschnitten, sodass sie nicht die geringste Chance hatten, durch den Wind hin- und hergeweht zu werden. Er hatte mir seine große, gebräunte Hand entgegengestreckt, ich hatte mich lächelnd vorgestellt. Doch schon damals wollte Rasmus mein Lächeln nicht erwidern, sondern schaute mich nur undurchdringlich an.

Wir waren uns immer wieder begegnet, was anhand der Größe Tideborgs und Rasmus' Beruf als Polizist nicht verwunderlich war. Dass er ein enger Freund von Magnus war, tat sein Übriges, sodass wir uns auf Festen, Geburtstagsfeiern oder Strandpartys über den Weg liefen. An Rasmus' nüchterner Art hatte sich jedoch nie etwas geändert. Zu Beginn hatte ich mehrfach versucht, ihn in ein Gespräch zu verwickeln. Ich konnte mich fast mit jedem unterhalten. Anni nannte mich nicht nur neugierig, sondern auch sehr kommunikativ. Das war ich wohl. Bei Rasmus rannte ich mit meiner offenen Art jedoch jedes Mal gegen eine Wand und da ich mir nicht ständig Beulen einhandeln wollte und die Wand zu ihm undurchdringbar erschien, gab ich irgendwann auf, ihn näher kennenzulernen.

Über die Jahre fand ich ihn einfach nur noch arrogant, manchmal sogar etwas nervig. Wie konnte jemand, der in einer Kleinstadt lebte, und dazu noch Polizist war, so verschlossen sein? Müsste nicht gerade er mit allem und jedem ins Gespräch kommen und ständig stehen bleiben, um einen Plausch zu halten?

Ich hatte mit dem Thema Rasmus jedoch ein für alle Mal abgeschlossen.

Ich würde seinen Wunsch nach Wiedergutmachung erfüllen, wenn er nicht zu abwegig war, und dann würden wir weiter ohne jegliche Kommunikation nebeneinander herleben.

Rasmus wohnte am anderen Ende von Tideborg. Nicht an jenem Nordende, in dem Stiegs Betonbau stand, sondern am südlichen Ortsrand, von dem es nicht mehr weit bis nach Esbjerg war.

Ich bog von der Hauptstraße in die Sackgasse ein, in der Rasmus wohnte. Sein Haus lag am Ende der Straße, man konnte es nur zu Fuß erreichen, da die breite Zufahrt mit Pollern versperrt wurde. Vielleicht wollte Rasmus sich so ungebetene Besucher vom Leib halten.

Ich parkte meinen Transporter im Wendehammer, ließ den laut knatternden Motor verstummen und rückte meinen Haarreif noch einmal zurecht.

Langsam ging ich zwischen den Pollern hindurch und den Fußweg zum Ende der Straße entlang. Das Reetdach seines Hauses konnte ich bereits erkennen, der Rest versteckte sich hinter einer hohen Hecke aus Zypressen.

Ich ging um die Ecke, wo die Hecke zu einem hohen Bogen geschnitten worden war und so Einlass auf das Grundstück gewährte.

Von außen hatte ich Rasmus' Bleibe schon öfter gesehen. Eigentlich gab es kaum ein Haus in Tideborg, das ich nicht kannte, es sei denn, in den Wäldern rund um die Stadt hatten sich noch weitere Betonklötze versteckt. An freien Tagen setzte ich mir gerne meinen Rucksack auf den Rücken und schlenderte durch den Ort und über die Ortsgrenze hinaus, um mir Häuser oder Gärten anzuschauen. Ich liebte es, zur Weihnachtszeit bei Dunkelheit durch die Straßen zu spazieren und in die beleuchteten und geschmückten Fenster zu schauen. Manchmal konnte man einen Blick auf Weihnachtsbäume erhaschen, die mit bunten Kugeln oder Girlanden geschmückt waren. Nein, ich war nicht neugierig, nur an meiner Umwelt interessiert.

Durch den Heckenbogen ging ich auf die hölzerne Haustür des reetgedeckten Hauses zu und blieb, den Kopf in den Nacken gelegt, stehen.

Das Häuschen war niedlich, etwas überwuchert, aber es hatte Potenzial. Das Satteldach reichte beinahe bis zum Boden, ein hoher Schornstein ragte gen Himmel. Hinter dem Haus musste sich ein kleiner Garten befinden, zumindest ging die Hecke ein gutes Stück hinter das Haus, doch so sehr ich meinen Kopf zur Seite neigte, konnte ich nicht hinter das Haus schauen.

Ginsterbüsche und wild wachsende Hybensträucher waren unsortiert eingepflanzt. Hier wohnte eindeutig niemand, der viel Zeit und Mühe für den Garten aufwendete.

»Suchst du etwas Bestimmtes?«

Ich erschrak und erblickte Rasmus, der an den Türrahmen gelehnt im Eingangsbereich stand.

»Ähm, nein«, räusperte ich mich. »Ich wollte mich nur etwas umsehen.«

»Du bist zu spät«, sagte er monoton.

»Sei froh, dass ich überhaupt hergekommen bin.« Von Rasmus würde ich mir nichts sagen lassen. »Also was ist, bittest du mich herein oder sollen wir hier in diesem ...«, ich machte eine vage Handbewegung »Garten sprechen?«

Rasmus trat einen Schritt zur Seite und ohne auf meinen kleinen Seitenhieb einzugehen, bat er mich mit einer einladenden Geste in sein Haus.

Ich ging an ihm vorbei und war erstaunt über den hellen, offenen Wohnbereich, in dem ich nach wenigen Schritten stand. Ich blieb in der offenen Küche stehen. Den Mittelpunkt des Raums bildete ein runder Esstisch, der aussah, als hätte er schon einige Jahre auf dem Buckel. Das dunkle Ungetüm aus Massivholz bildete einen interessanten Kontrast zu den hellen Holzwänden.

Ich roch Rasmus herben Duft hinter mir und drehte mich zu ihm um.

»Hübsch«, sagte ich, weil mir nichts Besseres einfiel. Ich hatte etwas ganz anderes erwartet, etwas viel Dunkleres und weniger Geschmackvolles.

»Finde ich auch«, gab Rasmus mir zu Antwort. »Möchtest du

etwas trinken? Wasser oder Kaffee?«

Verdutzt schaute ich ihn an. Er konnte also auch freundlich sein. Gerade wollte ich ihm einen Spruch entgegenfeuern, biss mir aber in letzter Sekunde auf die Zunge. Ich konnte beinahe Annis spitze Bemerkung hören, dass ich Rasmus offen und nicht mit so vielen Vorurteilen begegnen sollte. »Gerne Kaffee.«

Rasmus nickte und machte sich in der Küche daran, die verchromte Kaffeemaschine mit einem Filterbeutel und Kaffeepulver zu befüllen und anschließend den Wassertank aufzufüllen. Als das gluckernde Geräusch der Maschine einsetzte, atmete ich tief durch. Ich hatte gar nicht gemerkt, dass ich nur flach geatmet hatte. Das monotone Durchlaufen des Kaffees entspannte mich und ich spreizte meine Finger, um meine Muskeln zu lockern.

Rasmus lehnte lässig mit verschränkten Armen an der Arbeitsplatte und strahlte so viel Selbstsicherheit aus, wie sie viele Menschen ihr Leben lang nicht erreichen würden. Er trug eine zerschlissene Jeans und dazu ein schwarzes Poloshirt, das den Blick auf seine muskulösen Arme und die schwarzen Tattoos freigab. An den Füßen trug er … nichts. Er war barfuß.

Schnell hob ich meinen Blick und schaute ihm direkt ins Gesicht, es war jedoch verhext, meine Augen wollten immer wieder nach unten schauen, als wären sie durch Blei beschwert. Nur mit größter Kraftaufwendung schaffte ich es, meinen Blick auf Rasmus' Gesicht ruhen zu lassen, auf dem sich langsam der Hauch eines Lächelns bildete.

Er hatte es also gemerkt. Frauen fanden die unterschiedlichsten Dinge an Männern sexy, Anni stand zum Beispiel total auf muskulöse Oberkörper, Marlies drehte sich nach jedem knackigen Hintern um und ich fand Männer, die barfuß waren einfach unfassbar attraktiv. Männer, die barfuß gingen oder Flipflops trugen, hatten etwas Entspanntes und Selbstverständliches an sich und ich musste einfach hinschauen.

Zu blöd, dass Rasmus meinen Blick richtig deutete und jetzt seinen Kopf schief legte.

Na gut, dann war Rasmus eben attraktiv und hatte sehr schöne Füße und ziemlich interessante Tattoos und strahlend grüne Augen und große, starke Hände, aber ich mochte ihn trotzdem nicht. Basta.

Ich wollte den Grund meines Besuchs schnell hinter mich bringen und würde dann bestimmt nicht ein weiteres Mal in dieses Haus kommen.

Ein Husten, das weder von Rasmus noch von mir ausging und aus einem Zimmer hinter mir kam, ließ mich aufhorchen.

Rasmus beantwortete meinen fragenden Blick jedoch nicht, sondern befüllte in aller Ruhe drei bauchige Tassen.

»Milch?«, fragte er. Mein Blick ruhte immer noch auf der dritten Tasse und ich fragte mich, für wen sie sein sollte.

»Wie bitte?«

»Ob du Milch in deinen Kaffee nimmst.«

Leicht schüttelte ich den Kopf, um wieder in der Gegenwart anzukommen. »Ja, bitte.«

Dankend nahm ich meine Kaffeetasse entgegen und beobachtete Rasmus, wie er in jede Hand eine Tasse nahm.

»Komm«, forderte er mich auf, doch wenn ich mich nicht geirrt hatte, hatte seine Stimme einen etwas weniger forschen Ton, wie ich es sonst von ihm kannte.

Bevor ich das Sofa ansteuern konnte, ging Rasmus an mir vor in den kleinen Flur, von dem nur drei Türen abgingen.

»Hier links ist mein Schlafzimmer, gegenüber das Bad und hier ist Mads Zimmer.«

»Mads?«, fragte ich, doch ohne mir zu antworten, schob er die weiß gestrichene Holztür mit seinem Fuß auf.

Neugierig versuchte ich, an ihm vorbei einen Blick in den Raum zu werfen. Leider versperrte Rasmus mit seinem breiten Körper jedoch jeden Winkel, sodass ich nichts sehen konnte.

»Opa? Stine ist da.«

Opa? Ich wusste gar nicht, dass Rasmus mit seinem Opa hier lebte. Er hatte ihn noch nie erwähnt. Na gut, so weit hatten wir uns auch noch nie unterhalten, jedoch hatte auch Marlies nichts dergleichen erwähnt und sie kannte Rasmus deutlich besser.

»Ich bin hier«, hörte ich die Stimme eines älteren Herren.

»Hast du ein bisschen geschlafen, Opa?« In Rasmus' Stimme schwang plötzlich so viel Mitgefühl mit. So hatte ich ihn noch nie reden hören.

»Opa, ich habe Kaffee und Besuch mitgebracht.«

Rasmus verschwand in dem dunklen Raum und ich folgte ihm ein paar Schritte, blieb jedoch im Türrahmen stehen. Das Geräusch von Porzellan, das auf Holz abgestellt wurde, war zu hören. Mit einem Ruck flogen die Vorhänge vor dem Sprossenfenster zur Seite und ließen den Blick auf den Garten frei.

Mein Blick wanderte durch den Raum. Sofort fiel mir die karge Einrichtung auf. Auf der linken Seite stand ein großer hölzerner Kleiderschrank, daneben ein Sekretär. Vor dem Fenster stand ein kleiner Tisch, auf dem ein Strauß frischer Wildblumen in einer Vase thronte. Rechts von mir richtete sich gerade Rasmus' Opa auf. Er hielt jedoch in der Bewegung inne und hielt sich die Seite. Schnell stellte sich Rasmus neben seinen Opa, half ihm, sich aufzurichten, und reichte ihm das Glas Wasser, das auf dem Nachtisch stand.

Während der alte Herr sein Glas leerte, taxierte er mich mit seinen grünen Augen, die mich an Rasmus erinnerten, obwohl dieses Paar einige Jahrzehnte älter war. Ich fühlte mich unwohl und fehl am Platz und wusste nicht, was ich hier sollte.

»Ich werde dann mal wieder«, sagte ich und wollte mich so schnell wie möglich auf den Heimweg machen. Was wollte Rasmus von mir, dass er mich zu sich gebeten hatte?

»Nein, warte, Stine.« Rasmus trat neben mich und ich schaute in seine grünen Augen.

»Ich möchte dir meinen Opa vorstellen«, sagte er und setzte sich auf die Bettkante. »Das hier ist Mads Kirkegård.« Liebevoll tätschelte er dessen Oberschenkel.

»Hej Mads, ich bin Stine.« Obwohl ich immer noch nicht

wusste, warum Rasmus mir seinen Opa vorstellte, wollte ich nicht unhöflich oder respektlos Mads gegenüber sein.

»Opa, das ist Stine. Ich habe dir gestern von ihr erzählt.« Rasmus schaute mich an und für einen Moment wirkte er nervös. Die Ader an seiner linken Schläfe trat hervor und sein Auge zuckte ein wenig. »Stine wird dir in den nächsten Wochen Gesellschaft leisten.«

Ich werde was?

»Oh«, sagte ich nur und schaute nervös zwischen Rasmus und seinem Opa hin und her. In welche Situation war ich hier bitte hineingeraten? Und auf welche verrückten Ideen kam Rasmus?

»Wir finden es toll von dir, Stine, dass du meinem Opa hilfst, wann immer ich Dienst habe, stimmt es, Mads?«

»Was soll ich?«, sprach ich nun doch meine Gedanken aus.

Mads schaute erst mich, dann seinen Enkel an und ein Anflug des Bedauerns trat auf sein Gesicht, der den Glanz aus seinen Augen nahm.

Rasmus erhob sich vom Bett und trat vor mich. Versuchte er, mich zu hypnotisieren, oder warum starrte er mich so an?

»Wir hatten doch gestern alles besprochen, Stine. Mein Opa wohnt für eine Weile bei mir und du hilfst ihm ein wenig, wenn ich arbeiten muss. Du kochst das Mittagessen, hilfst ihm beim Einkaufen und leistest ihm Gesellschaft, damit er keine Langeweile hat.«

Jetzt hatte ich genug. Erst Stieg, jetzt Rasmus. Glaubten eigentlich alle Männer, sie seien der Nabel der Welt und man müsste nach ihrer Pfeife tanzen?

Ich schloss meine Augen, atmete tief durch und war dieses Mal froh, dass Rasmus so groß war. So konnte sein Opa meinen wütenden Gesichtsausdruck zumindest nicht sehen.

Nach einigen tiefen Atemzügen öffnete ich meine Augen und schaute an Rasmus vorbei zu seinem Opa.

»Entschuldigst du uns bitte einen Moment, Mads?«

Um Contenance beherrscht, griff ich Rasmus' Hand, die

erstaunlich weich war, und zog ihn hinter mir durch den Wohnbereich in den kleinen Flur, sodass wir außer Hörweite waren.

»Sag mal, was fällt dir eigentlich ein? Glaubst du, ich kann mich um deinen Opa kümmern? Ich bin Malerin, Rasmus.«

»Du hast aber doch Zeit, nachdem dein Auftrag bei Stieg geplatzt ist.«

»Tsss, du bist so ein Arsch, Rasmus Kirkegård. Wie kommst du auf die Idee, dass ich einfach mache, was du willst? Du hättest mich zumindest mal fragen können.« Meine Wut wuchs ins Unermessliche und ich musste mich bremsen, nicht durch das ganze Haus zu schreien.

Rasmus hingegen blieb vollkommen ruhig. »Hättest du zugesagt, wenn ich dich darum gebeten hätte?«

Hätte ich das? »Zumindest hätten wir dann darüber reden können. So macht man das mit seinen Mitmenschen. Man redet und fragt sie um Erlaubnis, aber davon hast du scheinbar noch nie etwas gehört.«

»Du schuldest mir aber etwas, Stine. Schon vergessen?«

So einfach war das für ihn also.

»Weißt du was, Rasmus? Vergessen wir das einfach. Falls ich Stieg Jansen jemals wieder begegnen sollte, werde ich ihm die Wahrheit sagen. Ich werde dich bestimmt nie wieder um Hilfe bitte.«

»Und ich dich nicht«, sagte Rasmus nun mit einem wütenden Unterton, der seine Stimme zittern ließ.

»Du hast mich nicht gebeten, du hast mich aufgefordert.«

Ich drehte mich um und ging wieder in den Wohnbereich, kam allerdings nur wenige Schritte vorwärts, da Rasmus mich am Handgelenk festhielt. »Wo willst du hin?«, fragte er, jetzt wieder um Ruhe bedacht.

»Ich möchte mich von deinem Opa verabschieden«, antwortete ich und Rasmus ließ nickend meine Hand los.

Als ich zurück in Mads Zimmer kam, saß dieser nicht mehr in

seinem Bett, sondern an dem Tisch vor dem Fenster, den Blick in den Garten gerichtet. Mit einer bedachten Bewegung griff er nach seiner Kaffeetasse und führte sie an seinen Mund.

Langsam drehte er sich zu mir um und schaute mich aus müden Augen an. Er wirkte plötzlich um Jahre älter als noch wenige Minuten zuvor.

»Ich möchte mich für meinen Enkel entschuldigen«, sagte Mads leise, blickte aber rasch wieder aus dem Fenster. Also hatte er unsere Auseinandersetzung doch mitbekommen.

Beim Anblick des alten Mannes musste ich schlucken.

»Schon in Ordnung«, flüsterte ich beinahe. Wie hätte ich ihm sagen sollen, dass sein Enkel total daneben und ein Arsch war? So etwas konnte selbst ich nicht tun, obwohl ich sonst immer dafür plädierte, die Wahrheit auszusprechen.

Mads drehte sich wieder zu mir um und sein Blick ruhte auf mir. Irrte ich mich oder glitzerte eine Träne in seinem rechten Augenwinkel?

Ich schluckte die aufkommenden Tränen hinunter. Wie alt mochte Mads sein? Bestimmt über achtzig. Würde meine Oma Inge noch leben, wären die beiden wahrscheinlich in einem ähnlichen Alter. Wie hätte sie sich gefühlt, wenn jemand ihr zur Hilfe kommen sollte, und dann ablehnte? Wie hätte ich mich gefühlt?

Ich sah, wie Mads Brustkorb sich langsam hob und wieder senkte. Wenn er aufstand, wäre er bestimmt ähnlich groß wie Rasmus. Hatte er nur seinen Enkel, der sich um ihn kümmerte? Wo war der Rest der Familie? Wo war seine Frau?

All diese Fragen und noch viele mehr wirbelten wie ein Strudel durch meinen Kopf, und so sehr ich zuvor dieser Situation entkommen wollte, war mir mit einem Mal klar, dass ich es nicht konnte.

Nicht, weil ich Rasmus etwas schuldete, sondern weil Mads nichts dafür konnte, was zwischen Rasmus und mir vorgefallen war. Ich wusste, dass ich keine ruhige Minute mehr haben würde, wenn ich nach Hause fahren würde, mit der Gewissheit, es nicht zumindest versucht zu haben, mich mit Mads zu beschäftigen.

Er weckte Erinnerungen in mir, die ich nicht einfach abschütteln konnte, also tat ich das Einzige, das sich für mich in diesem Moment richtig anfühlte.

»Mads, wann soll ich denn Morgen hier sein?«

Die Augen des alten Mannes blickten mich für einen Moment freudig an, nahmen jedoch genauso schnell wieder diesen traurigen Ausdruck an. »Mach dir bitte keine Umstände, Stine. Rasmus und ich kommen schon zurecht.«

Am liebsten hätte ich Mads, wie er ohne viel Körperspannung auf seinem Holzstuhl saß, in den Arm genommen. Er wirkte traurig und bekümmert.

»Nein, Mads. Ich meine das ernst. Ich möchte euch gerne helfen und ich freue mich, wenn ich dich besuchen darf.«

Jetzt hellte sich sein Gesicht doch auf. »Wirklich?«, fragte er zaghaft, ich konnte jedoch die Freude in seiner Stimme deutlich hören.

»Wirklich«, nickte ich. »Also was hältst du davon, wenn ich morgen früh um neun Uhr zu dir komme und frische Brötchen mitbringe?«

»Das wäre mir eine überaus große Freude.« Nun konnte ich die Träne, die aus Mads Auge herauskullerte, deutlich sehen.

»Also dann, bis Morgen«, winkte ich ihm zu, drehte mich um und prallte gegen Rasmus' harte Brust.

»Sorry«, murmelte ich und ging an ihm vorbei in Richtung Haustür.

Ich hätte kein Problem damit gehabt, grußlos zu verschwinden.

»Danke, Stine«, sagte Rasmus leise, als ich schon fast zur Tür hinausgegangen war. Mein Blick glitt über die üppigen Hybensträucher. Ob Mads sich für den Garten interessierte? Ich würde ihn danach fragen.

»Ich tue das nicht für dich, Rasmus«, sagte ich und drehte mich nun doch zu ihm um.

Rasmus schaute, als habe ihm jemand einen Eimer, gefüllt mit kaltem Wasser, über seinem Kopf gegossen.

»Ich finde es nicht fair, dass dein Opa darunter leidet, dass sein Enkel so ein unsympathischer und arroganter Kerl ist. Ich werde mich um ihn kümmern. Bestimmt werde ich mich mit Mads besser verstehen als mit dir.«

Hatte ich eine Antwort von Rasmus erwartet, wurde ich enttäuscht, denn er schaute mich nur aus einem undurchdringlichen Blick an, nahm mir die Kaffeetasse aus der Hand, an die ich gar nicht mehr gedacht hatte, drehte sich um und verschwand im Inneren des Hauses. Wütend schaute ich die ins Schloss gefallene Haustür an. Hoffentlich würde ich Rasmus in der nächsten Zeit nicht allzu oft begegnen, aber er hatte ja gesagt, dass ich mich um seinen Opa kümmern sollte, wann immer er im Dienst war. Somit war die Wahrscheinlichkeit, dass wir uns häufiger über den Weg laufen würden, gering.

Ich ließ das Reetdach hinter mir und ging langsam zurück zu meinem Transporter.

Hätte mir jemand am Morgen gesagt, welche Wege dieser Tag noch gehen würde, hätte ich ihn für verrückt erklärt.

Doch so sehr ich mich über Rasmus ärgerte, konnte ich doch nicht leugnen, dass ich mich ein wenig darauf freute, Mads am nächsten Tag zu besuchen und etwas Zeit mit ihm zu verbringen. Er konnte schließlich nichts für seinen Enkel.

KAPITEL 6

»Wusstest du, dass Rasmus zusammen mit seinem Opa wohnt?«, wollte ich von Marlies wissen und schaute zu ihr auf, während ich die Zwiebeln in der Pfanne glasig briet.

»Nein, überhaupt nicht. Soweit ich weiß, stammt Rasmus aus Kopenhagen, wo auch der Rest seiner Familie noch lebt. Ich dachte immer, er sei der Einzige, der in Tideborg lebt.« Marlies runzelte die Stirn. »Aber etwas verrückt ist es schon, dass du dich jetzt um Mads kümmern sollst, findest du nicht?«

»Verrückt von Rasmus, oder von mir?« Gespannt wartete ich auf Marlies Antwort.

»Irgendwie von euch beiden«, lachte sie und entblößte dabei die Zahnlücke zwischen ihren oberen Schneidezähnen. Wenn Marlies lachte, nahm ihr Gesicht immer einen mädchenhaften Zug an, ein bisschen erinnerte ihr Grinsen mich immer an meine Kindheit, als ich Filme von Pippi Langstrumpf geschaut hatte. »Von dir bin ich allerdings weniger verwundert als von Rasmus.«

»Wieso?«, fragte ich erstaunt.

»Naja, es ist nicht das erste Mal, dass du etwas Verrücktes und vollkommen Unerwartetes machst.«

Ich versuchte, mir nichts anmerken zu lassen und konzentrierte mich auf die Zwiebeln vor mir, aber ich konnte Marlies nicht widersprechen. Sie hatte recht, schon das ein oder andere Mal hatte ich mich unüberlegt in eine Sache gestürzt. Wie sagte man so schön? In das kalte Wasser springen. Nach Jahren in der kalten Nordsee hatte ich schon lange kein Problem mehr mit kaltem Wasser.

»Aber Rasmus«, fuhr Marlies fort, »ist eigentlich nicht so entscheidungsfreudig wie du.«

Jetzt musste ich doch innehalten und von der Bratpfanne aufschauen.

»Was seine Familie betrifft, ist er zurückhaltend. Ich kenne ihn schon sehr lange und zähle ihn zu meinen Freunden, aber ich habe noch nie eines seiner Familienmitglieder kennengelernt.«

»Hmm«, machte ich, denn etwas anderes fiel mir auf die Information nicht ein.

Ich nahm das gewaschene und kleingeschnittene Gemüse von der Arbeitsplatte und gab es zu den Zwiebeln in die Pfanne. In Gedanken versunken schaute ich den Möhren, Brokkoli, Paprika und dem Lauch dabei zu, wie sie im Bratenfett ihre Konsistenz veränderten.

»Er muss dir sehr vertrauen«, riss Marlies mich aus meinen Gedanken.

»Wie bitte?«, schreckte ich hoch.

»Na, ich denke, dass Rasmus dir vertraut. Warum sonst hätte er dich seinem Opa vorstellen sollen und noch viel mehr, dich darum bitten sollen, Zeit mit ihm zu verbringen.«

»Er hat mich nicht gebeten, er hat mich aufgefordert«, erinnerte ich meine Freundin.

»Oder so«, grinste sie, »Aber dennoch kannst du dir etwas darauf einbilden, dass Rasmus dich ausgesucht hat.«

Mit einem Ruck nahm ich die Pfanne vom Herd und stellte sie auf den gedeckten Esstisch. »Das Essen ist fertig.« Demonstrativ befüllte ich unsere Teller mit dem duftenden Gemüse »Ich mag Rasmus nicht und er mich auch nicht. Wir werden uns niemals verstehen, geschweige denn Freunde werden.«

Den skeptischen Blick, den Marlies mir entgegen warf, ignorierte ich geflissentlich. »Wenn du meinst«, sagte sie, verstummte jedoch, als ich sie bitterböse anschaute. Ich wollte keinen weiteren Gedanken an Rasmus verschwenden und hoffte, dass Marlies endlich aufhörte, etwas zu sehen, was gar nicht da war.

Das Klingeln meines Handyweckers riss mich aus dem Schlaf oder eher aus dem Versuch zu schlafen. Immer wieder war ich aufgewacht und aus wilden Träumen hochgeschreckt.

Wahrscheinlich war ich einfach nur etwas nervös vor meiner bevorstehenden Aufgabe. Die Ereignisse der letzten Tage waren sogar für meine Verhältnisse eine Nummer zu viel. Hätte mir jemand vor einer Woche gesagt, dass ich mich einmal um einen alten Herren kümmern würde, der dazu noch Rasmus' Opa war, hätte ich ihn ausgelacht. Ich war Künstlerin und keine Krankenschwester oder Altenpflegerin. Ich konnte mich zwar gut mit Menschen unterhalten und hatte viel Spaß daran, auch mit Älteren Zeit zu verbringen, schließlich hatte ich es immer geliebt, bei meiner Oma zu sein, jedoch hatte ich keine Erfahrung darin, mich um andere zu kümmern.

Wie rüstig Mads war, hatte ich gestern nicht genau sehen können, er wirkte nicht unbedingt sportlich aktiv, aber auch nicht kraftlos. Aber ich musste auf Rasmus' Verstand, den er hoffentlich trotz aller Zweifel besaß, vertrauen und hoffen, dass sein Opa kein Pflegefall war, der einen Profi verlangen würde.

Um von meinem Gedankenkarussell abzusteigen, schwang ich meine Beine aus dem Bett und schlurfte in das angrenzende Badezimmer. Als ich die Vorhänge zur Seite zog, begrüßte mich ein strahlend blauer Himmel, der einen traumhaften Sommertag ankündigte.

Ich öffnete das Badezimmerfenster und atmete die frische Meeresbrise ein. Dann stieg ich in die Dusche und machte mich für den bevorstehenden Tag fertig.

Frisch geduscht stand ich vor meinem Kleiderschrank und überlegte, was ich für den Besuch bei Mads anziehen sollte. Ich wollte ihn nicht sofort mit meinen flippigen und schrillen Outfits abschrecken, aber verstellen wollte ich mich ebenso wenig. Also entschied ich mich für einen knielangen, pinkfarbenen Baumwollrock, der mit lilafarbenen Schmetterlingen bestickt war, und dazu ein rosa T-Shirt. Meinen Pony schob ich mit einem lilaglitzernden Haarreifen zurück.

Zufrieden mit meinem Spiegelbild, ging ich beschwingt in die Küche und füllte den frisch gebrühten Kaffee in meinen To-go-Becher.

Einen letzten Blick durch die Küche schweifen lassend, verließ ich das Haus und fuhr mit knatterndem Motor vom Hof, vorbei am Haus der Poulsens sowie Anni und Magnus' Domizil. Meine Schwester hatte ich gestern nicht mehr gesehen und ihr auch noch nichts von meinen zukünftigen Besuchen bei Rasmus erzählt, wobei ich ja nicht Rasmus, sondern Mads besuchen würde. Wahrscheinlich wusste sie eh schon Bescheid, weil Rasmus Magnus alles erzählt hatte. Ich würde es spätestens heute Abend erfahren, wenn ich bei ihr vorbeischauen würde.

Bevor ich von der Hauptstraße abbog, um zu Rasmus' Haus zu gelangen, hielt ich in der *bageri*, um frische Brötchen für uns zu besorgen.

Mit der Brötchentüte in der Hand ließ ich meinen geparkten Transporter im Wendehammer zurück und ging mit klopfendem Herzen auf das Reetdachhaus zu. Ich nahm einen Schluck aus meinem Kaffeebecher und versuchte, mich zu entspannen. Jedoch konnte ich nicht leugnen, dass ich nervös vor dem erneuten Aufeinandertreffen mit Mads war.

Ich trat an die Haustür und klopfte kräftig dagegen. Eine Klingel hatte ich auch an diesem Eingangsbereich nicht entdeckt.

Schritte aus dem Inneren waren zu hören, also war Mads auf

dem Weg zu mir. Es hörte sich jedoch gar nicht schlurfend oder langsam an, wie ich es erwartet hatte, er musste also noch ziemlich rüstig sein.

»Frische Brötchen«, flötete ich fröhlich, ließ die Tüte jedoch langsam wieder sinken, als ich erkannte, wer vor mir stand. »Rasmus, du.«

»Hej …«, spürte ich seinen musternden Blick auf mir, »Sommerfugl.« Dabei grinste er spöttisch und ich hätte ihm am liebsten die Brötchen in sein - zugegeben - schönes Gesicht geschmissen. Denn so ungern ich es zugab, Rasmus war nicht nur schön, er sah unfassbar gut aus. Die grünen Augen, die auch an diesem Morgen wie Edelsteine funkelten, zogen mich wie ein Magnet an. Seine gebräunte Haut, die nicht dem Sonnenstudio zum Opfer gefallen war, sondern von der dänischen Sonne gefärbt wurde und seine kurz geschnittenen braunen Haare, dazu seine markanten Gesichtszüge gaben ihm einen einzigartigen Ausdruck. Jedoch konnte mich das alles nicht blenden, den Rasmus war für mich und würde es immer sein, nervig.

Dennoch kroch die Röte unaufhaltsam meinen Hals entlang, bis sie meine Wangen erreicht hatte. Stürmisch ging ich an ihm vorbei, um mich nicht weiter in Verlegenheit zu bringen. Ich würde ihn einfach ignorieren. Das würde zwar ein schwieriges Unterfangen in Anbetracht seiner Ausstrahlung werden, aber nichts war unmöglich.

»Mads?«, rief ich, als ich in den Wohnbereich des Hauses trat. Und nun konnte ich weitere Schritte hören. Die hörten sich jedoch gar nicht gebrechlich an, wie ich vermutet hatte.

»God morgen, Stine.« Irrte ich mich, oder wirkte Mads sehr erfreut, mich zu sehen?

»Hej Mads«, strahlte ich ihn an. »Ich habe uns rundstykker mitgebracht. Hast du Hunger?«

»Danke«, trompetete Rasmus plötzlich hinter mir und schnappte mir die Tüte aus der Hand. Unauffällig versuchte ich, ihn böse anzufunkeln, was ihn jedoch nicht zu stören schien. Am liebsten hätte ich ihm gesagt, dass er verschwinden sollte und ich mit Mads alleine frühstücken wollte, aber das war wohl etwas schwierig, weil ich mich zum einen in seinem Haus befand und zum anderen Mads gegenüber nicht zeigen wollte, dass ich seinen Enkel nicht ausstehen konnte.

Also überspielte ich meine Wut und konzentrierte mich, so gut es mit Rasmus in der Nähe eben ging, auf Mads.

»Wo möchtest du frühstücken?«, wollte ich von ihm wissen.

Irritiert schaute er mich an.

»Wo isst du denn sonst immer?«

»Meistens in meinem Zimmer«, sagte er und ich musste schlucken. »Rasmus stellt mir ein Tablett mit Broten und etwas Obst auf den Tisch, wenn er früh zur Arbeit muss. Aber alleine essen ist nirgends schön, also schaue ich nebenbei aus dem Fenster in den Garten.«

Beinahe wären mir die Tränen gekommen und ich musste die Vorstellung, wie Mads allein in seinem Zimmer saß und sein einsames Frühstück zu sich nahm, aus meinem Kopf verbannen, um nicht auf der Stelle loszuheulen.

»Ich kann leider vorläufig keine weiteren Urlaubstage mehr nehmen, meine freien Stunden sind ausgeschöpft«, sagte Rasmus und zum ersten Mal konnte ich etwas anderes von ihm sehen, als den wortkargen, nicht greifbaren Mann, dem ich sonst immer begegnete. Als würde eine unüberwindbare Mauer plötzlich einen Riss bekommen, einen winzig kleinen zwar, aber doch so groß, dass man durch ein kleines Löchlein hindurch schauen konnte und einen Blick auf das, was sich hinter der Mauer verbarg, erhaschen konnte.

Vielleicht war Rasmus gar nicht der Rüpel, der er immer vorgab, zu sein.

»Aber jetzt bist du ja da.« Und genauso schnell der Riss in der Mauer auftauchte, ebenso schnell war er wieder verschlossen. Rasmus' Miene verschloss sich und er schaute mich mit undurchdringlicher Miene an.

»Möchtest du draußen frühstücken, Mads? Es ist schon richtig warm.«

»Das würde ich wirklich gerne.« Das dankbare Lächeln, das er mir entgegenbrachte, ließ meine Beine weich wie Wackelpudding werden und in diesem Moment war ich mir sicherer denn je, die richtige Entscheidung getroffen zu haben. Warum Mads bei Rasmus wohnte, wie lange er schon hier war und was auch immer zwischen Rasmus und mir stand, war mir gerade egal. Ich konnte die Einsamkeit, die von Mads ausging, beinahe körperlich spüren und nichts hätte ich in diesem Moment lieber getan, als ihm Gesellschaft zu leisten.

»Na, dann nichts wie raus. Lasst uns den Tisch decken«, tatkräftig klatschte ich in die Hände.

»Es gibt ein Problem«, begann Rasmus. Was wollte er denn nun schon wieder? Konnte er nicht einfach behilflich sein?

»Und das wäre?«, fragte ich leicht gereizt.

»Draußen steht kein Tisch.«

»Wieso nicht? Was soll ein Garten ohne Tisch? Setzt du dich auf den Boden, um die Blumen anzuschauen, oder die Vögel dabei zu beobachten, wie sie die Würmer aus dem Boden picken?«

Neben mir begann Mads zu glucksen und mit einem Mal wirkte er Jahre jünger. Rasmus schüttelte den Kopf, drehte sich um und begann, Teller und Tassen auf ein Tablett zu stellen.

»Was ist?«, wollte ich wissen.

»Rasmus schaut sich weder Blumen noch Vögel an«, lachte Mads und seine tiefe Stimme fegte durch den Raum.

»Es tut mir leid, dass du kein Tierfreund bist, Rasmus. Aber das löst nicht unser Tischproblem.« Falls ich mich dabei etwas zickig anhörte, war das höchstens ein klitzekleines bisschen beabsichtigt.

Rasmus kam mit einem gefüllten Tablet auf mich zu und drückte es mir in die Hände. »Hier, halten«, sagte er und war wieder ganz die Version seiner selbst, die ich zu gut kannte.

Mads schmunzelte immer noch, während Rasmus im Flur verschwand. Wollte er jetzt etwa einfach fahren und mich mit dem

Tablett hier stehen lassen? Gerade wollte ich ihm die nächsten feurigen Worte hinterherrufen, als er zurückkam.

Unter einem Arm hielt er etwas Weißes, das aussah, wie ein Klapptisch, unter dem anderen die dazu passenden Klappstühle.

»Dann mal los«, sagte er und ging an uns vorbei durch die große Terrassentür. Auf der kleinen Holzterrasse baute Rasmus mit schnellen Griffen den Tisch sowie die Stühle auf.

»Komm Opa, der beste Platz gehört dir.« Mads ließ sich mit einem zufriedenen Lächeln auf einem der Stühle nieder.

Ich stellte das Tablett auf meinen Stuhl und verteilte Teller, Tassen sowie die verschiedenen Sorten Marmelade, Quark und den Brötchenkorb auf dem kleinen Tisch.

Rasmus ging ins Haus zurück und kam mit einer Kaffeekanne zurück an den Tisch, dann setzte er sich mir gegenüber.

Er gab schon ein ziemlich beachtliches Bild ab, wie er mit seinen bestimmt 1,90m an einem zierlichen Klapptisch saß. Es wirkte eher, als ob er an einem Kindertisch Platz genommen hatte.

»Musst du nicht zur Arbeit?«, wollte ich wissen, denn ich konnte es nicht erwarten, ihn endlich loszuwerden.

»Gleich«, antwortete er gelassen und biss genüsslich in sein Brötchen.

Mads musterte uns amüsiert, ihm schien das gemeinsame Frühstück außerordentlich zu gefallen. Ich schenkte uns Kaffee ein und schmierte mir ebenfalls ein Brötchen mit Erdbeermarmelade.

»Ist die selbstgemacht, Rasmus?«, fragte ich und musste mich selbst maßregeln, nicht immer so schnippisch zu sein, nur leider brachte Rasmus' Anwesenheit es unweigerlich mit sich, dass ich mich unwohl fühlte und automatisch zickiger wurde, als ich eigentlich war. Dieser Mann beförderte einfach meine negativsten Eigenschaften an die Oberfläche.

»Selbstgekauft ist sie«, sagte er, ohne seine Aufmerksamkeit von seinem Brötchen abzuwenden.

»Magst du selbstgemachte Marmelade, Mads?«

Dieser kaute genüsslich und nickte. »Ja, sehr gerne, aber leider kann ich keine Marmelade kochen.«

»Was hältst du davon, wenn wir das zusammen machen?« Das Marmeladenrezept meiner Oma kannte ich in- und auswendig und so hätte ich etwas, dass ich mit Mads unternehmen könnte.

»Das wäre toll.« Er lächelte mich an und auch auf Rasmus' Gesicht verschwanden die Gewitterwolken für einen Moment und er blickte zufrieden auf seinen Opa.

Die kommenden Minuten verbrachten wir schweigend, nur das Zwitschern der Vögel und das gelegentliche Kreischen der Möwen, die ihre Kreise zogen, waren zu hören. Jeder war in sein Frühstück vertieft.

»Bist du oft am Meer, Mads?«, wollte ich von ihm wissen, als erneut eine Möwe über das Haus hinwegflog.

»Erst ein Mal.«

»Wirklich?«, fragte ich ernsthaft erstaunt. »Das ist aber schade. Warum fährst du nicht mit deinem Opa an den Strand, Rasmus?«

»Wie denn? Mit dem Motorrad?«, konterte er. Damit hatte er auch wieder recht.

Mads tätschelte liebevoll Rasmus' Hand. »Vor zwei Wochen ist Rasmus mit mir nach seinem Dienst im Streifenwagen an den Strand gefahren.«

»Das war sehr schön, Opa, nicht wahr?«, antwortete Rasmus ihm ebenso liebevoll und ich konnte erneut einen Blick durch das Löchlein in der Mauer erhaschen.

Mads nickte. »Das war wirklich schön. Weißt du Stine, Rasmus ist mir die größte Hilfe, die ich habe und der beste Enkel, den man sich nur wünschen kann. Er ist ein guter Junge.« In seinen Augen bildete sie ein glitzernder Tropfen, der sich als Träne auf den Weg machen wollte.

»Alles gut, Opa.« Rasmus räusperte sich. Anscheinend gab es doch etwas hinter der Mauer, die Rasmus umgab. Aber ich wollte lieber nicht versuchen, sie zu überwinden oder gar zu durchbrechen. Nicht immer konnte man mit dem Kopf durch die Wand brechen, manchmal hielt die Wand stand und man bekam einfach nur eine große Beule und Kopfschmerzen.

»Ich muss dann auch mal los.« Rasmus stand auf und klopfte seinem Opa liebevoll auf die Schulter. »Du weißt Opa, wenn etwas ist, einfach 112 anrufen und ich bin da.«

Tsss, Blödmann.

»Hej hej, farfar! Bis dann, sommerfugl.« Mit einem leichten Grinsen im Gesicht verschwand Rasmus im Inneren des Hauses und ließ einen glucksenden Mads und mich zurück.

»Tschüss, isfugl«, rief ich ihm nach, was Mads dazu veranlasste, lauthals loszulachen. Schmetterling und Eisvogel, das passte zu uns.

So ganz ohne Rasmus fühlte ich mich plötzlich doch etwas unsicher. Nun saß ich hier alleine mit seinem Opa, den ich eigentlich noch gar nicht richtig kannte, und sollte den Tag mit ihm verbringen.

»Also gut«, versuchte ich mich zu sortieren, »was sollen wir machen? Musst du Medikamente nehmen oder hast du Arzttermine, zu denen ich dich fahren soll?«

Mads musterte mich von seinem klapprigen Plastikstuhl aus.

»Nein, danke. Ich nehme keine Medikamente, außer vielleicht mal eine Schmerztablette, wenn meine Beine mir zu schaffen machen. Aber ich bin kein Pflegefall, Stine.«

Als er das sagte, musste ich für einen Moment schlucken, da ich angenommen hatte, Mads brauche eine intensive Betreuung.

»Rasmus hat es nur nicht gerne, wenn ich zu lange alleine bin. Er möchte, dass ich Gesellschaft habe und deswegen hat er dich gebeten, ein bisschen Zeit mit mir zu verrbingen«, erklärt er. »Aber wenn du etwas anderes zu tun hast, mach nur«, sagte er und versuchte, es beiläufig klingen zu lassen. Ich durchschaute ihn aber doch.

»Nein, nein. Ich habe nichts anderes zu tun und freue mich, wenn ich hier sein darf.« Wie ich merkte, meinte ich es genauso, wie ich es sagte. Egal, wie groß meine Abneigung zu Rasmus war, so sehr gefiel mir der Gedanke immer mehr, einige Tage mit Mads zu plaudern und vielleicht das ein oder andere mit ihm zu unternehmen.

»Ok, Mads. Worauf hast du denn Lust? Was machst du denn sonst gerne, wenn Rasmus arbeitet?« Ich kannte natürlich einige ältere Leute, aber mit keinem von ihnen hatte ich mehr Zeit verbracht, als das ich wüsste, was gerade für Menschen über achtzig angesagt war. Gab es das überhaupt? Trends für die älteren Herrschaften? Bei dem Gedanken daran musste ich schmunzeln.

»Was machst du denn an einem Morgen wie diesem?«, wollte Mads stattdessen von mir wissen.

»Eigentlich male ich um diese Zeit oder lasse mich von der Natur inspirieren. Oft bepflanze ich meine Kübel auf der Terrasse«, geriet ich ins Schwärmen, wann immer ich an meine zwei Leidenschaften, das Malen und das Gärtnern dachte.

»Dann ist deine Terrasse bestimmt über und über mit Pflanzen bedeckt, oder nicht?«

»Nein«, schüttelte ich den Kopf, »ich ziehe frische, junge Pflanzen groß. Wenn sie eine geeignete Größe haben, verschenke ich sie. So können sich viel mehr Leute an ihnen erfreuen.«

»Das ist eine sehr schöne Idee. Dann findest du unseren Garten bestimmt etwas ...«. Mads suchte nach den richtigen Worten.

»Langweilig?«, half ich ihm, was ihm ein Lachen entlockte.

»Eintönig hätte ich es jetzt genannt. Aber ja, ich glaube, du hast recht. Langweilig trifft es eher.«

Ich ließ meinen Blick durch den Garten schweifen und Mads tat es mir gleich. Während ich an meinem Kaffee nippte, stellte ich mir vor, wie dieses grüne Fleckchen in ein Juwel verwandelt werden könnte. Die Größe war ideal, nicht riesig, aber bestimmt 400 Quadratmeter Fläche, die man gestalten konnte. Die alte, große Buche in der Mitte der Rasenfläche zog meinen Blick auf sich. Sie musste schon sehr alt sein, in Anbetracht ihrer Größe. Wie ein Riese, der durch keinen Sturm, auch wenn er noch so böig vom Meer herwehte, umgestoßen werden konnte, ragte sie empor. Doch ich fand, durch das hoch gewachsene Gras drumherum fand sie nicht die Beachtung, die ihr zuteilwerden sollte. Da das Grundstück auch in diesem Teil durch hohe Zypressen umrandet war, konnte niemand es von außen einsehen. Langsam, aber unaufhaltsam wuchs eine Idee in mir, Bilder von verschiedenen Pflanzen schossen vor mein inneres Auge und eine Buche, die nie wieder unbeachtet sein sollte.

»Mads, was hältst du davon, wenn wir euren Garten einer kleinen Verschönerung unterziehen?«

Mads hatte ebenfalls seinen Blick über das Grün schweifen lassen und strahlte mich nun an.

»Das wäre eine wundervolle Idee. Ein wenig Schwung kann ihm wohl nicht schaden, was?«

Ich hielt Mads meine Hand entgegen. »Also ist es beschlossene Sache«, verkündete ich feierlich und wir reichten uns zufrieden unsere Hände. Allerdings konnte ich die aufkommende Frage nicht hinunterschlucken: »Warum hat Rasmus sich bislang nicht um den Garten gekümmert? Er wohnt doch schon eine halbe Ewigkeit hier.«

Wann immer Mads von seinem Enkel sprach, tat er es mit einer Liebe und Zuneigung, die ich so nur von meiner Oma Inge kannte.

»Rasmus arbeitet sehr viel«, antwortete Mads. Das sollte alles sein? Ich konnte mir durchaus vorstellen, dass der Beruf als Polizist äußerst anstrengend und kräftezehrend war, aber dass er so viele Stunden am Tag arbeiten sollte, um nicht einmal den Rasen zu mähen, glaubte ich nicht. Skeptisch und mit hochgezogener Augenbraue schaute ich Mads an.

»Du gefällst mir, Stine«, lachte er plötzlich, sodass sein Gesicht wieder um Jahre jünger aussah. »Du bist eine echte Dänin.«

»Wie kommst du darauf?«, fragte ich irritiert, »ich bin nämlich gar keine.«

Mads leerte seine Kaffeetasse. »Rasmus hat mir erzählt, dass du keine gebürtige Dänin bist. Ich habe schon einige Deutsche kennengelernt, aber die waren immer sehr höflich und zurückhaltend. In Deutschland hält man immer erst einmal … wie nennt ihr jungen Leute das … Smalltalk. In Dänemark gibt es das nicht, hier kommt man gleich auf den Kern des Gespräches und sagt die Wahrheit. Man versucht gar nicht erst, etwas zu verschleiern oder schön zu reden. Und du auch nicht, Stine. Ich kann dir im Gesicht ablesen, dass du versuchst, meinen Enkel nicht zu mögen und du bist verärgert darüber, dass er den Garten nicht auf Vordermann gebracht hat.« Ich öffnete den Mund, um etwas zu erwidern, aber bevor ich auch nur ein Wort sagen konnte, sprach Mads weiter. »Und du warst verärgert, dass du dich um mich kümmern solltest. Aber jetzt bist du es nicht mehr.« Damit endete er seinen Monolog und ich wusste nicht so recht, was ich darauf antworten sollte. Denn so sehr ich Mads gerne widersprochen hätte, so schwer fiel es mir zuzugeben, dass er mit allem, was er gesagt hatte, ins Schwarze getroffen hatte. Naja, nicht mit allem. In einer Sache hatte Mads sich geirrt.

Mads lachte. »Jetzt bist du zum ersten Mal, seitdem ich dich kennengelernt habe, sprachlos.«

»Exakt«, stimmte ich in sein Lachen ein. »Du hast leider mit manchem recht«, gestand ich also.

»Nur mit manchem?«

»Ja, ich versuche nicht, Rasmus nicht zu mögen. Ich mag ihn wirklich nicht.« War ich damit zu weit gegangen? Einem Opa zu sagen, dass man den Enkel nicht mochte, war auch für dänische Verhältnisse unhöflich. »Also …«, druckste ich herum, »wir können uns einfach nicht so gut leiden, denke ich.«

»So, so«, sagte Mads nur und nun war er es, der eine Augenbraue in die Höhe zog. Diesen Teil des Gespräches ließen wir unausgesprochen, was besser war, wenn Mads nicht wollte, dass ich seinen Enkel schlecht redete.

Nun konnte ich nicht mehr an mir halten und stimmte in Mads herzliches Lachen ein.

»Wie machst du das?«, wollte ich von ihm wissen.

»Was meinst du?«

»Mir am Gesicht ablesen, was ich denke.«

»Zum einen war das Teil meines Berufs und zum anderen, das ist der weitaus größere Teil, ist es nicht sonderlich schwierig, dir anzusehen, was du denkst.«

»Wirklich?«, fragte ich und merkte, wir meine Wangen ein bisschen wärmer waren als noch einen Moment zuvor.

»Ja«, nickte Mads. »Du würdest in jedem Verhör scheitern«.

»Gut, dass mir das nicht allzu oft passiert«, grinste ich.

»Mir auch nicht mehr«, sagte Mads fröhlich.

»Nicht mehr?«, fragte ich.

»Das ist dir nicht entgangen. Du bist aufmerksam.«

Ha! Endlich jemand, der mich nicht neugierig nannte, sondern aufmerksam. Das musste ich unbedingt Anni später erzählen.

»Ja, ich bin aufmerksam, sehr aufmerksam sogar.« Dabei konnte ich mir ein Grinsen nicht verkneifen.

»Ich wurde schon das ein oder andere Mal verhört. Aber das ist schon viele Jahre her.«

»Oh, hattest du Ärger mit der Polizei?«

»Nein, eher nicht.«

»Ok. Dann warst du Polizist?«

»Später, ja. Aber in jüngeren Jahren, noch etwas anderes.«

Was sollte ich darauf antworten? Woher sollte ich wissen, wo man noch verhört wurde?

»Warst du James Bond?« Ok, die Frage war mir so herausgerutscht, aber sie war einfach zu naheliegend.

»An manchen Tagen wäre ich das gerne gewesen«, grinste Mads.

»Sagst du es mir? Mir fällt nichts mehr ein«, bat ich.

Mads nickte grinsend. Anscheinend hatte ihm dieses kleine Fragespiel Spaß bereitet.

»Ich war ebenso wie Rasmus Polizist. Viele Jahrzehnte war ich im Dienst. Davor habe ich einige Jahre für den dänischen Geheimdienst gearbeitet«, begann Mads zu erzählen.

»Oh, spannend. Wie hieß die Organisation?«, wollte ich sofort wissen, aber Mads winkte ab. »Nicht so neugierig.«

Eben hatte er mich noch als aufmerksam betitelt, so schmal war der Grat also zwischen Aufmerksamkeit und Neugierde.

»Ich versuche mich zu beherrschen«, grinste ich und wartete darauf, dass Mads fortfuhr.

»Es ist schon viele Jahre her. Mit Anfang zwanzig bin ich zu den *Forsvaret* gegangen, in Deutschland heißt das glaube ich Bundeswehr. Einige Jahre habe ich als Soldat gedient und wurde während eines Auslandseinsatzes in Afrika von einer Geheimdienstorganisation, die für die dänische Staatssicherheit zustandig war, rekrutiert. Für diese Organisation war ich viele Jahre tätig. Nicht nur in Dänemark, sondern weltweit..«

»Und da hast du also Menschen verhört.«

»Nicht nur das«, sagte er. Am liebsten hätte ich gefragt, welche Aufgaben er noch zu erfüllen hatte, aber mir schien, als sollte ich nicht gleich mit der Tür ins Haus fallen.

»Gibt es so etwas denn noch? Dänemark braucht doch bestimmt keinen Geheimdienst, oder? Hier passiert doch kaum etwas«, überlegte ich laut. Ich hatte noch nie davon gehört, dass ein großes Unglück vermieden wurde oder Dänemark nicht sicher war.

Mads schaute in den Garten, als er weitersprach. »Auch heute noch gibt es so etwas. Und nicht nur einen Geheimdienst. Jedes Land auf dieser Welt hat viele Organisationen, die im Verdeckten arbeiten. Auch Dänemark. Es ist in den letzten Jahren wenig passiert, aber nicht, weil nichts geplant war, sondern einfach, weil es vorher verhindert werden konnte.«

Oh, daran hatte ich gar nicht gedacht. »Oh … ok.« Mehr fiel mich in diesem Moment nicht ein, was ich hätte sagen können.

»Keine Angst, Stine. Dänemark ist und bleibt genauso hyggelig, wie wir es kennen«, versicherte mir Mads mit der Gewissheit, die nur ältere und erfahrene Menschen hatten, eine Gewissheit, die aus dem tiefsten Inneren kam.

»Sehr gut«, versuchte ich die Situation zu lockern, denn obwohl ich es niemals zugeben würde, fand ich Mads Geschichte nicht nur äußerst spannend, sondern auch ein wenig beängstigend. »Und wenn doch Gefahr droht, laufe ich einfach davon«, verkündete ich grinsend.

»Das wäre wohl etwas zu langsam, aber der Helikopter steht nicht weit entfernt«, sagte Mads.

Ich lachte über seine Aussage. Die Vorstellung, dass ein Hubschrauber gleich in der Nähe stehen würde, wäre doch zu komisch.

Gespannt wartete ich, ob Mads noch etwas zu diesem Thema sagen würde, aber da er nichts dergleichen tat, sondern sein Besteck auf seinem Teller drapierte, war der Teil des Gespräches wohl beendet.

»Soll ich abräumen? Dann können wir uns gleich an die Arbeit machen«, sagte ich.

Mads nickte. Ich räumte den Tisch ab und trug das vollbeladene Tablett zurück in die Küche, verstaute die Lebensmittel im Kühlschrank und stellte das dreckige Geschirr in den Geschirrspüler.

Langsamen Schrittes schlurfte Mads ebenfalls in das Innere des Hauses.

»Ist es Rasmus denn recht, wenn wir den Garten umgestalten? Vielleicht mag er es so … naturbelassen?« Ich nahm mir vor, Rasmus nicht immer schlecht zu reden und über ihn herzuziehen. Am Ende würde Mads noch denken, ich sei eine garstige Zicke.

»Er wird sich schon damit abfinden.« Das klang nicht gerade so, als wäre zu erwarten, dass Rasmus Luftsprünge machen würde, wenn er die Veränderung sehen würde, aber dieses Risiko würde ich eingehen. Vielleicht, aber nur vielleicht, würde ich mich auch ein wenig amüsieren, sollte er sich über unsere Arbeit ärgern. Aber das behielt ich lieber für mich.

»Womit möchtest du denn anfangen?«, fragte Mads.

»Ich denke, wir sollten eine Liste und eine Skizze anfertigen, damit wir einen Überblick haben, was wir kaufen müssen.« Während ich es sagte, fiel mir etwas nicht Unwesentliches ein. »Ach herrje, Mads. Ich habe in meiner Eifer ganz vergessen, dass das Gartencenter nicht umsonst ist. Wer bezahlt das denn alles?«

Aber Mads winkte gelassen ab. »Das lass mal meine Sorge sein, das übernehme ich. Wenn ich schon hier unterkommen darf, dann kann ich auch etwas beisteuern.«

Zu gern hätte ich gewusst, warum Mads bei Rasmus wohnte, wie lange er bereits hier war und so vieles mehr. Aber ich wusste, dann hätten wir es an diesem Tag nicht mehr ins Gartencenter geschafft.

»Wo sind denn Zettel und Stift?«, fragte ich stattdessen und beschloss, Mads später darüber auszufragen, was seine Beweggründe waren, nach Tideborg zu kommen.

»In dem Regal über der Mikrowelle«, zeigte Mads mit dem Finger.

Ich nahm den Block und einen Kugelschreiber und setzte mich auf das Sofa, von dem aus ich einen guten Blick in den Garten hatte. Mads setzte sich neben mich und schaute mich erwartungsvoll an.

Ich zeichnete zunächst die groben Umrisse des Gartens auf. Da ich keine genauen Maße genommen hatte, musste ich die Abstände schätzen, aber allzu genau wollte ich eh nicht vorgehen. Ich würde grob aufzeichnen, an welchen Stellen ich Büsche und Gräser pflanzen wollte, alles andere würde sich spontan ergeben, wenn der Garten Gestalt annahm.

Mit flinken Bewegungen ließ ich den Kugelschreiber über das Papier fahren. Vor meinem inneren Auge konnte ich den Garten bereits in seiner vollen Pracht erstrahlen sehen. Für mich als Künstlerin war es ein Leichtes, mir bis ins kleinste Detail auszumalen, wie etwas am Ende aussehen würde, meine Kreativität war nahezu unersättlich.

Ich wusste nur nicht, ob Mads meine Zeichnung verstand und eine Idee davon bekam, was ich vorhatte. Als die Skizze fertig war, schob ich ihm den Zettel rüber.

»So ungefähr stelle ich mir den Garten vor«, erklärte ich. »Er soll weiterhin natürlich wirken. Ein englischer Rasen mit gerader

Mähkante würde weder zum Haus noch zu Rasmus passen.

Mads nahm den Zettel und betrachtete ihn eingehend.

»Siehst du, an dieser Stelle sollte der üppige Ginsterbusch von vorne stehen. Da ist er momentan deplaziert. Hier hinten wird er pefekt stehen und die gelben Blüten werden einen tollen Kontrast zum Grün der Zypressen bilden.«

»Und was soll das sein?« Mads zeigte auf die Buche in der Mitte des Gartens, die ich ebenfalls eingezeichnet hatte. Darum hatte ich nur einen groben zackigen Kreis gemalt.

»Das verrate ich noch nicht, lass dich überraschen«, grinste ich. »Bist du mit der ersten Idee einverstanden?«

»Mehr als das. Ich glaube, der Garten wird perfekt aussehen, wenn wir mit ihm fertig sind.«

Das dachte ich auch. »Hat Rasmus einen Rasenmäher?« Zuerst würde ich den Rasen kürzen müssen, wenn ich mich nicht mit einer Sense vorwärts bewegen wollte.

Glücklicherweise nickte Mads. »Ja, im Schuppen neben dem Haus steht einer. Lass uns mal nachschauen, ob er funktioniert.«

Tatkräftig und voller Vorfreude sprangen wir nahezu zeitgleich vom Sofa auf und ich konnte die erwachten Lebensgeister in Mads förmlich tanzen sehen.

Ich schloss die Terrassentür, schnappte mir meine Handtasche und gemeinsam gingen wir hinaus, um den Rasenmäher in Augenschein nehmen.

Die Energie, die sich wie flüssiges Gold immer dann durch meine Adern zog, wenn ich meiner Kreativität freien Lauf lassen konnte, begann Fahrt aufzunehmen. Ich spürte die freudige Anspannung, die sich in mir ausbreitete, wenn ich an die kommende Arbeit im Garten dachte. Und vielleicht würde sich ja noch ein Moment ergeben, in dem ich malen könnte. Ein letztes Mal blickte ich auf die Skizze und schaute auf den Teil des Gartens, der mich wie ein Magnet anzog, als würde er wollen, dass ich mich dort niederließ, um eine leere Leinwand mit Farbe zu füllen.

KAPITEL 7

Es stellte sich heraus, dass Mads ein ausgesprochen angenehmer und witziger Zeitgenosse war. Nicht nur während der eineinhalbstündigen Fahrt zum Gartencenter in Ringkøbing, sondern auch während unseres Besuches dort. Zwischen Pflanzensamen, Dünengras und Heckensträuchern fielen ihm immer wieder neue Anekdoten ein, die er zum besten gab. Nachdem wir meinen Transporter mit den ausgewählten Strandgräsern beladen hatten, stellte ich ein paar blühende Pflanzen hinzu, die es geschafft hatten, im Einkaufswagen zu landen.

»Die gefallen mir besonders gut. Du hast einen exzellenten Blick für die Pflanzen«, sagte Mads und es machte mich stolz, es aus seinem Mund zu hören.

Obwohl wir uns erst seit so kurzer Zeit kannten, bedeutete es mir etwas, was er sagte oder dachte. Ob es war, weil er mich an meine Oma erinnerte? Würde meine Oma noch leben, wäre sie nur wenige Jahre jünger als Mads. Bestimmt hätten die beiden sich ebenso gut verstanden, wie wir es jetzt taten.

Mit einem Knall schloss ich die Hecktüren des Transporters.

»Hast du Hunger?«, wollte ich wissen.

»Und wie.«

»Was hältst du von Hotdogs? Auf dem Weg hierher habe ich einen pølsevogn am Straßenrand gesehen.«

»Du auch? Mir ist er auch nicht entgangen«, grinste Mads. »Hotdogs sind perfekt.«

»Na dann los.«

Wir stiegen in den Transporter, ich ließ den Motor an und mit lautem Knattern fuhren wir vom Parkplatz Richtung Süden.

»Stört es dich, wenn ich das Radio einschalte?«

»Nein, gar nicht«, schüttelte Mads den Kopf. Aus dem Augenwinkel sah ich, dass er sich entspannt zurücklehnte und seine Augen schloss.

Ich betätigte den Regler des alten Autoradios, bis der Sender knisterfrei zu hören war. *Rea Garveys Darkness* tönte aus den Lautsprechern.

Unweigerlich musste ich an Rasmus denken, ohne meine Gedanken stoppen zu können. Ich konnte ihn immer noch nicht ausstehen, auch wenn Mads etwas anderes dachte. Dennoch musste ich bei Dunkelheit automatisch an ihn denken. Irgendetwas gab es, dass Rasmus umgab, was er allerdings tunlichst versuchte, zu verbergen. Er war arrogant, wortkarg und merkwürdig, aber nicht, wenn er mit seinem Opa sprach. Dann glätteten sich seine harten Züge und ich wusste nicht, ob er es überhaupt bemerkte. Welche Dunkelheit mochte ihn umgeben?

»Woran denkst du?«, durchbrach Mads die Stille.

»An nichts«, versuchte ich mich herauszureden.

»Falsch, Stine«, grinste er. »Du weißt doch … Verhör und so.« Dabei wirkte er wieder deutlich jünger als die achtzig Jahre, die er bereits überschritten hatte.

»Oh menno, Mads. Das ist unfair. Vor dir hat ja das beste Pokerface nicht die geringste Chance.«

»Wenn du ein Pokerface hättest, liebe Stine, dann würde ich wahrscheinlich dennoch etwas finden, was dich verrät, ja. Aber da du kein Pokerface besitzt, machst du es mir sehr leicht.« Dabei strahlte Mads von einem Ohr bis zum anderen, sehr erfreut darüber, mir jede Emotion am Gesicht ablesen zu können.

»Willst du mir erzählen, was deine Gedanken beschäftigt, dass du so gequält dreinschauen musst und das Lenkrad so festhältst, als wolltest du es wringen?«

Erst jetzt fiel mir auf, dass ich meine Hände viel zu fest um das Lenkrad geschlossen hielt und löste meine Finger ein wenig.

»Siehst du, schon besser«, nickte Mads. Mehr sagte er nicht. Anscheinend hatte ich die Wahl, ob ich das Thema einfach fallen ließ und vom klaren Sommerhimmel über Dänemark sprach, oder meine Gedanken preisgab. Ich entschied mich für Letzteres.

»Ist Rasmus immer so …«, suchte ich nach einem Wort, das nicht zu abfällig oder kritisch klang, aber dennoch beschrieb, wie er auf mich wirkte.

»Reserviert?«, half Mads mir. »Vorsichtig?«

Die beiden Assoziationen hatte ich eigentlich nicht, aber Mads hatte anscheinend ein vollkommen anderes Bild seines Enkels.

»Was wolltest du denn sagen?«, fragte er.

»Hm?«, wollte ich wissen, da ich ja gar nichts erwidert hatten.

»Deine rechte Augenbraue hat dich verraten.« Er tippte sich ins Gesicht.

Ich atmete hörbar aus. »Ich weiß nicht … eher arrogant? Rücksichtslos? Unfreundlich?« Ich starrte geradeaus auf die Straße, aus Angst, Mads anzuschauen. Vielleicht war ich zu weit gegangen, so etwas über seinen Enkel zu sagen. War es nicht unhöflich, so über jemanden zu sprechen? Aber schließlich hatte Mads mich gefragt und ich wollte ihn nicht anlügen.

Doch vom Beifahrersitz kamen keine kritischen Äußerungen, vielmehr ein Grummeln, das sich zu einem Lachen entwickelte.

Verdutzt schaute ich Mads kurz an, um mich im nächsten Moment jedoch wieder auf die Straße zu konzentrieren. Was war so komisch an dem, was ich gesagt hatte? Die Kirkegårds hatten einen merkwürdigen Humor.

»Vergiss den pølsevogn nicht«, deutete Mads nach rechts.

Beinahe wäre ich tatsächlich an dem kleinen Imbisswagen vorbeigefahren.

Ich setzte den Blinker, was eigentlich nicht nötig gewesen wäre, denn wir waren weit und breit alleine auf der Landstraße unterwegs. Wen interessierte es, ob ich abbog oder nicht?

»Da wären wir«, verkündete ich und stieg aus. Mads tat es mir gleich und wir gingen zum pølsevogn, von dem aus uns der Duft von frischen Würstchen entgegenkam.

Ich wartete, ob Mads sich die kleine Speisekarte, die neben dem Wagen aufgestellt war, anschauen wollte, aber er stellte sich demonstrativ an den Tresen.

»Mit allem, Stine?«, drehte er sich zu mir um.

Ich nickte. Wir hatten also den gleichen Geschmack.

»Hej, vi vil gerne have to ristet hotdog med det hele og to sodavand, tak«, bestellte Mads.

Während wir auf unsere Hotdogs warteten und unsere Wasserflaschen öffneten, nahm Mads unser Gespräch aus dem Auto wieder auf.

»Glaubst du wirklich, dass Rasmus arrogant, rücksichtslos und unhöflich ist?«, wollte er von mir wissen. Ich wusste es, ich war doch über das Ziel hinausgeschossen. Warum konnte ich meinen Mund nicht ab und zu halten und meine Gedanken herunterschlucken? Anni hatte mir schon viel zu oft gesagt, dass ich nicht immer sagen sollte, was ich dachte. Bis jetzt hatte ich dies für eine meiner besten Eigenschaften angesehen, da man bei mir immer wusste, woran man war. Ich fand es schrecklich, wenn man eine Antwort nur aus dem Grund bekam, dass keine schlechte Stimmung aufkommen sollte. War nicht die Wahrheit immer am besten? In diesem Fall wohl nicht.

»Tut mir leid«, sagte ich zerknirscht. »Es war nicht nett von mir, so etwas über Rasmus zu sagen.«

»Ach, Quatsch«, winkte Mads ab und ich schaute ihn erstaunt an. »Das meine ich gar nicht. Da habe ich schon Schlimmeres gehört.«

Erleichtert trank ich von meinem Wasser. Dann war Mads mir also nicht böse.

»Stine, ich habe zwar schon einige Jahrzehnte auf dem Buckel, aber trotzdem habe ich mitbekommen, welche Schimpfwörter gerade bei den jungen Leuten aktuell sind«, lacht er. »Und das, was du über Rasmus gesagt hast, war nichts im Vergleich dazu. Ich meine eher, ob du wirklich denkst, dass er so ist.«

»Wieso fragst du?«

»Hat er sich dir jemals rücksichtslos gegenüber verhalten? Oder arrogant? Oder war er unhöflich?«

Ich wollte tausende Beispiele nennen, die meine Worte unterstrichen. Situationen, in denen Rasmus mir gegenüber gemein war oder sich schlecht verhalten hatte. Aber mit einem Mal wollte mir nichts einfallen. Das lag bestimmt an der Sonne, die vom wolkenfreien Himmel auf uns herabschien. Nicht, dass ich einen Sonnenstich bekam.

»Ähm«, überlegte ich laut. »Er spricht kaum mit mir und auf meine Nachrichten antwortet er immer nur sehr kurz. Kann er nicht ganze Sätze formulieren?«

»Din to hotdogs«, ertönte eine Stimme hinter uns und ich nahm die beiden Hotdogs über den Verkaufstresen entgegen.

»Stine, Stine. Du bist wirklich etwas ganz Besonderes«, lachte Mads und schaffte es kaum, von seinem Brötchen abzubeißen.

Ich verstand nicht, was er damit meinte, und schaute ihn ratlos an.

»Das ist alles? Weil Rasmus dir keine langen Nachrichten schreibt und sich nicht im pausenlosen Smalltalk verliert, findest du ihn arrogant?«

Etwas zu denken und nur mit seinen Gedanken allein zu sein, war ein Leichtes, aber etwas ausgesprochen zu hören, etwas vollkommen anderes. Mads Worte kamen in meinem Inneren an und rüttelten kräftig an den Schranken, die sich um jegliche Gedanken um Rasmus Kirkegård gebildet hatten. Ich spürte die Hitze in meinen Wangen aufsteigen. Bestimmt war ich bereits feuerrot. Die Situation war mir mit einem Mal äußerst peinlich. Es musste doch etwas geben, das ich anbringen konnte, um zu unterstreichen, dass Rasmus ein Mistkerl war. Irgendwas hatte er doch gemacht … nur was? Mir wollte beim besten Willen nichts einfallen.

»Wenn du dich jetzt sehen könntest«, lachte Mads und klopfte mir liebevoll auf die Schulter.

»Lieber nicht«, nuschelte ich und biss demonstrativ in meinen Hotdog.

»Verletzter Stolz ist nichts schönes, das weiß ich.«

»Mein Stolz ist nicht verletzt«, protestierte ich, merkte aber, dass ich nicht ganz ehrlich war. »Und wenn, dann höchstens ein bisschen.«

Mads nickte und steckte sich den letzten Bissen seines Hotdogs in den Mund.

»Rasmus ist nicht der Strahlemann, das stimmt«, begann er plötzlich. »Er ist vorsichtig und handelt überlegt. Aber er ist ein guter Junge. Und ich denke, dass du das auch weißt.«

Ich setzte an, um zu protestieren, Mads sprach aber weiter. »Auch wenn du es nicht zugeben oder dir eingestehen möchtest, denke ich, dass es mehr Situationen gab, in denen Rasmus dir oder jemand anderem geholfen hat, als dass er gemein war. Er schließt nicht schnell Freundschaften und gibt wenig von sich preis, also kann ich verstehen, dass du ihn als arrogant bezeichnest.«

Die Worte von Mads zu hören, kamen einer Ohrfeige gleich. Hatte ich mich wirklich so in meinen Gedanken verrannt und war davon ausgegangen, dass alle Welt glücklich umhersprang und munter drauflos plauderte?

»War er immer so, wie er jetzt ist? So reserviert und vorsichtig?«, wollte ich von Mads wissen und benutzte bewusst die Charaktereigenschaften, die er seinem Enkel zugeschrieben hatte.

»Nein«, schüttelte er den Kopf. »Nicht immer, aber schon eine Weile.«

»Und was ist passiert, dass er so geworden ist?«, fragte ich vorsichtig.

Mads schaute mich aus seinen ebenfalls grünen Augen an, die jedoch nicht im Mindesten an das strahlende Grün von Rasmus heranreichen konnten.

»Das Leben.«

Ich schluckte den Kloß in meinem Hals hinunter und nickte, unfähig etwas sagen zu können. Konnte es sein, dass sich in diesem Moment herausstellte, dass ich die größte Zicke war, die in Jütland – ach was, in ganz Dänemark, herumlief? Wie war ich in den letzten Jahren zu der Annahme gekommen, dass Rasmus ein schlechter Mensch war? Nur, weil er nicht, wie die meisten anderen, um mich herumtänzelte und sich von meiner meist guten Laune anstecken ließ? Dass es möglicherweise Gründe gab, warum er so distanziert war, daran hatte ich nie gedacht. Vielmehr hatte ich es als Ablehnung meiner Person verstanden, wenn er nicht, wie die anderen, in lautes Gelächter einstimmte, sobald ich einen Witz von mir gab.

»Komm, Stine. Lass uns zurückfahren und die Gräser aus dem Auto befreien.« Mads berührte meinen Ellbogen und wir gingen zurück zum Transporter.

Mit heruntergelassenen Fensterscheiben fuhren wir zurück nach Tideborg.

»Geschafft«, sagte ich zufrieden und betrachtete unsere Ausbeute, die dicht gedrängt auf der Terrasse stand. »Dann mähe ich jetzt schnell den Rasen, damit wir Morgen direkt mit dem Einpflanzen beginnen können.«

»Keine Pause?«, wollte Mads wissen und nahm auf einem der Plastikstühle Platz.

»Keine Pause, ich mache es schnell noch zu Ende. Vorher hole ich uns aber etwas zu trinken.«

Ich ging in die Küche, nahm eine Wasserflasche, Gläser und ein paar Kekse, die ich im Schrank entdeckt hatte und trug alles auf dem Tablett nach draußen.

»Kann ich dir noch bei irgendetwas helfen?«

»Nein, nein«, wehrte ich ab. »Genieße ruhig die letzten Sonnenstrahlen. Wenn ich gleich fertig bin, können wir etwas essen. Oder möchtest du warten, bis Rasmus zurückkommt? Wie lange arbeitet er eigentlich?«

»Er kommt erst, wenn es schon dunkel ist. Vor zehn Uhr bestimmt nicht. Also können wir ruhig schon essen. Es sei denn, du möchtest lieber zu Hause essen. Du kannst ruhig auch schon fahren, ich möchte dir nicht deinen Abend stehlen.«

»Ach was, auf mich wartet niemand.« Der Klang meiner Stimme hallte in meinen Ohren brüchiger nach, als ich vermutet hatte. Es hatte mich nie gestört, dass ich alleine lebte. Ich hatte Freunde und seit zwei Jahren auch meine Schwester in meiner Nähe. Zum ersten Mal in meinem Leben fühlte ich etwas, das noch nie zuvor dagewesen war und ich nicht einfach weglächeln konnte: Einsamkeit.

Ich seufzte und schüttelte den Kopf. »Ran an die Arbeit«, sagte ich und machte mich auf den Weg zum Schuppen. Mads folgte mir und war mir dabei behilflich, den Rasenmäher auf die Terrasse zu befördern. Das alte Gefährt war zwar verstaubt und schon länger nicht mehr benutzt worden, wirkte aber noch funktionsfähig. Neben dem Mäher hatte ich einen kleinen Benzinkanister gefunden. Nachdem der Tank des Rasenmähers aufgefüllt war, ruckelte er nach einem kräftigen Zug am Seil knatternd los.

Mühsam arbeitete sich der Rasenmäher Meter für Meter vorwärts. Das Schneideblatt hatte ich auf die zweithöchste Stufe gestellt, sonst hätte er sich gar nicht durch das hohe Gras bewegen können.

Die Sonne verabschiedete sich langsam von Tideborg und die letzten Strahlen kitzelten mir ins Gesicht, wenn sie es schafften, durch die Spitzen der Zypressen zu scheinen.

Ab und zu warf ich Mads einen Blick zu, der entweder mit einem zufriedenen Lächeln in den Garten schaute, oder in seiner Zeitung blätterte. Dieses kleine Stückchen Erde fühlte sich gerade äußerst friedlich an. In diesem Moment war die Welt für mich und um mich herum in Ordnung. Nichts konnte mich aus der Ruhe bringen und mein Gleichgewicht ins Wanken geraten lassen.

Fast nichts.

Während ich meine letzte Bahn zu Ende mähte und zur Terrasse aufschaute, blickte mir ein strahlend grünes Augenpaar entgegen und es gehörte nicht zu Mads. Von ihm war nichts mehr zu sehen, wahrscheinlich war er im Haus verschwunden.

Was machte Rasmus denn schon hier? Ich dachte, er müsste arbeiten?

Noch in seiner Uniform und mit vor der Brust verschränkten Armen kam er auf mich zu.

Ich versuchte, mir Mads Worte ins Gedächtnis zu rufen und dachte daran, dass das Leben Rasmus vorsichtig gemacht hatte. Wie ein Mantra sagte ich es mir in Gedanken vor und war mir sicher, mich nicht aus der Ruhe bringen zu lassen und einfach nett zu ihm zu sein.

»Was machst du da?«, polterte Rasmus los und baute sich in seiner ganzen Größe vor mir auf, sodass ich den Kopf in den Nacken legen musste, um ihm weiter in die Augen schauen zu können. Skeptisch zog er seine Augenbrauen zusammen und musterte mich.

Einatmen, ausatmen. Das Leben ist passiert.

»Rasen mähen«, sagte ich so ruhig, wie es mir möglich war. Leider spürte ich, dass mein innerer Vulkan anderer Meinung war und er verlockend heiß zu brodeln begann.

»Und warum?« Zornig schaute er auf mich herab.

Tief einatmen.

»Weil er lang war. Und nicht mehr aussah wie ein Rasen. Oder was hattest du vor, hier zu tun? Dich im hohen Gras verstecken?«

Für den Bruchteil einer Sekunde dachte ich, ein leichtes Zucken in Rasmus' Gesicht gesehen zu haben. So schnell, wie ich es geglaubt hatte, zu sehen, war es jedoch auch wieder verschwunden.

»In diesem Outfit?«, fragte er und seine Stimme nahm einen

noch tieferen und drohenderen Klang an.

Eine leichte Gänsehaut überfiel meinen Körper und die Haare auf meinen Armen stellten sich auf. Eins war klar: Sollte irgendwo ein Bösewicht in Dänemark herumlaufen, sollte er tunlichst darauf achten, einen großen Bogen um Rasmus Kirkegård zu machen. Bei dem Ton, den er anschlug, legte man sich am besten die Handschellen direkt selbst an. Warum schlichen sich diese Dinger ausgerechnet jetzt in meine Gedanken?

Ich schüttelte meinen Kopf und versuchte, die aufsteigende Röte niederzudrücken, was mir bislang jedoch noch nie gelungen war. Warum sollte es dann jetzt passieren?

Mit hochrotem Kopf versuchte ich, Rasmus so selbstbewusst, wie es mir im Augenblick möglich war, anzufunkeln.

»Mein Garten war gut so, wie er war.« Damit drehte er sich um und marschierte davon.

Wütend ließ ich den Motor des Rasenmähers verstummen und stapfte hinter ihm her.

»Nein, das war er nicht. Dein Garten ist das pure Grauen und Mads und ich haben beschlossen, ihn ein bisschen aufzuhübschen.«

»So einfach ist das also für dich, ja? Du kommst her und rennst am ersten Tag alles über den Haufen. Wie eine Dampfwalze willst du alles plattmachen. Glaubst du, man kann einfach alles erneuern, was einem nicht passt?«

Schwer atmend stand Rasmus vor mir. Sein Brustkorb hob und senkte sich.

»Was ist eigentlich dein Problem?«, machte ich meinem Frust Luft. So sehr ich versucht hatte, tief zu atmen, so sehr war es mir dieses Mal misslungen. Ein Vulkan kurz vor dem Ausbruch war eben nicht aufzuhalten.

»Ich habe kein Problem«, sagte Rasmus durch zusammengebissene Zähne.

»Ach nein? Warum regst du dich dann so auf? Ich wollte nur helfen.«

»Ich habe dich aber nicht darum gebeten, Stine. Ich wollte, dass du Zeit mit Mads verbringst, damit er nicht so alleine ist, wenn ich im Dienst bin, aber ich habe dich nicht darum gebeten, mein Leben zu ändern.«

Sprach er noch vom Garten?

Bevor unser Gespräch, wenn man es denn so nennen konnte, noch ausuferte, eilte ich an Rasmus vorbei, schnappte mir meine Tasche vom Wohnzimmertisch, rief ein »Bis morgen, Mads« in der Annahme, dass er mich schon hören würde und rannte beinahe durch die Haustür nach draußen.

Schnellen Schrittes ging ich zu meinem Transporter und fuhr, sobald der Motor den ersten Ton von sich gab, zurück nach Hause.

Wenn ich gewusst hätte, wie ein Gespräch mit Rasmus aussehen würde, hätte ich mir lieber nicht gewünscht, mehr als ein paar wenige Worte mit ihm zu wechseln.

So sehr ich mich bemühte, an Mads Worte zu denken, kam ich nicht drumherum, mir gewiss zu sein, dass Rasmus Kirkegård ein Blödmann war.

KAPITEL 8

Eigentlich hatte ich mir auf der Rückfahrt vorgenommen, nach meiner Ankunft zu Hause direkt nach oben ins Atelier zu gehen und zu malen. Meinen Frust und meine Wut wegzumalen, war bislang immer ein gutes Ventil gewesen. Nur fühlte es sich heute nicht richtig an.

Ich parkte vor meinem kleinen Strandhaus und wie immer, wenn ich die weiße Holztür sah, machte sich ein Gefühl von Geborgenheit in mir breit. Nach Omas Tod und meinem Einzug in das Strandhaus hatte ich kaum etwas an der Einrichtung verändert. Das Äußere hatte mir eh schon immer gut gefallen. Das weiß gestrichene Holz des Hauses hätte keinen anderen Anstrich gebraucht. Die ebenso hellen Sprossenfenster verliehen dem Häuschen einen besonderen Charme.

Im Inneren hatte ich nur das Atelier eingerichtet und es in Omas ehemaligem Schlafzimmer eingebaut. Ihr Handarbeitszimmer war zu meinem Schlafraum geworden.

Mit dem Gefühl des Nachhausekommens betrat ich den kleinen Flur.

Ich knipste die Tischlampe mit dem geschwungenen, hölzernen Fuß und die beiden großen Stehlampen an, die das Erdgeschoss sofort in ein warmes Licht hüllten.

Die Sonne war bereits vollständig untergegangen und ein Blick auf die Küchenuhr verriet mir, dass es schon halb elf war.

Plötzlich spürte ich die Anstrengungen des Tages in jeder Faser meines Körpers. Es war keine körperliche Anstrengung, die man mit einer warmen Dusche abbrausen konnte, sondern eine Art mentale Abgeschlagenheit ob der Dinge, die ich an diesem Tag erfahren und erlebt hatte.

Ich nahm mir meinen blauen Kapuzenpulli von der Sofalehne, zog ihn mir über den Kopf und ging durch die Terrassentür nach draußen.

Das Mondlicht spiegelte sich auf dem ruhigen Meer wieder. Der Wind war heute Abend so schwach, dass die sonst aufbrausenden Wellen nur leicht hin- und herschwappten und weniger Geräusche machten als üblich.

Obwohl es schon spät war, schlüpfte ich aus meinen Schuhen und ging barfuß den Strand entlang zu Anni.

Magnus arbeitete ab und zu bis spät in die Nacht, also könnte ich Glück haben und die beiden noch wach antreffen. Ansonsten war ich mir sicher, dass ein Strandspaziergang mir dabei helfen würde, meine angespannten Muskeln zu lockern und meine Gedankenknoten zu lösen.

Ich inhalierte die salzige, klare Meeresluft und spürte, wie sie sich mit jedem Atemzug einige Millimeter mehr in meinem Körper ausbreitete.

Durch das seichte Wasser hindurch ging ich zu Anni und Magnus. Schon vom Strand aus konnte ich die gedämpfte Beleuchtung im Wohnzimmer sehen.

Mit noch nassen Füßen lief ich erst über den Strand und dann die Treppe hinauf, die auf die Terrasse des Hauses führte.

Hoffentlich kam ich nicht ungelegen und störte die beiden bei Dingen, die ich lieber nicht sehen wollte. Als ich die ersten Schritte auf der Terrasse getan hatte, begannen jedoch glücklicherweise Bella und Fina zu bellen und bauten sich von innen zu ihrer vollen Größe auf, um den Eindringling zu verscheuchen. Fina, Annis kleine französische Bulldoggenhündin, reichte der Labradordame Bella noch nicht einmal bis zur Schulter, aber sie drückte ihre Brust so sehr hervor, dass man meinen konnte, ihr Ego sei dem von Bella um Längen überlegen.

»Schhhh, meine beiden«, flüsterte ich. Das Bellen erstarb abrupt, als ich durch das Licht des Wohnraums erfasst wurde.

Magnus kam zum Vorschein, gefolgt von meiner Schwester, die schon ihren Schlafanzug trug. Hatte ich sie doch geweckt?

»Hej Stine«, sagte Magnus mit leiser Stimme, als er die Terrassentür aufgeschoben hatte.

»Hej! Störe ich?«

»Quatsch«, drängte sich Anni an Magnus vorbei. »Komm rein, wir haben eh noch nicht geschlafen.«

Magnus trat zur Seite und ich betrat den großen, offenen Wohnbereich.

Fina und Bella wuselten um meine nackten Beine herum und ließen mich erst weitergehen, nachdem ich beide ausgiebig am Hals gekrault hatte.

»Komm rein, Schwesterherz. Möchtest du etwas trinken?«, bot Anni mir an.

»Aquavit vielleicht?«, antwortete ich, was Anni mit einer hochgezogenen Augenbraue quittierte. Dennoch ging sie in die Küche, nahm die Aquavitflasche, die in jedem dänischen Haus zum Repertoire gehörte, und kam mit ihr unter dem Arm und drei kleinen Gläsern zum Sofa.

Magnus hatte es sich bereits auf dem breiten Sessel bequem gemacht und ich nahm auf dem Sofaende neben dem Hundekörbchen Platz. Sofort sprang Fina auf den Platz neben mich und Bella legte sich vor mich nieder und platzierte ihren Kopf auf meinen Füßen. Was war das für ein siebter Sinn, den Hunde hatten? Sie spürten sofort die Emotionen ihrer Menschen.

»Ok, raus mit der Sprache«, sagte Anni, als sie mir ein Glas entgegenhielt. Sie hatte die Zeichen ihrer Hunde natürlich sofort verstanden. War ich noch so aufgewühlt, dass ich eine dermaßen große Unruhe ausstrahlte? Vielleicht waren diese beiden Exemplare der Vierbeiner auch nur besonders feinfühlig.

»Mit welcher Sprache?«, fragte ich deswegen erstmal betont ahnungslos, was Magnus aber sofort zum Lachen brachte.

»Stine, du bist eine wirklich schlechte Schauspielerin«, lachte er.

Anni befüllte unsere Gläser mit Aquavit und wenn mich nicht alles täuschte, war es mein Glas, das sie bis zur oberen Kante füllte.

»Du siehst aus, als hättest du es nötig«, nickte sie mir zu, stellte die Flasche auf den Wohnzimmertisch und erhob ihr Glas. »Skål, auf Stine.«

»Warum denn auf mich?«

»Kann doch nie schaden«, feixte Anni und grinste. »Und jetzt erzähl mal, was dich so spät am Abend zu uns führt.«

»Ich wollte euch besuchen?«, versuchte ich, auszuweichen.

Anni setzte sich neben Magnus auf die Sofalehne und kuschelte sich an ihn. »Und jetzt nochmal die Wahrheit«, grinste sie.

Verlegen schaute ich zur Seite und kraulte Fina intensiv das Fell.

»He, das braucht sie noch. Sie soll kein Nackthund werden«, empörte sich Anni, ihre Mundwinkel zuckten jedoch verdächtig. »Was hat dich so aufgeregt, dass du meiner Hündin das Fell rupfst wie einem Suppenhuhn?«

Ich holte tief Luft, es hatte ja doch keinen Sinn, meiner Schwester vorzuenthalten, was ich heute gemacht hatte und vor allem, bei wem ich war. Rasmus war einer von Magnus' besten Freunden. Irgendwann würden die beiden schon erfahren, dass ich nun täglich bei ihm ein- und ausgehen würde. Es wäre wohl angebrachter, wenn sie es von mir erfuhren.

»Die Sache ist die …« Und dann erzählte ich, wie ich Stieg Jansen ein zweites Mal begegnet war und Rasmus mein Spiel unterstützt hatte, was er als Gegenleistung von mir verlangte und von meinem ersten Tag bei seinem Opa, von Rasmus kurz angebundender Art und von meinem Vorhaben, gemeinsam mit Mads den Garten umzugestalten. Als ich mit meinen Erzählungen am Ende war, erhob sich Anni wortlos und schenkte uns eine neue Runde Aquavit ein.

Magnus raufte sich die Haare. »Und das ist alles an einem Tag passiert?«, wollte er wissen und schaute dabei nicht sonderlich erfreut.

»Naja, eher an zwei Tagen«, konterte ich.

»Das macht es ehrlich gesagt nicht besser.«

»Naja, Stine legt eben immer ein ordentliches Tempo vor«, sprang Anni für mich in die Bresche und ich lächelte sie dankbar an.

Magnus schien weniger vergnügt. »Und dir ist nicht einen Moment in den Sinn gekommen, warum Rasmus so – wie hast du es genannt – kurz angebunden ist?« Er sah aus, als wollte er noch etwas hinterherschieben, jedoch kam nicht mehr als ein weiteres Schnaufen über seine Lippen. »Hast du vielleicht schon mal daran gedacht, wie es auf Rasmus wirkt, wenn du nach ein paar Minuten, die du dort bist, gleich seinen Garten umgestalten willst?«

Nein, daran hatte ich nicht gedacht. Zerknirscht kraulte ich Fina weiter, dankbar, dass sie sich so über meine Streicheleinheiten freute.

»Stine wollte doch nur nett sein und helfen«, kam Anni mir zur Hilfe.

»Vielleicht will Rasmus diese Hilfe aber nicht.« Magnus funkelte mich böse an. Noch nie war er mir gegenüber so aufgebracht gewesen. Er war eigentlich ein ruhiger Zeitgenosse, den wenig aus der Bahn warf. Das merkte auch Anni, die sich wieder neben ihm auf der Lehne niederließ und seinen Arm liebevoll streichelte.

»Aber der Garten sah wirklich schrecklich aus und sein Opa soll es doch schön haben«, antwortete ich und merkte, wie ich mich immer mehr versuchte, zu rechtfertigen.

»Warum ist der eigentlich hier?«, wollte Anni wissen. Ich schüttelte den Kopf. Das hatte er mir bisher noch gar nicht gesagt, aber ich nahm mir fest vor, ihn am nächsten Tag danach zu fragen.

»Das ist doch jetzt egal«, sagte Magnus scharf und ich zuckte zusammen. »Stine, jetzt mal ehrlich. Was hast du erwartet? Rasmus kommt von der Arbeit zurück nach Hause und sieht dich, wie du seinen Rasen mähst und dazu unzählige neue Pflanzen, die du in den nächsten Tagen in seinem Garten unterbringen willst? Hast du ihn vorher gefragt, was er davon hält oder wie er sein Haus – die Betonung liegt auf SEIN – gestalten möchte?«

Wieder schüttelte ich den Kopf und ganz langsam sickerten Magnus' Worte tiefer durch meinen Gehörkanal, bis sie in meinem Gehirn ankamen.

»Du bist wirklich liebenswert, gutmütig, fröhlich und hilfsbereit, Stine. Aber manchmal vergisst du die Gefühle und Interessen der Anderen und bewegst dich wie ein Elefant im Tideborger Glasgeschäft.«

Zu gerne hätte ich etwas erwidert, um ihm zumindest ein bisschen entgegenzusetzen, aber so hart Magnus Worte' mich trafen und so schwierig es für mich war, sie anzunehmen, musste ich mir doch eingestehen, dass er nicht ganz unrecht hatte.

»Vielleicht fragst du ihn morgen nochmal, was er von deiner Aktion hält, hm?«, fragte Anni. Ihr war deutlich anzusehen, dass sie die Stimmung so schnell wie möglich wieder kitten wollte. Anni war der liebste und friedfertigste Mensch, den ich kannte, und sie konnte negative Gefühle, Streit oder schlechte Stimmung nur schwer aushalten.

»Besser ist das«, sagte auch Magnus, dem schlechte Schwingungen scheinbar gar nichts anhaben konnten.

Zerknirscht nickte ich. »Das mache ich. Ok, danke ihr beiden. Dann mache ich mich mal wieder auf den Weg nach Hause, es ist ja schon spät.« Vorsichtig schob ich Fina zur Seite und stand auf. Aus dem Augenwinkel sah ich, wie Anni eindringlich flüsternd auf Magnus einredete. Die beiden erhoben sich ebenfalls. Ich öffnete die Terrassentür und war schon fast draußen, als ich Magnus' starke Hand am Arm spürte.

»Hör mal Stine, ich weiß, dass du es nur gut gemeint hast und dich um Rasmus' Opa kümmern möchtest. Das finde ich wirklich großartig von dir. Aber vielleicht solltest du es mal mit dem ersten Gang probieren und nicht gleich Vollgas geben.« Ich nickte. »Weißt du, Rasmus ist mein bester Freund und ich glaube, ich kenne ihn besser, als sonst jemand hier. Er ist, wie er ist. Akzeptiere ihn so, wie er ist und versuche nicht, ihn zu ändern, ok?«

»Aber er wirkt so ernst«, konnte ich mir nun doch nicht verkneifen, »als würde er gar nicht richtig leben. Er wirkt manchmal so düster und schlecht gelaunt.«

»Aber nicht jeder ist das blühende Leben, so wie du«, grinste Magnus.

Statt einer Antwort umarmte ich beide zum Abschied und ging die Stufen zum Strand hinunter.

Je weiter ich mich vom Haus entfernte, desto dunkler wurde es. Nur das Mondlicht, das sich auf dem Meer spiegelte, erhellte die Umgebung.

Ich setzte mich an den Strand und schaute auf das Wasser hinaus.

Vielleicht hatte Magnus nicht ganz unrecht gehabt mit dem, was er gesagt hatte.

Mir wollte es nicht in den Sinn kommen, warum jemand mit angezogener Handbremse durchs Leben ging. Ja, vielleicht war ich manchmal vorschnell und gab immer Vollgas, aber ich hatte nur dieses eine Leben, also wollte ich es in jeder Sekunde auskosten. Rasmus wirkte auf mich immer, als hindere ihn etwas. Wie eine Farbpalette, der die hellen Farben ausgegangen waren und nur noch Schwarz vorhanden war.

Mit diesem Gedanken ging ich zurück zu meinem Haus und oben auf die Terrasse.

Ich legte mich auf meine Gartenliege und verschränkte die Hände hinter dem Kopf. Eine Weile wollte ich einfach die Stille um mich herum genießen. Das leise, sanfte Rauschen des Meeres klang wie die schönste Melodie der Natur für mich. Die Geräusche hatten eine meditative Wirkung auf mich und ich spürte, wie meine Augenlider schwerer wurden. Ich griff die dicke Wolldecke, die am Fuß der Liege lag und deckte mich zu.

Mit dem Sternenhimmel über mir und dem leisen Meer zu meinen Füßen schlief ich ein.

Die ersten Sonnenstrahlen des hereinbrechenden Tages streiften mein Gesicht. Langsam öffnete ich meine Augen und blickte um mich herum. Ich hatte tatsächlich die ganze Nacht auf der Terrasse verbracht. Langsam, die Orientierung wiederfindend, setzte ich mich auf und genoss den weiten Blick über die Nordsee. Die Möwen waren bereits wach, hinterließen am Strand ihre Spuren oder flogen tief über das Meer, um den ein oder anderen Fisch zu ergattern.

Die Sonne schritt stetig ihren Weg voran und der wolkenfreie Himmel kündigte einen schönen Sommertag an.

Das Knurren meines Magens verdrängte die restliche Müdigkeit vollends. Seit gestern Nachmittag hatte ich nichts mehr gegessen. Gestern Abend war ich nach dem Besuch bei Anni und Magnus erst zu aufgewühlt, um mir noch etwas zu kochen und durch die danach einsetzende Entspannung unter dem Sternenhimmel zu erschöpft, um überhaupt aufzustehen und ins Haus zu gehen.

Ich schob die Decke hinunter an das Ende der Liege, schwang die Füße auf den Boden und stand auf. Meine Muskeln waren durch das unbequeme Schlafen vollkommen verspannt. Ich liebte es zwar, unter freiem Himmel zu übernachten, aber meine alte Liege hatte schon deutlich bessere Zeiten erlebt und war alles andere als bequem. Eine Runde Yoga würde mir helfen, meine Muskulatur zu lockern und mich zudem auf den Tag vorzubereiten.

Ich hatte mir fest vorgenommen, mich an diesem Tag zurückzuhalten und Rasmus mit keiner neuen Idee zu überraschen. Magnus' Worte hatten mich nicht nur zum Nachdenken angeregt, sondern auch getroffen. Meine lebensfrohe Art war bisher bei allen Menschen gut angekommen. Ich hatte immer das Gefühl, dass sich meine Mitmenschen freuten, wenn ich sie mitreißen konnte. Wahrscheinlich galt das aber nicht für alle und Rasmus gehörte zu denjenigen, die sich nicht mitreißen lassen wollten. Um die nächsten Tage mit Mads dennoch nicht in Unbehagen verbringen zu müssen, würde ich mir einfach auf die Zunge beißen, wann immer Rasmus mich zum Brodeln bringen würde. Hoffentlich würde das nicht allzu häufig vorkommen, sonst würde ich mir bei meinem Glück die Zunge garantiert abbeißen.

Durch die Terrassentür ging ich ins Innere und schaute auf die Küchenuhr. Es war erst kurz nach fünf Uhr, also noch jede Menge Zeit, bis ich zu Mads aufbrechen musste.

Ich ging ins Schlafzimmer, tauschte den Rock und das T-Shirt von gestern gegen meine Yogapants und ein neongrünes Bustier, wechselte den pinkfarbenen Haarreifen gegen einen grünen aus und schnappte meine Yogamatte.

Aus dem Kühlschrank nahm ich mir eine Flasche eiskaltes Wasser und ging zurück an den Strand. Am Wasser rollte ich meine Matte aus und verlor mich in der kommenden Stunde in einem energetischen und schweißtreibenden Vinyasaflow. Erst als die letzte Verspannung sich gelöst hatte, kam ich in meiner Schlussentspannung – der Shavasana – zum Liegen.

Die Sonne über mir hatte ihren Weg unermüdlich fortgesetzt, ohne ins Stocken zu geraten. Ich nahm mir jeden Tag aufs Neue ein Beispiel an ihr. Anhalten kam für mich nicht in Frage, ich bewegte mich immer vorwärts und hörte damit nie auf. Rasmus hingegen wirkte manchmal wie das Gegenteil von alldem. Er war der Schatten, den die Sonne verursachte. Wie ein dunkler Riese verdunkelte er alles um sich. Seltsam fand ich es schon. Mads hatte gesagt, dass das Leben Rasmus zu dem gemacht hatte, wer oder wie er war. Aber was konnte so schlimm sein, dass man missmutig durch das Leben ging? Ich konnte an jeder Ecke etwas Schönes entdecken, eine Kleinigkeit, über die ich mich freute oder die mich inspirierte. Rasmus schien, als würde er nichts finden, oder wenn, dann alles direkt zertrampeln.

Ich wollte meine Laune aber nicht an diesem klaren und schönen Morgen von dem Gedanken an Rasmus herunterziehen lasse. Also stand ich auf, rollte meine Matte zusammen und ging zurück ins Haus, um mich für den Tag fertigzumachen.

Auf dem Weg zu Mads hatte ich wieder an der *bageri* gehalten und uns Brötchen besorgt. Da wir den Garten nicht weiter umgestalten konnten, würden wir zumindest viel Zeit für das Frühstück haben.

Ich parkte meinen Transporter wieder im Wendehammer, nahm die Brötchentüte und meine kleine Häkeltasche und hüpfte vom Fahrersitz.

Während ich den Weg an den Pollern vorbeiging, schob ich meinen gelben Haarreif zurecht, den ich extra ausgewählt hatte, da er zu den gelben Blumen auf meiner Jeanslatzhose passte.

Gerade wollte ich auf die Haustür zugehen und mich bemerkbar machen, als Rasmus um das Haus herum zum Vorschein kam. Und wie er zum Vorschein kam. Mit allem hatte ich gerechnet, aber nicht mit dem, was sich vor meinen Augen abspielte.

Rasmus schob eine Schubkarre neben den Ginsterbusch, der bereits ausgegraben auf dem Rasen lag. Das Verwundernste an dieser Situation war jedoch nicht der ausgegrabene Busch, sondern Rasmus' Auftreten. Jeder normale Mann hätte einen Blaumann oder zumindest ein altes T-Shirt für seine Gartenarbeit angezogen, dazu am besten noch Handschuhe, aber nicht so Rasmus. Er war lediglich mit einer Jeansshorts und Sneakern bekleidet. Sonst nichts. Der nackte Oberkörper war von unzähligen Schweißtropfen übersät und mein Blick klebte an Rasmus' muskulöser Brust. Nein, genauer gesagt sprang mein Blick zwischen seinen Brustmuskeln und den ebenso definierten Armen hin und her. Zum Glück war er nicht barfuß, sonst wären mir auch die restlichen verbliebenen Blutstropfen in meine Wangen geschossen.

Mühsam versuchte ich, meinen Blick von Rasmus' Körper auf sein Gesicht zu heben, was mir nur schwerlich gelang. Plötzlich bildete sich ein Kloß in meinem Hals und ich hatte Mühe zu schlucken. Ich kannte Rasmus sonst nur in Jeans und Shirt oder in seiner Uniform. Sie machte aus ihm den Polizisten und mit einem Mal war mir, als helfe sie ihm dabei, jemand anderes zu sein. Wie er jetzt vor mir stand, so leicht bekleidet, wirkte er gar nicht mehr wie der ernste, unnahbare Mann, der mir bislang immer begegnet war, er wirkte … zerbrechlich. Als habe er seinen schützenden Panzer abgelegt, der es mir ermöglichte, hinter die Fassade zu schauen. Es war mehr als die Muskeln, die er in diesem Outfit präsentierte. Ich konnte eine Narbe auf seiner Brust und an seinem linken Oberarm erkennen. Woher sie stammte, war nicht wichtig, dass er sie hatte, zeigte mir aber plötzlich so viel und es war, als hätte jemand mit einem Presslufthammer Anlauf genommen und die Mauern um Rasmus herum attackiert. Rasmus' Narben zeigten, was ich nie sehen wollte: Er war ein Mann, mit Ecken und Kanten, mit Narben, die ihm das Leben zugefügt hatte. Ich hatte immer nur den uniformierten Rasmus vor meinen Augen und den Strahlemann sehen wollen, aber nie den Versuch gewagt, hinter die Fassade zu blicken. Nie hatte ich jemanden ungerechter behandelt als ihn.

Erst Rasmus' tiefes Lachen schaffte es, mich in die Realität zurückzuholen. Mit hochroten Wangen blickte ich ihm ins Gesicht und konnte tatsächlich sehen, dass sich sein Mund zu einem Lächeln verzog. Und zwar nicht zu einem freundlichen *Ich bin Polizist, wie kann ich helfen-Lächeln*, sondern zu einem *Schöne Frau, ich sehe, dass Ihnen gefällt, was sie sehen-Lächeln* und das war nicht gut, ganz und gar nicht.

»Hej Stine«, sagte Rasmus mit tiefer, ruhiger Stimme.

»Hallo«, piepste ich. Wunderbar, ich konnte nicht einmal mehr dänisch sprechen.

Leicht schüttelte ich den Kopf, räusperte mich und befahl mir, Rasmus ausschließlich in die Augen zu schauen.

»Wegen gestern«, begann ich, »es tut mir leid.« So, jetzt war es raus. »Ich habe dich mit meiner Idee vollkommen überrannt, das war nicht in Ordnung. Es bleibt alles so, wie es ist. Versprochen.«

»Schon gut«, sagte Rasmus und ich stutzte. Schon gut? Das

klang aber ganz anders als noch vor einigen Stunden. Aber ich biss mir auf die Zunge, um jeglichen Kommentar zu vermeiden.

Ohne ein weiteres Wort hievte Rasmus den bereits ausgegrabenen Ginsterbusch in die Schubkarre. Ich wollte wegschauen und an irgendetwas anderes denken als an diesen Mann vor mir. Aber es war mir unmöglich, ihn nicht anzustarren. Was war seit dem gestrigen Tag passiert, dass ich Rasmus plötzlich ganz anders wahrnahm?

»Was machst du da eigentlich?«, fragte ich und zeigte auf die Schubkarre, um meine Gedanken in eine andere Richtung zu lenken.

»Siehst du doch. Ich habe den Busch ausgegraben.«

»Ja, das sehe ich. Aber warum?«

»Weil du ihn woanders haben möchtest.« Achselzuckend setzte er sich in Bewegung und schob die Schubkarre um das Haus herum in den Garten.

Schnellen Schrittes eilte ich hinter ihm her.

»Hej Stine.« Ich erschrak und schaute auf die Terrasse, auf der ein gut gelaunter Mads bereits an dem kleinen, wackeligen Gartentisch saß.

»Hej Mads. Was ist denn hier los?«

Er trank genüsslich einen Schluck von seinem Kaffee und jetzt erst fiel mein Blick auf den bereits gedeckten Tisch. War das Rasmus' Werk?

»Rasmus ist einverstanden, dass wir dem Garten ein neues Antlitz schenken.«

Mein Blick schnellte zwischen Rasmus und seinem Opa hin und her und ich konnte gar nicht glauben, was ich gerade gehört hatte. Rasmus gab sein Einverständnis, dass ich seinen Garten bearbeitete? Der Rasmus, der mich gestern noch angemault hatte, weil ich den Rasen gemäht hatte? Ich ging hinüber zu Mads, legte die Brötchentüte auf den Tisch und setzte mich auf den klapprigen Stuhl ihm gegenüber.

»Was hast du mit Rasmus angestellt?«, wollte ich von ihm

wissen, was Mads jedoch nur schmunzeln ließ.

»Gar nichts, mein Kind, gar nichts.«

»Wie jetzt? Irgendwas musst du doch gesagt haben, um ihn umzustimmen, was nebenbei bemerkt eine Glanzleistung von dir ist.«

Aber Mads schüttelte den Kopf. »Nein, ich habe damit wirklich nichts zu tun. Als du gestern weg warst, hatte Rasmus furchtbar schlechte Laune. Er ist wie ein Wilder durch den Garten getigert und hat vor sich hingeschimpft.«

Die Vorstellung vom durch den Garten stapfenden Rasmus gefiel mir und ich konnte mir ein Schmunzeln nicht verkneifen.

»Irgendwann ist er dann ins Haus zurückgekommen und hat mir gesagt, dass wir mit dem Garten anstellen sollen, was wir wollen.«

»Das ist alles?«, wollte ich wissen.

»Das ist alles«, nickte Mads.

»Wenn wir machen dürfen, was wir wollen, könnten wir doch auch gleich noch einen kleinen Pool oder zumindest einen kleines boblebad platzieren?« Ein Jacuzzi würde dem Garten den absolut letzten Schliff verleihen. Was gäbe es Schöneres, als abends im Dunkeln unter dem Dach der Sterne in einem Sprudelbad zu sitzen? Wobei ich niemals in den Genuss des Jacuzzi kommen würde. Ich ging in diesem Haus schließlich nicht als Freundin ein und aus, zumindest nicht als Rasmus' Freund.

»Nein, nein. Lieber nicht. Wir sollten Rasmus nicht überfordern. Es hat ihn bestimmt sehr viel Überwindung gekostet, dieser Veränderung zuzustimmen. Rasmus mag Veränderungen nicht und Unvorhergesehenes schon gar nicht.«

»Aber warum? Gerade das ist doch manchmal das Spannendste, oder nicht? Wenn alles beim Alten bleibt ist es doch langweilig«, protestierte ich.

»Für meinen Enkel nicht. Belassen wir es also erst einmal bei den Pflanzen.« Damit lehnte Mads sich zurück, nahm seine Kaffeetasse in die Hand und schaute in den Garten hinaus. Diskussion beendet.

Ich hing meine Handtasche über die Stuhllehne und ging zu Rasmus, der gerade frische Erde auf dem eingepflanzten Ginster verteilte.

»Die Stelle ist perfekt«, sagte ich und konnte mir genau vorstellen, wie der Busch sich in das neue Bild einfügen würde.

Rasmus sagte nichts, sondern schaute mich nur an und nickte. Ich glaubte aber, ein winziges, kaum sichtbares Lächeln zu erkennen, man musste nur genau hinschauen.

»Rasmus, ich finde es einfach großartig, dass wir den Garten etwas aufhübschen dürfen.« Langsam sickerte die Information in jede Faser meines Körpers und ich spürte die Aufregung in mir steigen. Wenn ich schon nicht malen konnte, da der größte Auftrag aller Zeiten geplatzt war und noch kein neuer in Sicht war, konnte ich mich zumindest in diesem kleinen Juwel austoben und meiner Kreativität freien Lauf lassen.

»Du glaubst gar nicht, wie sehr ich mich freue«, sagte ich enthusiastisch. Weil ich nicht wusste, wohin mit meiner Energie und die Emotionen mit plötzlich übermannten, umarmte ich Rasmus überschwänglich und drückte mich fest an ihn.

Ich roch die Reste seines Duschgels, das herb in meiner Nase kitzelte. Der eigentliche Geruch, der durch meinen Körper schoss, als hätte ich etwas Außergewöhnliches inhaliert, war Rasmus selbst. Noch nie hatten sämtliche Sinne auf einen Mann so reagiert, wie es mein Körper gerade tat.

In meinem Kopf begann es, sich zu drehen, auf meinen Armen bildete sich eine Gänsehaut, meine Nase kitzelte und mein Herz pumpte auf höchster Stufe, um meinen Körper mit dem notwendigen Sauerstoff zu versorgen.

Es fühlte sich an, als hätten wir eine Ewigkeit so dagestanden in dieser Umarmung. Wobei es nicht ganz richtig war, denn ich umarmte Rasmus. Er stand reglos an Ort und Stelle und ich spürte, wie sich seine harten Muskeln unter mir versteiften. Langsam dämmerte es mir, dass ich möglicherweise, unter Umständen, ein klitzekleines bisschen zu überschwänglich gewesen war.

Mit einem Räuspern löste ich mich von Rasmus.

»Ähm, sorry«, nuschelte ich und wusste auch ohne einen Spiegel, dass mein Kopf hochrot war. »Kommt nicht wieder vor.«

»Schon gut«, sagte er und ich dachte, ich hätte ein Deja-vu. Schon gut? Etwas Blöderes hätte er darauf wohl nicht antworten können, bei Rasmus war heute scheinbar alles *schon gut*. Aber ich wollte uns und besonders mich nicht noch mehr in Verlegenheit bringen, also schluckte ich den Kommentar, der mir in den Kopf schoss, einfach hinunter.

»Also gut, wie geht's weiter?«, fragte ich stattdessen und nickte in Richtung der Pflanzen, die noch auf der Terrasse standen.

»Du hast den Plan. Sag du es mir.«

Das ließ ich mir nicht zweimal sagen und in der kommenden halben Stunde führte ich Rasmus durch seinen Garten, erklärte, wo ich welche Pflanzen sah und wie ich mir den Garten am Ende vorstellte. Ich geriet regelrecht ins Träumen, denn vor meinem inneren Auge konnte ich bis ins kleinste Detail sehen, wie dieser noch ruppig wirkende Bereich des Grundstücks ein strahlender Ort werden würde.

Rasmus ließ mich die ganze Zeit reden und sagte kein Wort. Hin und wieder nickte er und ab und zu schlich sich ein Grinsen in sein Gesicht.

»Was sagst du?«, wollte ich von ihm wissen, als wir im hinteren Teil des Gartens, der durch die Buche verborgen lag, standen und ich ihm meine Ideen geschildert hatte.

»Wie du strahlst«, sagte Rasmus leise.

»Du denkst, wie ich strahle? Das ist ja auch kein Wunder, oder? Du wirst sehen, wie wunderschön am Ende alles sein wird. Du kannst dir noch eine Hängematte zulegen und dich nach Feierabend reinlegen und in den Himmel schauen … wobei machst du sowas? Ich glaube nicht, dass du der Hängemattentyp bist.« Ich merkte, wie ich zu plappern begann, leider konnte ich es nicht mehr zurückhalten, weil die Vorfreude auf die bevorstehende Arbeit mich in ein Hochgefühl versetzte, als würde ich in der

Achterbahn am höchsten Punkt stehen und mit Vollgas nach unten brausen. Das gleiche Kribbeln hatte ich immer in meinem Bauch, wenn meine Kreativität einen Tanz vollführte.

»Welcher Typ bin ich denn?« Rasmus lehnte sich an den Baumstamm der Buche und musterte mich. Plötzlich fröstelte ich und mir wurde kalt, was bestimmt am Schatten des großen Baumes lag.

»Ich weiß nicht«, antwortete ich und überlegte, während ich meinen Blick ebenfalls über Rasmus wandern ließ. »Du bist eher der *Fass mich nicht an oder ich erschieße dich-Typ.*« Das Kichern, das aus mir herauskam, wurde immer lauter und entlud sich zu einem lautstarken Lachen. Mit mir konnte man immer Spaß haben … oder nicht? Beim Blick ins Rasmus' schmerzverzerrtes Gesicht verebbte mein Lachen schlagartig. Hatte ich etwas Falsches gesagt? Vielleicht waren Sprüche solcher Art bei Polizisten nicht ganz so beliebt.

Rasmus blickte starr geradeaus und ballte seine Hände zu Fäusten, seine Brustmuskeln stachen deutlich hervor und die Spannung, die durch seinen Körper ging, war nicht zu übersehen.

»Es tut mir leid«, sagte ich leise und meine Stimme war fast ein Flüstern, »das hätte ich nicht sagen sollen.«

Kaum merklich schüttelte Rasmus den Kopf und entspannte sich wieder. »Schon gut.«

Aha, schon gut also.

»Nein, nicht schon gut. Manchmal habe ich meinen Mund nicht unter Kontrolle. Sorry, ich werde mich jetzt zusammenreißen«, sagte ich zerknirscht und knetete meine Hände, weil ich nicht wusste, was ich sonst hätte tun sollen.

»Nein, mach das nicht.« Rasmus stieß sich vom Baumstamm ab und kam einen Schritt auf mich zu. Nur wenige Zentimeter trennten uns voneinander und ich legte den Kopf in den Nacken. Seine sonst smaragdgrünen Augen schimmerten in diesem Moment viel heller und erinnerten mich an einen Peridot.

Ich wollte noch etwas sagen, um mich zu entschuldigen und die

Wogen zu glätten. Plötzlich wollte ich nicht mehr, dass Rasmus wütend auf mich war. Ich wollte nicht, dass er meinetwegen sauer oder missmutig war und sich seine Hände verkrampften, weil ich meinen Mund nicht halten konnte. Eigentlich wollte ich in diesem Moment meine Hände an seine Wangen legen, bis sich auch die letzte Falte zwischen seiner Stirn legen würde und sein Gesicht einen entspannten Ausdruck annahm.

»Bleib genauso wie du bist«, flüsterte Rasmus und nun war er es, der seine starke, warme Hand an meine Wange legte. Für einen Moment blendete ich die Realität um uns herum aus, die Tatsache, dass wir eigentlich keine Freunde waren. Ich schloss die Augen und schmiegte meine Wange in seine Hand. Die Wärme, die von ihm ausging, gelang in jede Zelle meines Körpers und ich fühlte mich, als wäre ich ein Schmetterling, der leicht und ohne jede Anstrengung über eine Blumenwiese flog. So leicht konnte es sein, wenn man die Augen schloss.

Die Intimität endete ebenso schnell, wie sie begonnen hatte. Rasmus zog seine Hand zurück, meine Wange wurde an der Stelle, an der er mich berührt hatte ganz kalt und als hätte mir jemand einen Eimer gefüllt mit Eiswasser über den Kopf gekippt, öffnete ich meine Augen und knallte in die Realität zurück.

Rasmus' Blick verschloss sich wieder vor mir, als würde er die Tore, welche die Sicht auf sein Inneres freigaben, wieder verriegeln.

»Ich muss jetzt los«, sagte Rasmus.

»Hm?« Ganz hatte die Geschwindigkeit meiner Gedanken noch nicht zurückgefunden.

»Zum Dienst. Ich muss arbeiten.«

»Achso, ja klar. Natürlich musst du das«, begann ich nervös. Was hätte ich ihm auch jetzt sagen sollen? Dass ich es genossen hatte, als er mich berührt hatte? Dass ich meinen Blick nicht mehr von ihm wenden konnte? Dass der Mond in der vergangenen Nacht dafür gesorgt hatte, dass ich meinen Verstand verloren hatte? Denn das musste es gewesen sein, eine andere Erklärung gab es nicht.

»Dann viel Spaß und einen schönen Dienst. Sagt man das so?«

Jetzt entwich Rasmus doch ein kleines Lächeln. »Ja, das kann man so sagen. Pass auf dich auf.«

»Tue ich doch immer.«

»Schon klar.« Mit einem tiefen Lachen drehte sich Rasmus und ging schnellen Schrittes über den Rasen zum Haus zurück. Ich musste mich beeilen, um mit ihm Schritt zu halten.

Mads saß noch immer auf seinem Platz am Gartentisch. Am liebsten hätte ich die klapprigen Stühle und den kurz vor dem Zusammenbruch stehenden Tisch ebenfalls erneuert, aber ich wollte Mads Worte berücksichtigen und Rasmus nicht wieder überrumpeln.

Rasmus verschwand im Haus und ich gesellte mich zu Mads.

»Kaffee?«, fragte er.

»Kaffee«, nickte ich und schenkte uns beiden ein.

Die Sonne schien immer kräftiger vom Himmel. Im Schatten der Buche hatte ich gar nicht gemerkt, wie die Temperaturen angestiegen waren. Ich zog meine Bolerojacke aus und hing sie zu meiner Tasche über die Stuhllehne.

»Also Stine, womit fangen wir an?«

»Wir könnten die Gräser einpflanzen. Noch einen Tag sollten sie nicht in ihren Töpfen stehen, sonst trocknen die Wurzeln zu sehr aus.«

»Abgemacht. Dann an die Arbeit.«

Mads erhob sich. Ich leerte meine Kaffeetasse und tat es ihm gleich.

»Du musst mir nur sagen, an welchen Stellen ich die Löcher graben soll.« Mads hatte sich bereits den Spaten geschnappt, doch ich eilte zu ihm.

»Das kann ich doch machen. Du kannst die Gräser aus den Umtöpfen nehmen und mir bringen.

»Denkst du, ich bin zu alt, um ein Loch zu graben?«, fragte er und grinste amüsiert, während er mit dem Spaten in den Garten losmarschierte.

»Das habe ich nicht gesagt«, eilte ich hinter ihm her.

Lachend blieb er stehen. »Aber gedacht.«

»Höchstens eine Millisekunde. Aber ich sehe, Widerstand ist zwecklos.« Auch ich konnte mir ein Lachen nicht verkneifen. Tatsächlich hatte ich gedacht, Mads würde sich bequem in den Schatten zurückziehen und mir bei der Arbeit zusehen. Dass er tatkräftig anpacken wollte, imponierte mir.

»Dann sage ich dir, wo du die Löcher graben sollst und ich hole die Pflanzen. Wie hört sich das an?«

»Nach einem Plan.« Das Lachen, das Mads mir entgegenbrachte, ließ mein Herz schmelzen. Wie konnte ich diesen alten Mann in so kurzer Zeit so gernhaben?

»Hej hej.«

Ich zuckte zusammen und drehte mich um. Rasmus trug seine schwarze Polizeiuniform und darüber seine Schutzweste. Die Ärmel seines Hemdes waren hochgekrempelt und ließen den Blick auf die stählernen Muskeln seiner Unterarme zu.

Er folgte meinem Blick und bemerkte, wie ich ihn anstarrte.

»Ich hole dann mal die ersten Pflanzen, Mads.« Betont lässig ging ich an Rasmus vorbei zur Terrasse und nahm mir die ersten beiden Gräser, die wir einpflanzen würden.

Als ich mich umdrehte, kam Rasmus mir gerade entgegen.

»Ich möchte mein Haus genauso vorfinden, wie ich es verlasse. Keine neue Wandfarbe und kein Gemälde an meiner Wand.«

»Spießer«, lachte ich. Ich hatte mir wirklich vorgenommen, jeden Kommentar herunterzuschlucken, aber da war meine Zunge wohl schneller als mein Gehirn gewesen. Doch zu meiner Überraschung überflutete mich keine neue Wutrede, noch nicht einmal ein böser Blick.

Mit einem Augenzwinkern drehte sich Rasmus um und ging um das Haus herum.

Als der Motor seines Motorrads aufjaulte, stand ich immer noch mit wackeligen Knien auf der Terrasse und hätte um ein Haar die Pflanzen in meinen Händen fallengelassen. Verdammter Mond.

KAPITEL 9

Der Tag flog nur so dahin. Mads bewies, dass er wirklich jede Menge Kraft und Ausdauer besaß. Mehrfach bot ich ihm an, das Graben zu übernehmen, sodass er eine Pause einlegen oder leichtere Aufgaben übernehmen konnte, aber jedes Mal lehnte er ab.

Es schien, als bereite die körperliche Arbeit ihm viel Freude. Mit wachsender Anstrengung wirkte sein Gesicht immer jünger und vergnügter.

Zum Mittag bereitete ich uns einige Smørrebrøds mit Lachs, Schinken und Frischkäse zu, die wir auf der Terrasse verspeisten.

Erst am Abend, als die Sonne bereits lange den Zenit überschritten hatte, legten wir Spaten, Schaufel und die Umtöpfe in die Schubkarre und ich stellte sie neben dem Schuppen ab.

»Da haben wir ganze Arbeit geleistet, Stine.« Mads wischte sich mit dem Handrücken über die verschwitzte Stirn.

»Der Garten sieht schon jetzt fantastisch aus.«

Ich ließ meinen Blick über das neu gestaltete Grün gleiten. Wir hatten es tatsächlich geschafft, alle gekauften Gräser einzupflanzen und einen weiteren üppig blühenden Ginsterbusch zu versetzen. Vor dem dunklen Farbton der Zypressenhecke stachen die gelbblühenden Ginster hervor wie die Sonne in der Dunkelheit.

Einige Sanddornbüsche würden dem Ambiente guttun und einen weiteren Farbklecks bilden, aber ich hütete mich, noch einmal ungefragt eine Anschaffung zu machen. Ich würde Rasmus später nach seiner Meinung fragen.

Der vorher ruppig wirkende Garten, dessen Blickfang der hochgewachsene und vergessene Rasen war, zeigte schon ein komplett anderes Bild.

Die dichte Zypressenhecke wirkte wie ein Schutzwall, begleitet von leuchtenden Büschen und raschelnden Gräsern standen sie wie ein geschlossener Rahmen um die hochgewachsene Buche, die das Zentrum des Gartens bildete.

Erst in den kommenden Jahren würde die ganze Pracht sichtbar werden, wenn die Pflanzen Sonne, Regen und Zeit genossen hatten, um sich fest im Boden zu verwurzeln und ihre Spitzen nach oben zu strecken.

»Für den Anfang nicht schlecht, oder?«, sagte ich und klopfte meine schmutzigen Hände an meiner Latzhose ab. »Meinst du, Rasmus wird damit einverstanden sein?«

Mads nickte schmunzelnd. »Gewiss. Auch wenn er es vielleicht nicht zeigen wird. Aber ich bin mir sicher, dass es ihm gefallen wird.«

»Gefällt es dir denn?«, wollte ich wissen.

»Und wie«, strahlte Mads. »Schade, dass ich mich an dem neuen Anblick nicht mehr allzu lange werde erfreuen können.«

»Warum nicht?« Das machte mich stutzig.

»Weil ich in zwei Wochen zurück nach Hause fahre.«

»Nach Hause?«, fragte ich. »Ich dachte, das hier sei dein zu Hause.«

»Nein, ich wohne nur vorübergehend bei Rasmus.« Mads setzte sich auf einen der klapprigen Terrassenstühle und ich tat es ihm gleich. »Eigentlich wohne ich in Kopenhagen, wie der Rest der Familie.«

Ich nickte interessiert und Mads fuhr fort.

»Im Zentrum von Kopenhagen lebe ich in einer sehr schönen

kleinen Dreizimmerwohnung mit dem Blick auf die Oper. Gerade wird in den Wohnräumen ein neuer Holzboden und im Badezimmer Fliesen verlegt. Ich wollte nicht während der Bauarbeiten zu Hause bleiben und den Handwerkern im Weg stehen.«

»Wie ich dich bisher kennengelernt habe, hättest du ihnen wahrscheinlich nicht im Weg gestanden, sondern die Fliesen aus der Hand gerissen und selber den Vorschlaghammer geschwungen«, mutmaßte ich.

Mads lachte tief. »Das könnte sein«, grinste er schelmisch. »Deswegen habe ich mir auch gedacht, meinen Enkel in der Zeit zu besuchen. Deswegen wohne ich jetzt in seinem Gästezimmer, bis ich zurück in meine Wohnung kann.«

So war das also. Dann lag ich mit meiner Vermutung, dass Mads dauerhaft bei Rasmus wohnen würde, falsch.

»Unternimmt Rasmus denn auch etwas mit dir? Die meiste Zeit arbeitet er doch, oder?«

»Wir haben schon einen Ausflug ans Meer gemacht und meistens genügt es uns, wenn wir abends bei einem Bier zusammensitzen. Manche Männer brauchen nicht viele Worte, um sich zu verstehen. Wir können gut miteinander schweigen.«

»Soll das eine Anspielung sein, weil ich so viel rede?« Ich konnte einfach den ganzen Tag erzählen und lebte nach dem Motto *Schweigen ist Silber, reden ist Gold.*

»Nein, nein«, lachte Mads herzlich. »Ich meinte es im Allgemeinen. Du hast eine sehr herzliche Art, Stine. Du bist erfrischend und lebensfroh und sprühst nur so vor Energie.«

»Danke, Mads.« Glücklich über seine Worte und über den erfolgreichen Tag lehnte ich mich auf meinem Klappstuhl zurück.

Ich streckte meine Beine lang vor mir aus und spürte die Anstrengung des Tages in meinen Gliedern.

»Ist es in Ordnung, wenn ich dich jetzt alleine lasse? Ich brauche eine Dusche.«

»Aber sicher. Du siehst, ich bin kein Pflegefall, wie du

wahrscheinlich am Anfang dachtest.«

»Nein, das dachte ich gar nicht.« Oder doch? Langsam stieg die Röte in meine Wangen. »Naja, höchstens ein kleines bisschen. Es kam mir merkwürdig vor, dass Rasmus mich gebeten hat, mich um dich zu kümmern«, gab ich zu.

»Rasmus wollte, dass ich in netter Gesellschaft bin, während er arbeitet. Und das bin ich.«

»Aber warum hat er dann mich gebeten? Er hält nicht allzu viel von mir. Ehrlich gesagt sind wir nicht einmal miteinander befreundet.«

»Vielleicht hält er doch mehr von dir, als du denkst«, nickte Mads, als wäre es das Selbstverständlichste auf der Welt.

Hatte ich zuerst geglaubt, Rasmus wollte mir eins auswischen, weil er mir aus der Patsche geholfen hatte, fand ich meine Argumentation nun selbst unstimmig. Mads und Rasmus schienen ein enges Verhältnis zueinander zu haben. Sie mochten und schätzten sich und so kurz angebunden oder unfreundlich sich Rasmus mir gegenüber verhielt, wechselte sein Auftreten schlagartig, wenn er mit seinem Opa sprach.

»Ich weiß nicht«, sagte ich verlegen und mein Herz machte zu meinem Leidwesen einen kleinen Hüpfer. Heute Abend würde ich mir ganz sicher die Bettdecke über den Kopf ziehen, sodass mich nicht der Hauch des Mondscheins treffen konnte.

Mads schaute mich aus seinen grünen Augen an. Es sah aus, als wollte er noch etwas hinzufügen, aber es kam nichts, was wohl besser war.

»Ok, Mads. Dann sehen wir uns morgen. Sollen wir nach der ganzen Arbeit, die wir heute geleistet haben, in die Stadt fahren?«

»Oh ja.« Plötzlich leuchteten seine Augen noch ein wenig mehr. Mads wollte manchmal wohl doch etwas anderes, als mit einem Bier im Garten zu sitzen und zu schweigen. »Eine tolle Idee. Ich war schon lange nicht mehr in Tideborg.«

»Prima, dann ist das abgemacht. Sollen wir dann im *kaffehuset* frühstücken? Dort bekommst du den besten Kaffee in ganz

Tideborg.«

»Das klingt toll. Also dann, einen schönen Abend für dich, Stine.«

»Danke. Den wünsche ich dir auch.«

Ich winkte Mads zu und ging um das Haus herum auf den kleinen Gehweg.

Verschwitzt, aber zufrieden ließ ich mich auf dem Fahrersitz meines Transporters nieder.

Meine Haare klebten mir im Nacken und die vormals gelben Schmetterlinge auf meiner Latzhose wirkten wie braune und grüne Klumpen. Ich freute mich auf die Dusche, die ich mir zu Hause sofort gönnen würde. Bevor ich den Motor anließ, kramte ich in meiner Handtasche nach meinem Handy.

Ich hatte keine große Lust, den Abend alleine zu verbringen. Also schickte ich meiner Freundin Marlies eine Whatsapp-Nachricht, um sie auf ein Glas Wein einzuladen.

Gerade wollte ich das Handy zurück in die Tasche legen, als ich es mir anders überlegte und whatsapp erneut öffnete.

Stine:
Hej Rasmus, ich fahre jetzt nach Hause. Mange hilsener, Stine.

Jetzt wusste er Bescheid, dass Mads alleine zu Hause war.

Mit knatterndem Motor fuhr ich zurück durch den Ort und über den *kystvejen* nach Hause.

Je weiter ich über die Dünen fuhr und mich dem Meer näherte, umso mehr konnte ich das glitzernde und funkelnde Wasser zu meiner Linken sehen. Die untergehende Sonne tauchte den Strand in ein warmes, gelbes Licht. Ich hielt am Straßenrand, nahm mein Handy und versuchte, den besonderen Glanz einzufangen. Bis ich zu Hause war und mit meinen Pinseln das magische Licht auf die Leinwand bringen konnte, war der besondere Moment schon vorbei. Vielleicht konnte ich später, wenn ich mir die Fotos anschaute, die Stimmung wieder hervorrufen. Meine Finger kribbelten, obwohl ich heute schon so viel gearbeitet hatte. Aber ich wusste, ich würde nicht schlafen gehen können, wenn ich nicht damit begonnen hatte, eine neue weiße Leinwand mit Farbe zu füllen.

Ich fuhr auf meinen kleinen Hof, stieg aus und stellte meine dreckigen Schuhe neben die Haustür und stand gedanklich schon unter der Dusche.

Frisch geduscht schlüpfte ich in meine liebste Haremshose mit dem Batikmuster und zog mir einen bauchfreien Kapuzenpullover über mein Tanktop.

Während ich in der Küche hantierte und einen schnellen Salat aus Tomaten, Gurken, Romanasalat und Pinienkernen zubereitete, klingelte mein Handy.

Ich eilte zum Esstisch, griff mein klingelndes Smartphone und hätte es beinahe im selben Moment wieder fallengelassen.

Rasmus?

Bevor das Klingeln erstarb, nahm ich den Anruf entgegen.

»Hallo?«, fragte ich und bemühte mich gar nicht erst, meine Überraschung zu unterdrücken.

»Hej Stine, Rasmus hier.«

»Was gibt's? Habe ich wieder etwas falsch gemacht? Ich habe dein Haus wirklich nicht angerührt.«

»Sei doch nicht immer so kratzbürstig«, lachte Rasmus und selbst durch das Telefon konnte ich das Timbre seiner Stimme hören.

»Ich bin nie kratzbürstig«, empörte ich mich.

Statt einer Antwort lachte er nur.

»Was wolltest du denn?« Es war besser, nicht weiter auf seinen Kommentar einzugehen.

»Eigentlich nur Danke sagen.«

Ich stutze. Wahrscheinlich hatte ich mich verhört, ganz bestimmt sogar.

»Danke?«

»Ja, danke. Der Garten gefällt mir und mein Opa ist so glücklich wie lange nicht mehr.«

Oh. Seine Worte ließen mein Herz erneut vor Freude tanzen.

»Ja, gerne.« Mehr wollte einfach nicht aus meinem Mund herauskommen.

»Ok, bis dann.« Bevor ich noch etwas erwidern konnte, hatte Rasmus schon aufgelegt. Irritiert starrte ich auf das Handy in meiner Hand. Zumindest hatten wir es geschafft, mehr als zwei Wörter miteinander zu wechseln.

Über meine Musikapp stellte ich mir meine liebste Dancemusic-Playlist an, legte das Handy zurück auf den Tisch und bereitete mein Abendessen vor.

Ich war zu unruhig, um mich in aller Ruhe an den Esstisch zu setzen und dort zu essen. Wahrscheinlich steckte mir die Arbeit des Tages noch zu sehr im Körper. Also aß ich im Stehen auf der Terrasse, ließ meinen Blick über den immer dunkler werdenden Himmel gleiten und spürte die Bässe aus den Lautsprechern hinter mir.

Ein Klopfen, was sich zu einem ausgedehnten Hämmern entwickelte, ließ mich aufschrecken.

Schnell stellte ich meinen Teller auf dem Esstisch ab und eilte zur Haustür. Wer besuchte mich um diese Uhrzeit?

»Ach, Marlies, du bist es.«

»Tu nicht so überrascht, du hast mich doch eingeladen«, lachte sie und schob sich an mir vorbei ins Haus.

»Aber ich habe keine Antwort von dir bekommen, deswegen habe ich nicht mit dir gerechnet. Aber schön, dass du da bist.«

Ich folgte ihr. Marlies blieb im offenen Wohnbereich stehen und schaute sich um.

»Suchst du etwas?«

»Ich dachte, Rasmus wäre hier.« Sie drehte sich zu mir und ich lachte.

»Guck nicht so.«

»Wie gucke ich denn?«

»Überrascht.«

»Das bin ich auch. Was sollte denn Rasmus hier? Er wäre wohl der Letzte, der sich in meinem Haus aufhält.«

»Er hat gesagt, er will noch mit dir sprechen.«

Skeptisch schaute ich meine Freundin an. »Er hat angerufen. Aber woher weißt du das?«

»Weil wir Freunde sind, Stine«, lachte Marlies. »Und Freunde reden miteinander.«

»Aha.«

»Hast du mal einen roten Stift?« Jetzt wurde Marlies vollkommen verrückt.

»Wofür brauchst du denn einen roten Stift?«, fragte ich sie und konnte ihr nicht folgen.

»Um den Tag, an dem du zum ersten Mal sprachlos bist, im Kalender anzukreuzen.«

»Du bist blöd.« Mit hochrotem Kopf drehte ich um und ging in die Küche. Aus dem Schrank nahm ich zwei Weingläser und entkorkte eine Rotweinflasche.

»Ach, Stine.« Marlies umarmte mich und drückte mir einen Kuss auf die Wange. »Dafür lieb ich dich.«

Ich schaute in ihre lieben Augen und konnte meiner Freundin nicht böse sein, mich in Verlegenheit gebracht zu haben.

»Wein?«, hielt ich ihr das Glas unter die Nase.

»Selbstverständlich.«

Ich änderte die Playlist und Jazzmusik erfüllte den Raum. Mit unseren Gläsern setzten wir uns auf die oberste Stufe der Terrassentreppe, nippten an unserem Wein und schauten auf die dunkel vor uns liegende Nordsee hinaus.

»Wie läuft es mit Mads?«

Ich nahm einen Schluck von meinem Wein.

»Sehr gut. Er ist ein sehr netter Mann. Wir verstehen uns wirklich gut. Ich hätte nicht gedacht, dass es so viel Spaß macht,

Zeit mit ihm zu verbringen. Er ist ganz anders als Rasmus.«

Marlies lachte. »Du und deine Vorurteile.«

»Wieso Vorurteile?«

»Weil du bei jeder sich bietenden Gelegenheit erwähnen musst, wie wenig du Rasmus leiden kannst und wie blöd er deiner Meinung nach ist. Dabei glaube ich nicht, dass er dir einen triftigen Grund dafür gegeben hat, dass du ihn so wenig leiden kannst.«

Ich setzte an, um zu protestieren, aber Marlies gab mir keine Chance, ihren Monolog zu unterbrechen. »Ich fand es übrigens ziemlich nett von ihm, dass er dich vor Stieg Jansen nicht verraten hat. Das macht niemand, der total blöd ist, oder nicht?«

»Hmm«, vermutete ich, »oder er hat es nur getan, um mir eins auszuwischen und einen Grund dafür zu haben, mich dazu zu verdonnern, Zeit mit seinem Opa zu verbringen.«

»Stine, jetzt hör aber mal auf«, sagte Marlies und diesen scharfen Tonfall hatte ich selten bei ihr gehört. »Erstens mag Rasmus seinen Opa und andersrum ist es ebenso. Also würde er ganz bestimmt niemanden Zeit mit Mads verbringen lassen, der ungeeignet wäre und zweitens solltest du aufhören, irgendwelche Gründe zu suchen, um Rasmus schlecht zu reden. Er ist es nämlich nicht.«

Ich leerte mein Glas und wandte meinen Blick vom Meer ab, direkt in Marlies ehrliches Gesicht.

»Wahrscheinlich gehen mir die Argumente aus und ich muss dir zustimmen«, sagte ich zerknirscht. »So blöd hat er sich in letzter Zeit tatsächlich nicht verhalten. Er ist nur immer so in sich gekehrt und ich weiß nie so richtig, woran ich bei ihm bin.«

Marlies nickte. »Etwas in sich gekehrt ist er, ja. Er braucht sehr lange, um jemandem zu vertrauen. Aber tief drinnen«, Marlies legte sich eine Hand auf ihr Herz, »ist er ein liebenswerter, warmherziger Mensch. Und wenn du einmal sein Vertrauen und seine Freundschaft hast, kannst du dir sicher sein, dass es niemals endet. Dann kannst du dich immer und zu jeder Zeit auf ihn verlassen.«

Was Marlies sagte, klang zu schön, um wahr zu sein. Suchten wir nicht alle nach diesen Menschen, auf die man sich immer verlassen konnte und die einen nie im Stich ließen?

»Das klingt wirklich ganz nett«, musste ich also zugeben.

»Nett?«, lachte Marlies. »Ihr zwei seid euch gar nicht so unähnlich.«

»Bitte? Er ist schweigsam, ich rede viel, er ist irgendwie … schwarz und ich bin bunt. Guck uns doch mal an, wir sehen aus, als stammten wir aus zwei unterschiedlichen Welten.« Ich musste an Rasmus' stets gedeckte Outfits denken, die zwar seine Figur perfekt in Szene setzten, aber immer äußerst düster wirkten. Daneben musste ich mit meinen bunten Klamotten und farbigen Haarreifen und Blumen im Haar wie ein Paradiesvogel wirken.

»Naja, vordergründig scheint es wohl so. Aber ich denke, ihr beide wollt euch damit abschirmen und euren Kern verbergen. Ihr beide seid verletzlich und habt etwas, was ihr mit euch tragt.«

»Du bist aber weise«, giggelte ich, denn ich spürte, dass ich den Kloß in meinem Hals hinunterschlucken musste.

»Warum Rasmus so verschlossen ist, weiß ich nicht. Er hat es mir in den ganzen Jahren, die wir uns kennen, nie erzählt und ich habe es irgendwann gar nicht mehr wissen wollen.« Marlies leerte ihr Weinglas ebenfalls und ich schenkte uns nach. Der Mond hatte sich mittlerweile zu seiner vollen Pracht aufgepumpt und erleuchtete die leise vor sich hin rauschenden Wellen.

»Naja, ich bin aber so, wie ich bin. Ich habe nichts zu verbergen. Ich habe nichts, was ich mit mir herumtrage, außer meinen Haarreifen«, betonte ich munter und grinste Marlies schief an.

»Meinst du?«, fragte sie vorsichtig nach.

»Na klar, ich bin einfach immer gut drauf und genieße das Leben«, erklärte ich locker und drängte das Gefühl der manchmal aufkommenden Einsamkeit weit zurück in die hinterste Ecke meiner Gedanken, wo es sich hoffentlich in Luft auflösen würde.

»Und was ist mit den männlichen Enttäuschungen in deinem

Leben? Haben sie dir nie etwas ausgemacht?«

Das Problem an einer besten Freundin war, dass sie einfach alles über einen wusste und sie immer die Erste war, die man anrief, um ihr Neuigkeiten zu erzählen. Marlies kannte jede meiner vergangenen Beziehungen, die allesamt nicht nur den Bach hinuntergegangen, sondern von einem Wasserfall abgestürzt waren.

»Was war denn mit deinem Galeristen aus Aalborg?«, wollte Marlies wissen.

»Hatte eine Frau, wie sich herausstellte.«

»Und Frederick?«

Mit Magnus' Bruder hatte ich eine kurze Affäre gehabt, die aber nach kurzer Zeit geendet war.

»Mit dem verstehe ich mich mittlerweile wirklich gut«, betonte ich.

»Ok, schlechtes Beispiel. Ole?«

»Hat mich mit seiner Sekretärin betrogen.«

»Anders?«

»Wollte, dass ich mir ein Hundegeschirr anschnalle und vor ihm herumkrieche und belle wie sein Haustier.« Die Erinnerung an Anders verdrängte ich ganz schnell, denn wer wollte schon daran erinnert werden, die verrückten Sexphantasien seines Ex mitzuspielen.

»Und was ist mit ...?«

»Ok, ok. Du hast ja recht. Meine Beziehungen waren bisher allesamt zum Scheitern verurteilt. Reden wir bitte nicht mehr darüber«, seufzte ich.

»Aber wünscht du dir nicht auch jemanden an deiner Seite? Jemanden, der dich so liebt und nimmt, wie du bist? Der dir das Gefühl gibt, geliebt zu werden?« Sprach Marlies gerade von sich oder meinte sie mich?

»Na klar wäre das schön, aber bis dahin muss ich eben alleine durchs Leben gehen. Es ist ja nicht so, dass ich auf einen Mann angewiesen bin.«

»Stine, Stine«, schüttelte sie den Kopf und grinste mich breit an, sodass ihre Zahnlücke sichtbar wurde. »Du musst nicht immer stark sein, du darfst auch mal Schwäche zeigen.«

»Und mich angreifbar machen? Lieber nicht«, sagte ich nicht mehr ganz so vehement. Denn obwohl ich mir von niemandem etwas vorschreiben ließ, fühlte ich mich manchmal einsam und sehnte mich nach einer starken Schulter zum Anlehnen.

»Aber Rasmus ist nicht der Richtige«, verkündete ich schnell, bevor Marlies auf dumme Gedanken kam.

»Was?«, lachte sie glockenklar in die Nacht. »Daran hatte ich jetzt ehrlich gesagt gar nicht gedacht.« Hatte sie nicht? Mir wurde abwechselnd heiß und kalt und ich hoffte, dass die Dunkelheit des späten Abends meine sich rot färbenden Wangen verdecken würde.

Marlies krümmte sich vor Lachen und fast hatte ich Angst, ihr mit einem beherzten Griff unter die Arme zu Luft verhelfen zu müssen.

»Du stehst auf Rasmus«, japste sie.

»Tue ich nicht«, grummelte ich und funkelte sie betont böse an, was Marlies unbeeindruckt über sich ergehen ließ und sie nur mehr dazu veranlasste, noch lauter zu lachen.

»Schon ok, Stine. Du musst es nicht zugeben, ich sehe es dir an.«

Ich legte meine kalten Hände an meine heißen Wangen und versuchte, mich so etwas abzukühlen. Das war einer der großen Nachteile an meiner hellen Haut. Meine Wangen arbeiteten wie eine Ampel. Rot hieß Stop und bedeutete, dass alle stehenbleiben mussten und nach dem Grund suchten, der mich zum Erröten gebracht hatte. Es gab auch die netten, rücksichtsvollen Menschen, die taten, als hätten sie nichts bemerkt. Und es gab Marlies, die mich jedes Mal damit aufzog.

»Ich finde, ihr würdet ein tolles Paar abgeben und mal ehrlich, Rasmus ist schon heiß. Hast du seinen Körper mal ohne T-Shirt gesehen?«

»Ja, leider«, seufzte ich, denn ich erinnerte mich noch zu gut, wie jeder einzelne Muskel unter seiner nackten Haut getanzt hatte, als würde er mich zum Narren halten.

»Also gibst du zu, dass er heiß ist?«, stupste Marlies mich in die Seite.

»Hmm«, grummelte ich nur.

Meine Freundin quiekte neben mir und es klang, als wäre jemand auf eine Maus getreten. Zumindest konnte ich mir vorstellen, dass sich das ähnlich anhören musste.

»Aber mehr ist da nicht«, beteuerte ich. »Es gibt viele Männer, die heiß sind und trotzdem als Partner vollkommen ungeeignet. Rasmus und ich könnten niemals eine Beziehung führen, wir schaffen es ja noch nicht einmal, uns vernünftig zu unterhalten. Entweder reden wir gar nicht miteinander und wenn doch, dann endet es meistens damit, dass wir miteinander streiten.«

»Na siehst du«, klatschte Marlies in die Hände. Was war ihr nun schon wieder in den Sinn gekommen? »Was sich neckt, das liebt sich«, verkündete sie die alte Weisheit.

»Wenn du meinst.« Ich stellte mein Weinglas neben mich und ging die Stufen hinunter an den Strand. Marlies war so von ihrer Idee angetan, dass Rasmus und ich zusammenpassen würden, ich wollte ihr einfach nicht den Spaß verderben. Denn wenn etwas feststand, dann, dass grün die Komplementärfarbe von rot war und dass aus Rasmus und mir nie, niemals, nicht in tausend Jahren, ein Paar werden würde.

»Warte, ich bin nicht so schnell«, rannte Marlies hinter mir die Stufen hinab.

Wir schlenderten am Wasser entlang und ich genoss das kühle Wasser, das um meine nackten Knöchel schwappte. Es war, als würde die kalte Nordsee mit jeder auslaufenden Welle ein wenig meiner inneren Hitze mit sich nehmen.

»Du kannst dich ja morgen Abend bei der Strandparty mit Rasmus unterhalten«, freute sich Marlies. »Bei knisterndem Lagerfeuer ist sich schon so mancher nähergekommen.« Am liebsten hätte ich ihr einen Eimer kaltes Wasser über den Kopf gekippt und ihr die wahnwitzigen Ideen ausgetrieben, aber das wäre wohl doch etwas gemein. Also nickte ich stumm und betrachtete das Wasser zu meinen Füßen.

»Ich wusste gar nicht, dass Rasmus auch kommt. Ich dachte, nur wir zwei, Anni und Magnus. Ein kleiner Plausch am Strand und so.«

»Das wäre doch langweilig. Nein, ich habe selbstverständlich auch Rasmus, Frederick und ein paar andere Freunde eingeladen«, freute sie sich. »Das wird bestimmt lustig. Dein Verflossener und Rasmus, wenn das mal nicht lustig wird«, lachte Marlies.

Wo war der Eimer, wenn man ihn brauchte?

KAPITEL 10

Am liebsten hätte ich mein Handy gegen die Wand geschmissen. Die Weckfunktion dudelte unaufhörlich vor sich hin und ich zog mir das Kopfkissen über den Kopf, doch das Dudeln nahm kein Ende.

Seufzend rollte ich mich zur Seite, griff mein Handy und stellte das nervtötende Geräusch aus.

Durch die vorgezogenen Vorhänge drangen die Sonnenstrahlen ins Zimmer. Am liebsten hätte ich mich umgedreht und einfach weitergeschlafen, aber ich hatte Mads versprochen, mit ihm in Tideborg zu frühstücken. Hätte ich nicht bis um vier Uhr im Atelier gestanden und an meinem Bild gearbeitet, wäre ich jetzt nicht so müde.

Nach dem vergangenen Tag und vor allem dem Abend, an dem Marlies mich mit ihren Ideen fast in den Wahnsinn getrieben hatte, musste ich mich abreagieren und entspannen und das ging beim Malen am besten. Dann musste ich den Tag eben so überstehen und meine Müdigkeit in literweise Kaffee ertränken.

Gähnend schwang ich meine Beine aus dem Bett und warf nochmal einen Blick auf mein Handy, um mich zu vergewissern, dass ich den Wecker auch wirklich ausgestellt hatte und er nicht in zehn Minuten erneut anfangen würde, zu piepsen.

Verschlafen schaute ich auf das Display und erschrak. Beinahe hätte ich mein Smartphone wie eine heiße Kartoffel fallengelassen.

Eine Nachricht von Rasmus?

Mit klopfendem Herzen öffnete ich die Nachricht.

Rasmus:
Danke. Schlaf gut.

Danke? Wofür bedankte er sich? Aber egal. Was meine Aufmerksamkeit mehr auf sich zog, war das *schlaf gut*. Ich grinste in mich hinein. Obwohl ich es niemals zugegeben hätte, zum Glück war gerade niemand anwesend, vor dem ich mich hätte rechtfertigen müssen, hatte ich von einem grünen Augenpaar, das wie funkelnde Smaragde in der Nacht auftauchte, geträumt.

Kopfschüttelnd stand ich auf. Es war nur ein Traum, ich fand Rasmus zwar nicht mehr so furchtbar wie vor einigen Wochen aber dennoch würden wir wahrscheinlich niemals Freunde werden, geschweige denn, uns näherkommen.

Eine eiskalte Dusche würde mir helfen, mich zu entspannen und mir den Kopf für den Tag klarzuspülen.

Pünktlich um neun Uhr parkte ich meinen Transporter im Wendehammer. Ich wollte gar nicht darüber nachdenken, wie ich auf Rasmus reagieren würde, wenn ich ihm gleich gegenüberstand. Zuviel Nachdenken brachte niemanden voran. Diese Aufgabe übernahm für gewöhnlich meine Schwester Anni, die alles vorwärts wie rückwärts durchdachte und analysierte.

Zügig ließ ich die Poller hinter mir und ging den Weg entlang. Das Reetdach tauchte vor mir auf und ich bog auf das Grundstück.

Ich klopfte an die Tür und strich mein gelbes Leinenkleid glatt.

Mads tauchte hinter der Tür auf. »Godmorgen Stine.« Er strahlte mich an und wirkte in seiner blauen Stoffhose und dem roten

Poloshirt beinahe jugendlich.

»Hej Mads, du siehst aber glücklich aus.«

»Wer würde das nicht, wenn er eine Verabredung mit einer tollen Frau hat?«

Ich errötete leicht, wie hätte es auch anders sein können, aber spürte zugleich, wie ansteckend Mads Vorfreude war.

»Wollen wir?«, fragte ich und schielte unauffällig an ihm vorbei ins Haus.

»Rasmus ist schon unterwegs, er hat heute Frühdienst.«

Mein Blick war ihm also aufgefallen. »Ok«, sagte ich nur betont beiläufig und machte mich langsam auf den Weg zurück zum Gehweg.

»Er hat seinen Dienst extra getauscht, damit er heute Abend zur Strandparty kommen kann«, sagte Mads vergnügt und grinste in sich hinein.

»Da wird Marlies sich freuen.«

»Genau, Marlies wird sich freuen«, nickte Mads wissend, sagte aber nichts mehr, sondern folgte mir schmunzelnd.

Die rot-weiß-gestreifte Markise vor dem *kaffehuset* war bereits heruntergelassen und spendete den Tischen vor dem Restaurant Schatten.

»Wollen wir draußen sitzen?«, fragte ich, »dann haben wir einen schönen Blick auf die Fußgängerzone.«

Mads nickte zufrieden und steuerte einen der hinteren Tische an, auf dem eine kleine Schale, gefüllt mit Sand und Muscheln, stand.

Wir setzen uns, ich wählte meinen Platz so aus, dass ich alles gut im Blick hatte - wie gesagt, ich war nicht neugierig, sondern aufmerksam - und sogleich wurden uns zwei Karten gereicht. Vom einfachen Heißgetränk über ein klassisches dänisches Frühstück stand alles zur Auswahl, was das Feinschmeckerherz begehrte.

»Hast du dir schon etwas ausgesucht?«, schaute ich nach nur einem kurzen Blick auf meine Karte zu Mads hinüber. Schon bevor wir uns gesetzt hatten, wusste ich, was ich bestellen würde.

Mads fuhr die Karte mit seinem Zeigefinger nach und blieb am unteren Ende hängen.

»Perfekt«, grinste ich. »Das ist auch meine Wahl.«

Sanne, die Bedienung und mittlerweile eine gute Bekannte von mir, kam an unseren Tisch und zückte Zettel und Stift.

»Godmorgen Stine, Godmorgen ...«, sie stockte und schaute meine Begleitung freundlich an.

»Mads, jeg hedder Mads.«

»Godmorgen Mads«, strahlte Sanne. »Habt ihr schon etwas gefunden?«

»Jap«, nickte ich, »wie immer das *byens bedste morgenmad*, tak.«

»Kommt sofort.« Sanne verabschiedete sich und ging an den Nebentisch, um auch dort die Bestellung aufzunehmen.

Die große Fensterfront ließ den Blick auf das Innere des *kaffehuset* zu, dass nicht nur eines der besten Restaurants Tideborgs war, sondern gleichzeitig eine Bäckerei beinhaltete, die auf eine jahrzehntelange Tradition zurückblickte. Ich hatte zwar bereits mit meiner Oma die köstlichen kleinen weichen Brötchen, die *Bolle,* gegessen, aber erst nach meinem Umzug nach Tideborg vor sieben Jahren hatte das *kaffehuset* es geschafft, mich voll und ganz in seinen Bann zu ziehen. Die dänischen Frühstücksgewohnheiten schienen mir zu Beginn etwas merkwürdig und ich hatte mich gefragt, ob mein Magen all dem standhalten würde, aber nach dem ersten Bissen hatte ich gewusst, eine neue Lieblingsspeise serviert bekommen zu haben.

Darum lehnte ich mich jetzt entspannt zurück, setzte meine katzenaugenförmige Sonnenbrille auf meine Nase und betrachtete vergnügt das frühmorgendliche Treiben auf der Tideborger Einkaufsstraße.

Mads drehte seinen Stuhl etwas und folgte meinem Blick. »Schön habt ihr es hier. Kopenhagen ist zwar für eine Großstadt immer noch sehr ruhig und entspannt, aber hier scheint die Zeit noch ein wenig langsamer zu gehen.« Er lächelte in sich hinein und ich betrachtete ihn, wie sich sein Brustkorb ganz langsam hob und senkte.

Das war der Zauber von Tideborg. Unser kleines Städtchen schaffte es immer wieder, Ruhe in aufgehitzte Gemüter zu bringen oder Urlaubern die wohlverdiente Entspannung zu bescheren. Die Einwohner waren allesamt herzlich und freundlich. Natürlich gab es den ein oder anderen Ausreißer, aber wir lebten hier, wie in ganz Dänemark, das ungeschriebene dänische Gesetz *Janteloven*. Wobei, geschrieben wurde es schon, nämlich durch den Schriftsteller *Aksel Sandemose*, und wollte man in Dänemark Freunde haben, hielt man sich an das *Janteloven*.

Ich schmunzelte bei dem Gedanken an die Gedenktafel, die ich mir vor Jahren an dem Geburtshaus von Sandemose angeschaut hatte.

»Worüber freust du dich?«, fragte Mads.

»Ich habe gerade an das *Janteloven* gedacht. Ich hatte zwar früher von meiner Oma bereits davon gehört, aber es noch einmal selbst zu spüren, ist etwas ganz anderes.«

»Es war bestimmt ungewohnt für dich, oder? Viele Nicht-Dänen verstehen es nicht richtig. Aber wir sind stolz darauf.« Mads nickte bestimmt, als wollte er seine Aussage nochmal unterstreichen.

»Kennst du alle zehn Gebote auswendig?«, wollte ich von ihm wissen.

Wieder nickte er. »Erstens: Du sollst nicht glauben, dass du etwas Besonderes bist.

Zweitens: Du sollst nicht glauben, dass du uns ebenbürtig bist.

Drittens: Du sollst nicht glauben, dass du klüger bist als wir.

Viertens: Du sollst dir nicht einbilden, dass du besser bist als wir.

Fünftens: Du sollst nicht glauben, dass du mehr weißt als wir.

Sechstens: Du sollst nicht glauben, dass du mehr wert bist als wir.

Siebtens: Du sollst nicht glauben, dass du zu etwas taugst.

Achtens: Du sollst nicht über uns lachen.

Neuntens: Du sollst nicht glauben, dass sich irgendjemand um dich kümmert.

Zehntens: Du sollst nicht glauben, dass du uns etwas beibringen kannst«, beendete er seine Aufzählung.

»Wow, du kennst es ja wirklich auswendig.« Ich war begeistert.

Mads winkte ab. »Wahrscheinlich kannst du jeden hier fragen und alle wissen es«, sagte er bescheiden. Janteloven eben.

»Mir gefällt das Gesetz«, warf ich ein und schob mir die Sonnenbrille in die Haare. »Am Anfang habe ich es, glaube ich, nicht verstanden, aber mit jedem Jahr, das ich länger in Dänemark lebe, verstehe ich es mehr.«

»Bei uns zählen keine Titel, keine teuren Autos, man muss nicht angeben. Du bist, wer du bist. Hier ist der Professor genauso angesehen wie der Handwerker oder ein Millionär wie eine Aushilfskraft. Geld und materielles Hab und Gut zählen nicht, zumindest nicht, wenn du dein gesellschaftliches Ansehen nicht verlieren willst.«

Unweigerlich schossen meine Gedanken zu Stieg Jansen. Er lebte das absolute Gegenteil des *Janteloven*. Er hatte mit seinem Geld um sich geschmissen und es mir aufgedrängt. Und ich war so dumm, mich von dem Geld hatte leiten zu lassen. Dafür war ich auf die Nase gefallen. Wenn es nach *Jante* ging, die gerechte Strafe.

»Euer morgenmad.« Sanne rollte einen Servierwagen an unseren Tisch, stellte einen gefüllten Brötchenkorb und ein Tablett mit verschiedenen Marmeladensorten auf die Tischmitte. »Den Rest nehmt ihr euch, ja? Der Tisch ist zu klein für alles.«

»Danke, Sanne«, lächelte ich sie an. »Das sieht köstlich aus.«

»Wenn ihr etwas braucht, einfach Bescheid geben.« Mit einem Lächeln im Gesicht verschwand sie im Inneren des *kaffehuset*

»Vielen Dank, dass du mich hergebracht hast, Stine. Ohne etwas probiert zu haben, weiß ich, dass es himmlisch schmecken wird.« Mads strahlte und nahm sich ein *rundstykke* aus dem Brötchenkorb. Ich griff mir ein *Bolle*, denn ich startete immer süß.

Die salzige Butter und die leicht flüssige Johannisbeermarmelade zerliefen auf meinem weichen Brötchen und ich biss schnell ab, bevor die Marmelade sich ihren Weg nach unten bahnen konnte.

Mads kaute genüsslich und wirkte äußerst zufrieden, wie er vor dem Kaffeehaus in der Tideborger Fußgängerzone saß.

Schweigend machten wir uns über die ersten Brötchen her, bis Mads das Tablett mit der Marmelade auf den Servierwagen stellte und einen andere Platte auf unserem Tisch platzierte.

»Weiter geht's mit den herzhaften Köstlichkeiten«, grinste er und ich konnte es ihm nicht verübeln. Wer in Dänemark ein echtes *morgenmad* bestellte, bekam alles, was das Herz begehrte. Weiche und knackige Brötchen, Marmelade, Blätterteigteilchen, aber auch gerollte Bauchfleischscheiben und Leberpastete.

Gerade spießte Mads ein gerolltes Stückchen Bauchfleisch auf und ließ es mit einem Happs in seinem Mund verschwinden, als ich aus dem Augenwinkel einen langsam näherkommenden Streifenwagen ausmachte. Das Auto parkte auf der gegenüberliegenden Straßenseite, direkt vor einem kleinen Handarbeitsladen, in dem Ilse wunderschöne handgefertigte Töpfer- und Häkelwaren anbot.

»Ach, da kommt Rasmus.« Mads hatte den Streifenwagen ebenfalls entdeckt. Rasmus machte sich auf den Weg zu uns, blieb aber immer wieder stehen, um mit dem ein oder anderen Passanten zu reden. Er wirkte viel weniger verschlossen, als ich ihn privat erlebt hatte. Eigentlich strahlte er sogar eine Offenheit aus, die ich selten bei ihm sah. Nicht nur einmal schüttelte er Hände und lachte, während er sprach. Es schien, als hätte sich sein Gesicht aufgehellt und die Sorgenfalten wären verschwunden.

Plötzlich wedelte Mads mit einer Serviette vor meinem Gesicht. Erschrocken wandte ich meinen Blick von Rasmus ab.

»Dir fällt gerade die Hälfte deines *Grovbirkes* auf den Schoß«, lachte Mads und schaute mich vergnügt an.

Tatsächlich, beim Blick auf mein Kleid musste ich feststellen, dass es übersät von Blätterteigkrümeln und Mohnkörnchen war.

Schnell putzte ich alles mit der Serviette ab und legte mein *Grovbirkes* auf den Teller zurück.

»Godmorgen«, trat Rasmus an unseren Tisch.

»Hej«, sagte ich.

Mads zog den Stuhl zwischen uns hervor. »Setz dich, mein Junge. Zeit für ein *rullepølse* hast du doch, oder?«

Rasmus betrachtete mich fragend, als wollte er mein Einverständnis einholen, einen Moment sitzen bleiben zu können.

»Ich würde mich freuen, wenn du mit uns frühstückst«, sagte ich. Wie hätte ich Rasmus' Opa seinen Wunsch verwehren können?

Rasmus nickte und griff sich ein *rullepølse*. Sanne ging zwischen den Tischen hindurch und sammelte vereinzelt benutzte Teller ein. Als sie an unserem Tisch ankam, erhellte sich ihr bereits schon freundliches Gesicht noch um einiges und ich hätte schwören können, rosa Herzen aus ihren Ohren fliegen zu sehen. »Rasmus, wie schön dich zu sehen«, strahlte sie.

»Hej Sanne«, nickte Rasmus ihr zu, wobei sein Blick zwischen ihr und mir hin und her schnellte. »Bringst du mir bitte eine Tasse Kaffee?«

»Na klar, für dich sofort.« Damit drehte sie sich um und ich glaubte, sie war noch schneller unterwegs als ohnehin schon.

»Was macht der Dienst?«, wollte Mads wissen.

»Soweit ruhig. Später mache ich nochmal meine Tour, du weißt schon.«

»Gut.«

Die beiden Männer nickten sich zu und ich konnte ihrem kryptischen Gespräch nicht folgen.

»Worum geht's?«, fragte ich. Meine Schwester hätte sich sicherlich nicht geäußert, aber ich fand, dass ich zumindest verstehen sollte, worum es ging, wenn wir gemeinsam am Tisch saßen. Ich wollte nicht neugierig sein, sondern einfach nur nicht ahnungsloser als die beiden.

»Nichts Besonderes. Fast ein normaler Dienst«, sagte Rasmus so bestimmt, dass ich in diesem Moment nicht noch einmal nachfragen wollte. Also ließ ich es auf sich beruhen und löffelte mir etwas von der *leverpostej* auf den Teller.

Mit Sternen in den Augen brachte Sanne Rasmus' Kaffee an den Tisch.

»Mange tak.« Rasmus lächelte ihr kurz zu und widmete sich in fast dem gleichen Augenblick wieder unserem Tisch.

Mit hängenden Schultern drehte Sanne sich um und entfernte sich, dieses Mal deutlich langsamer, von unserem Tisch.

»Ich glaube, du hast eine Verehrerin«, kicherte ich. Eigentlich hatte ich nur vorgehabt, die Situation zu überspielen, denn als Sanne Rasmus angeschmachtet hatte, hatte mein Magen ein kleines Grummeln von sich gegeben. Vielleicht lag es aber auch an dem *rullepølse*.

»Und wenn schon«, sagte Rasmus gewohnt nüchtern. »Ich hoffe, ihr bestellt euch gleich einen *Gammel Dansk*, sonst muss ich dich heute Abend pflegen, farfar.«

»Natürlich, mein Junge. Ein *morgenmad* ohne *Gammel Dansk* wäre zum einen nur die Hälfte wert und zum anderen nicht zu überstehen.« Mads grinste, als wüsste er, wovon er sprach. Mich schüttelte es schon bei dem Gedanken an den Magenbitter, den es als Abschluss geben würde, aber Rasmus hatte leider recht. Die Mischung aus süßen, deftigen und fettigen Speisen brachten den Magen ganz schon in Bewegung und der dänische Magenbitter half, alles wieder in Einklang zu bringen.

Rasmus klopfte auf den Tisch. »Ich muss weiter. Du kommst klar, Opa? Wir sehen uns heute Abend kurz.«

»Natürlich, ich bin in bester Gesellschaft.« Mads lächelte mich an und mir wurde warm ums Herz.

Mit einem lauten Geräusch schob Rasmus seinen Stuhl zurück und erhob sich. »Bis heute Abend, Stine.« Einen kurzen Moment verharrte sein Blick auf mir und seine Augen leuchteten, dann drehte er sich um und ging mit großen, schweren Schritten zurück zu seinem Streifenwagen. Dort angekommen und die Fahrertür schon geöffnet, blickte er noch einmal zu mir zurück und warf mir ein zartes Lächeln zu, was meinen Magen dazu brachte, Lambada zu tanzen.

»So«, räusperte ich mich und schaute in Mads verschmitzt dreinblickendes Gesicht. »Ich glaube, es wird Zeit für den *Gammel Dansk*.«

Lachend nickte er und winkte Sanne an unseren Tisch, um die Bestellung aufzugeben.

Wenige Augenblicke später reichte sie uns zwei gefüllte Gammel Dansk Gläser.

Ich atmete tief ein und aus.

»Was muss, das muss«, lachte Mads und erhob sein Glas. Meines war bis zum Eichstrich gefüllt und wenn ich nicht gewusst hätte, dass der Inhalt hilfreich war, hätte ich die Tischdeko mit der braunen Flüssigkeit getränkt.

»Skål«, prostete Mads mir zu.

»Skål.« Mit nur einem Schluck und dem Gefühl, dass mein Inneres verbrannte, gesellte sich der Magenbitter zu meinem Frühstück. Schüttelnd stellte ich mein Glas auf den Tisch zurück.

»Auch nach dem hundertsten Glas wird er nicht besser, oder?«

»Ich glaube nicht«, lachte Mads. »Hast du Lust, noch ein wenig duch die Stadt zu spazieren? Ich war so lange nicht hier.«

»Aber gerne. Ich bezahle schnell, dann können wir los. Ich muss dir unbedingt meine beste Freundin vorstellen.« Schon wollte ich aufstehen, um unsere Rechnung zu begleichen, als Mads mich an der Hand zurück auf meinen Stuhl zog. »Ich möchte gerne bezahlen. Wenn eine so chamante, junge Dame sich mit mir zum Frühstücken verabredet, soll sie nicht noch zahlen müssen.«

Mads erhob sich und verschwand im *kaffehuset*.

Ich räumte schnell einige unserer Teller zurück auf den Servierwagen, sodass Sanne nicht so viel Arbeit hatte.

Als ich aufstand, kam Mads schon wieder an meinen Tisch zurück.

»Sollen wir?«, fragte er.

»Auf jeden Fall.« Ich hängte meine Häkeltasche über meine

Schulter und gemütlich schlenderten wir über das Kopfsteinpflaster der Tideborger Innenstadt.

»Du Mads, darf ich dich etwas fragen?«, begann ich zögerlich.

»Aber sicher. Was gibt es?«

»Rasmus hat eben ganz anders gewirkt als sonst. Er war so … ich weiß nicht, offen und freundlich. Als hätte er etwas abgelegt, was er sonst mit sich herumträgt.«

Mads machte ein Geräusch, das einer Mischung aus Knurren und Seufzen glich.

»Jeder Mensch hat doch mehrere Facetten. Es ist, als hätten wir alle verschiedene Masken. Mal tragen wir die Maske des Angestellten, mal die des Sohnes oder der Tochter, mal die der Freundin. Findest du nicht, dass man sich immer etwas anders verhält, je nachdem, mit wem man sich umgibt?«

Darüber musste ich nachdenken. »Ich weiß nicht. Ich hoffe eigentlich, dass ich mich immer gleich verhalte und freundlich, offen und tolerant bin. Ich versuche, alle Menschen so zu akzeptieren, wie sie sind.«

Mads nickte. »Manchmal handeln wir einfach unbewusst und merken nicht, dass wir uns doch verstellen, ohne es zu wollen.«

Bevor ich etwas erwidern konnte, fuhr er schon fort. »Und wenn ich auf Rasmus zurückkomme, ist es so, dass auch er sich ab dem Moment anders verhält, in dem er seine Uniform anzieht. Dann ist er der Polizist Kirkegård und lässt manches hinter sich. Wie du eben sagtest, er legt dann etwas ab, was er sonst mit sich trägt.«

»Aber was ist es, was er mit sich trägt?« Warum konnte Mads die Dinge nicht beim Namen nennen?

»Das soll er dir lieber selber erzählen. Es ist nicht meine Geschichte.«

Ich atmete hörbar aus und wir schlenderten die Straße entlang, hielten immer wieder an, um in die dekorierten Schaufenster zu schauen. Die Sonne strahlte bereits mit aller Kraft vom Himmel herab und wurde durch keine Wolke verdeckt.

Immer mehr Touristen strömten durch das kleine Örtchen, die

Hände voller Tüten oder ein Eis in der Hand.

»Ich verstehe nur manchmal nicht, warum er so verschlossen ist. Was muss ihm passiert sein, dass er sich so verhält?«

»Wie gesagt«, wiederholte sich Mads, »das kann nur er dir beantworten.«

Ich seufzte. Aus mancher Leute Verhalten wurde ich einfach nicht schlau.

»Aber du hast doch eben gesagt, dass du immer versucht, offen und tolerant zu sein, oder?«

»Ja, das stimmt«, nickte ich entschlossen. Nur äußerst selten kam es vor, dass ich mich nicht mit jemandem verstand oder kein Gesprächsthema fand. Mein Vater sagte immer, dass man mich mit hundert fremden Menschen zusammenbringen könnte und ich mit allen etwas finden würde, über das ich mich unterhalten könnte.

»Dann sei Rasmus gegenüber doch auch einfach offen und tolerant«, verkündete Mads ruhig.

»Wie … das bin ich doch. Ich versuche immer wieder, ihn in ein Gespräch zu verwickeln. Aber du hast ja selbst gesehen, wie schwierig das ist.«

Plötzlich blieb Mads stehen und musterte mich neugierig. »Heißt denn, jemanden unbedingt in ein Gespräch zu verwickeln, dass man ihm gegenüber offen ist?«

»Ähm«, nuschelte ich, unfähig zu antworten.

»Na siehst du«, grinste Mads. »Vielleicht bedeutet Toleranz, den anderen einfach so zu akzeptieren, wie er ist. Ob er nun schweigsam ist, viel redet und von sich preisgibt oder ob er Zeit braucht, sich langsam zu öffnen.«

Langsam traten mir, die sonst immer fröhlich war, Tränen in die Augen und ich war froh, dass sie durch meine Sonnenbrille nicht sichtbar waren. Ich hustete, um mein Unwohlsein zu überspielen.

»Ich würde jetzt gerne sagen, dass du unrecht hast, aber ich glaube, das wäre gelogen«, gab ich kleinlaut zu.

»Es ist nicht wichtig, wer recht oder unrecht hat, meine Liebe. Manchmal braucht es einfach jemanden, der einem einen kleinen

Denkanstoß gibt und ein kleines Kieselsteinchen ins Rollen bringt.«

Ich verstand genau, was Mads mir sagen wollte. Hätte es jemand anderes getan, hätte ich die Situation wahrscheinlich anders gelöst. Aber Rasmus' Opa hatte eine weise und lebenserfahrene Art an sich, dass ich nicht anders konnte als ihm zuzuhören und ihm in diesem Punkt zuzustimmen.

»Es stimmt. Ich habe Rasmus' Verhalten immer als Arroganz und Unfreundlichkeit angesehen.«

»Oder als Abweisung deiner selbst?«, warf Mads ein.

»Vielleicht auch das«, gab ich ehrlich zu und versuchte gar nicht erst, die Wahrheit zu verbergen.

»Ich finde es toll, dass du so fröhlich bist, Stine. Die Welt braucht viel mehr Menschen, die so sind wie du. Du wagst etwas und bist mutig, oder glaubst du, viele andere hätten zugestimmt, Zeit mit einem alten Herren zu verbringen? Du bist das blühende Leben und bringst Farbe in die Welt, nicht nur durch deine Bilder, sondern auch durch deine Art und ehrlich gesagt sollte die Welt viel bunter sein, als sie ist. Nur ist man kein Künstler, wenn man wild die Farben auf eine Leinwand wirft. Du tust dieses mit Bedacht, habe ich recht? Und mit genauso viel Bedacht sollten wir anderen Menschen begegnen, denn man kann nie wissen, was der Auslöser war, dass sie ihre Farben verloren haben.«

Nun konnte ich die Tränen doch nicht mehr zurückhalten und drückte mich schniefend an Mads, der seinen großen, starken Arm um mich legte und mich fest an sich drückte.

»Und oft sind es Menschen, welche die Farbe in unser Leben zurückbringen«, flüsterte Mads mir ins Ohr.

KAPITEL 11

Nachdem Mads und ich weitere zwei Stunden durch Tideborg geschlendert waren, meiner Freundin Marlies einen Besuch abgestattet und zum Nachtisch ein Softeis mit Streuseln gegessen hatten, hielt ich meinen Transporter im Wendehammer.

»Vielen Dank für diesen wunderschönen Vormittag, Stine.« Mads drückte meine Hand kräftig und strahlte mich ehrlich erfreut an.

»Danke, Mads. Ich hatte auch einen schönen Tag. Das sollten wir wiederholen.«

»Jederzeit.« Er schnallte sich ab und öffnete seine Beifahrertür.

»Soll ich dich noch nach Hause begleiten und dir Gesellschaft leisten?«

Doch Mads schüttelte den Kopf. »Nein, nein. Ich werde jetzt ein kleines Nickerchen halten und dann die Pflanzen gießen, wie du es mir gesagt hast.«

»Das klingt nach einem Plan. Und wenn du doch Langeweile haben solltest, ruf mich einfach an. Meine Handynummer steht auf dem Zettel in der Küche.«

»Mache ich, danke Stine. Aber mach du dich mal in Ruhe für die Strandparty fertig oder nimm dir etwas Zeit für dich. Du willst doch nicht immer mit einem alten Knacker zusammenhängen.«

Mads amüsierte Art brachte mich immer wieder zum Lachen und ich gab ihm einen liebevollen Klaps auf seinen Oberarm.

»Bis morgen, alter Knacker«, grinste ich, was Mads Mundwinkel in die Höhe steigen ließ.

»Vi ses, Stine.«

Ich wartete, bis er auf dem kleinen Weg zum Haus nicht mehr zu sehen war und fuhr mit heruntergelassenem Fenster zurück nach Hause.

In zwei Stunden sollte die Strandparty starten. Marlies hatte anlässlich ihres dreißigsten Geburtstages die Feier organisiert und einen besonders schönen Strandabschnitt gewählt. Beinahe im Minutentakt trudelten Nachrichten von ihr auf meinem Handy ein, in denen sie mir mitteilte, wie nervös und aufgeregt sie sei.

Meine Hilfe hatte sie vehement abgelehnt, weil sie wollte, dass alles eine große Überraschung war.

Ich freute mich auf ein paar gemütliche Stunden am Strand. Was gab es Schöneres, als bei Dunkelheit und mit dem Meeresrauschen im Hintergrund ein Lagerfeuer zu veranstalten, zu plaudern, zu lachen und Spaß zu haben? Es war auch schon vorgekommen, dass wir auf einer Strandparty das ein oder andere Gläschen zu viel getrunken und nackt im Meer gebadet hatten, aber ich nahm mir fest vor, mich heute zusammenzureißen. Schließlich würde Rasmus auch da sein und ich wollte nicht in meiner nackten Pracht vor seiner Nase herumtanzen.

Draußen dämmerte es bereits. Marlies hatte uns auf 22 Uhr eingeladen, damit ihre Lichtdekoration zur Geltung kam.

Ich hatte also noch genug Zeit, um mich zu duschen, umzuziehen und optisch etwas aufzuhübschen.

Um kurz vor zehn schloss ich meine Haustür. Zum Glück hatte ich mir eine dünne Strickjacke übergezogen. Der Wind wehte nur leicht vom Meer herüber, aber stark genug, um die Temperaturen abzukühlen.

Ich ging an meinem Transporter vorbei zu meinem Fahrrad. Wir würden garantiert die ein oder andere Flasche Sekt köpfen. Anni hatte mir vor einer Stunde eine Nachricht geschickt, dass sie und Magnus zu Fuß zu Party gehen wollten. Die beiden würde ich also dort treffen.

Ich hob mein bodenlanges Maxikleid an und verknotete es vorne, sodass es beim Fahren nicht in die Speichen gelangen konnte. Mit kräftigen Tritten radelte ich den *strandvejen* entlang durch die Dünen.

Der Vorteil eines Strandhauses in erster Lage war der sagenhafte Ausblick. Der Nachteil, dass man beim Fahrradfahren Muskeln in den Beinen brauchte, die ich nicht hatte. Schon nach wenigen hundert Metern brannten meine Waden. Hätte ich nicht gewusst, dass hinter den Dünen ein ebener Fahrradweg auf mich wartete, hätte ich mein Rad bestimmt ins Dünengras gelegt und mir ein Taxi gerufen.

Glücklicherweise war Dänemark nicht für seine Gebirge bekannt und nach weiteren gefühlt endlosen Metern war ich auf der Hauptstraße angekommen und konnte mit weniger Kraftaufwendung weiterfahren.

Nur vereinzelt kamen mir Autos entgegen oder überholten mich. Tideborg besaß nur eine Kneipe, die jeden Abend gut besucht war. Wollte man in eine Disco gehen, musste man allerdings den Weg nach Esbjerg auf sich nehmen. Mir waren private Feiern jedoch immer noch am liebsten. Ich feierte gerne in entspannter Atmosphäre und wenn es sich dann noch um eine Party am Strand unter freiem Himmel handelte, war es für meinen Geschmack perfekt.

Ich radelte über das Kopfsteinpflaster, über das ich am Vormittag mit Mads spaziert war. Auf dem Parkplatz, der von vielen Tagesausflüglern gerne genutzt wurde, angekommen, stellte ich mein Fahrrad neben einem Hagebuttenbusch ab. Nur noch wenige

Autos standen auf dem Parkplatz. Die Geschäfte hatten um diese Zeit bereits geschlossen und auch die Eisdiele öffnete ihre Türen erst morgen wieder, sodass nur noch wenige Leute in der Stadt unterwegs waren.

Ich löste den Knoten aus meinem Kleid, schüttelte meine Haare zurecht, die durch den Fahrradhelm bestimmt ganz platt gedrückt waren und ging die Stufen zum Strand hinunter. Meine Ballerinas stopfte ich in meine Häkeltasche, die würde ich am Strand nicht brauchen.

Ein Weg aus flackernden Fackeln tat sich vor mir auf, der in einem weißen, kugeligen Pavillon endete.

Langsam ging ich durch den mit Feuer gesäumten Weg und betrachtete die munter vor sich hinlodernden Flammen. Marlies hatte sich selbst übertroffen. Der sonst dunkle Strand erleuchtete an diesem Abschnitt durch unzählige Fackeln, Lampions und verschiedene Feuerkörbe. Von oben betrachtet musste das Licht wie funkelnde Sterne in der Dunkelheit aussehen. Barfuß ging ich den Weg entlang und saugte jedes Detail auf wie ein Schwamm. Je näher ich dem Pavillon kam, desto intensiver hörte ich die Musik, die für eine angenehme musikalische Untermalung sorgte.

Als Ella Fitzgeralds Stimme aus den versteckten Lautsprechern sang, betrat ich den weißen Pavillon.

Marlies stand mit einem Sektglas in der Hand in der Mitte des Pavillons, um sie herum luden Stehtische ein, sich an sie zu stellen.

»Stine, wie schön, dass du da bist«, entdeckte Marlies mich. In ihrem langen, weißen Leinenkleid wirkte sie wie eine griechische Göttin.

»Nochmal Happy Birthday, Marlies.« Schon lagen wir uns in den Armen und drückten uns fest aneinander. Als wir uns voneinander gelöst hatten, holte ich eine kleine Schachtel aus meiner Handtasche und überreichte sie ihr.

»Oh, was ist das denn? Ein Geschenk?« Ihre Augen strahlten beim Anblick des Präsentes in ihrer Hand.

»Ein Geburtstagskind bekommt auch ein Geschenk, oder nicht?«

Vorsichtig entfernte sie das rote Geschenkpapier und legte es auf den Tisch neben uns.

»Was das wohl ist?« Behutsam hob Marlies den Deckel der kleinen Schachtel an und betrachtete das silberne Armband, das auf einem Wattebett drapiert war.

»Ooooh«, machte sie und ich wusste, was nun folgen würde. So schnell, dass ich gar keine Zeit hatte, irgendwo ein Taschentuch aufzutreiben, schossen Marlies die Tränen in die Augen und kullerten über ihre Wangen hinunter. »Das ist wunderschön«, schniefte sie.

»Soll ich es dir ummachen?«

Sie nickte nur und hielt mir ihr rechtes Handgelenk entgegen. Ich nahm das filigrane Armband und legte es ihr um.

»Siehst du? Ein Unendlichkeitszeichen. Auf das unsere Freundschaft unendlich lange hält. Das obligatorische Gemälde für deine Wohnung bekommst du selbstverständlich auch wie jedes Jahr.«

Wir brachen in Gelächter aus, denn es war in den vergangenen Jahren zu einer Art Tradition geworden, dass Marlies an jedem ihrer Geburtstage ein Bild von mir bekam, welches sie immer stolz in ihrer Boutique präsentierte. Bald würde sie unter die Galeristen gehen, wenn sie es nicht demnächst übers Herz brachte, das ein oder andere Bild abzuhängen.

»Oh Stine, das Armband ist wunderschön«, schniefte Marlies. »Vielen, vielen Dank. Du bist die beste Freundin der Welt.« Schon drückte sie mir einen Kuss auf die Wange und auch ich vergoss eine Träne der Rührung.

»Aber sag mal, Marlies. Was hast du denn hier gezaubert?« Ich ließ meine Hand über den Strand gleiten. Das Dach des Pavillons war übersät mit unzähligen kleinen Lichtern, die an einer Kette hingen und von oben herabschienen.

Marlies strahlte und beim Anblick ihrer eigenen Dekoration waren ihre Tränen schnell versiegt. »Heute steht alles unter dem Motto *Glanz in der Dunkelheit*«, verkündete sie und ihre Augen strahlten dem Motto getreu.

»Wunderschön. Du hast einfach ein Händchen für atemberaubende Dekoration.«

Bevor wir weiter plaudern konnten, kamen immer mehr Gäste den beleuchteten Weg entlang und auch Anni und Magnus gesellten sich zu uns.

»Hej Anni«, umarmte ich meine Schwester. Magnus klopfte mir freundschaftlich auf die Schulter. »Hey Stine«, nickte er und lächelte mir entgegen.

Nachdem die zwei Marlies ebenfalls ihre Glückwünsche überbracht hatten, gesellte sich Magnus zu einer Gruppe anderer Männer. Anni nahm zwei Sektgläser von einem der Stehtische und an unserem Sekt nippend, gingen wir hinunter ans Wasser.

»Ist dieser Anblick nicht wundervoll?« Ich betrachtete das bereits rege Treiben, das sich aufgrund der immer größer werdenden Anzahl der Personen nicht nur im Pavillon, sondern auch drumherum abspielte. In spätestens zwei Stunden würde sich bestimmt die erste Traube um eines der Lagerfeuer versammelt haben und aus dem Nichts würde einer der Gäste eine Gitarre hervorzaubern.

»Wie ein Licht in der Dunkelheit. Marlies' Motto passt einfach perfekt«, stimme Anni mir zu. »Wir brauchen alle unser kleines Licht, das uns erhellt«, begann sie zu philosophieren und ich war gespannt, worauf sie hinauswollte.

Der Wind, der leicht vom Meer herblies, ließ mein bodenlanges Kleid seicht um meine Beine flattern. Genüsslich nahm ich einen Schluck Sekt.

»Sag mal«, begann Anni, »wie läuft es eigentlich bei Rasmus?«

So abrupt ihr Themenwechsel war, so erstaunt war ich darüber und verschluckte mich an meinem Sekt. Hustend beugte ich mich vornüber und strich mir meinen Pony aus dem Gesicht.

Neben mir spie Anni eine Lachsalve aus. »So ist es also«, gluckste sie.

»Was meinst du?«, bekam ich zwischen zwei Hustenattacken

hinaus.

»Entwickelt sich da gerade dein Licht in der Dunkelheit?« Anni grinste süffisant und schien selbst voller Überzeugung von ihrer Idee zu sein.

»So ein Blödsinn«, motzte ich. »Ich kümmere mich lediglich um Rasmus' Opa, mit dem es übrigens ziemlich gut läuft. Er hat schon viel erlebt und erzählt spannende Geschichten, packt mit an und ist wirklich nett.«

»Lenk nicht ab«, unterbrach Anni mich. »Dass du mit Mads gut auskommst, habe ich schon verstanden. Aber wie kommst du mit seinem Enkel zurecht?«

Ich seufzte.

»Also magst du ihn.«

»Ich weiß nicht, er ...«

Anni unterbrach mich. »Das war eine Feststellung, keine Frage.

»Achso?« Ich hatte versucht, nicht zu viel über Rasmus nachzudenken. Generell wollte ich über keinen Mann der Welt mehr einen Gedanken zu viel verlieren, nachdem ich so viele Frösche geküsst hatte. Einzig mit Frederick verstand ich mich noch blendend, wir hatten einfach nicht zueinander gepasst, unsere Freundschaft war innig und herzlich, aber als Paar funktionierten wir nicht.

»Es sind nicht alle Männer Mistkerle«, begann Anni.

»Das stimmt. Ich finde allerdings garantiert den einen Mistkerl unter hundert Männern.«

»Du hattest einfach nur Pech mit deinen bisherigen Liebschaften.«

Wir leerten unsere Gläser und die prickelnde Brause löste eine wohltuende Entspannung in meinen Gliedern aus.

»Also Rasmus ist ...«, dachte ich laut nach. »Irgendwie verwirrend. Ich werde nicht so richtig schlau aus ihm und eigentlich mochte ich ihn nie.«

»Das hast du bereits mehr als einmal erwähnt«, grinste Anni. »Und kein Mensch weiß, warum das so ist. Rasmus ist vielleicht etwas eigen, er ist keine Plaudertasche, manchmal in sich gekehrt und noch ruhiger als Magnus und das ist eine Leistung, aber er ist hilfsbereit und hat noch nie etwas Schlechtes über jemanden verloren.«

»Ist ja gut«, gab ich durch zusammengebissene Zähne zu. »So übel, wie ich am Anfang dachte, ist er gar nicht.«

»Ha«, rief Anni triumphierend.

»Er ist manchmal sogar ziemlich witzig und schlagfertig. Und wenn er mit seinem Opa spricht, ist er ganz anders, viel entspannter, gelöster. Und ...« Wahrscheinlich hatte der Alkohol meine Zunge gelockert, denn ich beugte mich nah zu Anni, sodass auch nicht die geringste Chance bestand, belauscht zu werden. »Er ist ziemlich heiß«, flüsterte ich. Hoffentlich hatte sie mich trotzdem verstanden, denn ganz bestimmt würde ich das nicht noch einmal wiederholen.

»Ich wusste es«, schrie sie. Taub war sie also nicht. »Du stehst auf ihn.«

»Nein, nein«, ruderte ich schnell zurück, »ich finde ihn nur nicht mehr so übel wie früher. Ich denke, er ist ok.«

»In Ordnung, dann belassen wir es heute Abend bei dem Ok.«

Anni schmunzelte und leerte ebenfalls ihr Glas. »Ist er eigentlich schon hier?«

»Rasmus? Keine Ahnung, ich habe gar nicht nach ihm geschaut.« Das war eine gnadenlose Lüge, denn selbstverständlich hatte ich den Strandabschnitt bereits mehrere Male mit meinem Blick gescannt, bislang aber keinen großen Dänen mit dunklen Haaren und grünen Augen entdecken können. Nicht, dass ich ihn unbedingt wiedersehen wollte, aber wenn man mehr Zeit als sonst miteinander verbrachte, schaute man doch automatisch nach jemandem, oder nicht?

»Hmm, ist klar«, lachte Anni. »Selbst in diesem schwachen Licht hat dich dein Gesicht verraten.« Liebevoll streichelte meine Schwester mir über die Wange. Leider kannte sie mich schon mein ganzes Leben lang und konnte selbst die unterschiedlichen

Nuancen meiner Gesichtsfarbe deuten.

Plötzlich machte ich in dem Menschenhaufen, der sich im Pavillon angesammelt hatte, meinen Kumpel Frederick aus, dessen Erscheinen mir gerade wie eine Oase in der trockenen Wüste erschien.

»Freddy ist da, ich gehe mal zu ihm.« Schon machte ich mich auf den Weg und rannte beinahe, um ihn nicht aus den Augen zu verlieren. Vor Lachen glucksend folgte Anni mir und schob mich, gerade als ich Frederick umarmen wollte, zwischen uns und drückte ihn ebenfalls an sich.

»Hej Freddy, du bist Stines Rettung«, hörte ich sie sagen. »Sie hat jemanden gesucht, der sie aus meinem Verhör befreit.«

Bei dem Stichwort Verhör wanderten meine Gedanken automatisch zu Rasmus, ohne, dass ich es verhindern konnte.

»Nun lass mich Frederick doch auch begrüßen.« Ich schob meine Schwester beiseite und hakte mich bei meinem verdutzt blickenden Kumpel unter.

»Hej Freddy, möchtest du etwas trinken? Ein Bier vielleicht?« Zielstrebig zog ich ihn von Anni fort, nicht, dass sie auf die Idee kam, weitere Weisheiten von sich zu geben.

»Äh, ja gerne.« Die Situation überforderte ihn scheinbar ein wenig. Aus einem der Bierkästen, die neben der provisorisch aufgebauten Bar standen, griff ich zwei Flaschen Carlsberg und strebte, immer noch bei einem verdutzt dreinschauenden Frederick untergehakt, einen dicken Baumstamm an, der vor einem der Lagerfeuer stand und noch unbesetzt war.

»Schön, dass du da bist.« Ich reichte Frederick eine Flasche und hielt ihm meine entgegen, damit er anstoßen konnte.

»Finde ich auch«, lächelte er. »Aber was war eben mit Anni und dir los?«

»Gar nichts. Du weißt schon … das übliche Geplänkel unter Schwestern.«

»Ok, verstehe.« Er nahm einen kräftigen Schluck aus seiner Flasche und streckte seine langen Beine aus. Vor uns knisterte das

Feuer in einer großen, flachen Feuerschale und ich wünschte mir einen Stock herbei, an dem ich ein Stockbrot über das Feuer halten könnte.

Schweigend tranken wir unser Bier und schauten den Flammen dabei zu, wie sie munter vor sich hinhüpften und immer wieder kleine Funken nach oben schossen. Mit einem Mann am Lagerfeuer zu sitzen, bedeutete Ruhe. Männer verfügten scheinbar über die Gabe, stundenlang in eine Flamme zu starren, ohne sich selbst nur millimeterweise zu bewegen.

»Noch ein Bier?«, fragte Frederick nach gefühlt endlos verstrichenen Minuten.

»Klar«, nickte ich und hielt ihm meine leere Flasche entgegen.

Ich blickte ihm nach und betrachtete den hell erleuchteten Pavillon. Marlies hatte das Motto wirklich passend gewählt. Die Lichter, die Menschen, sie alle waren ein Licht in der Dunkelheit. Ohne sie wäre der Strand dunkel und leise und man würde nur das Rauschen des Meeres hören. Jetzt aber drangen Stimmen und Gelächter an mein Ohr und die entspannte und ausgelassene Stimmung wehte zu mir herüber. Eigentlich fand ich mich auf einer Party immer inmitten der Masse wieder. Ich liebte es, zu tanzen, zu plaudern und Spaß zu haben.

Heute jedoch nicht. Heute zog mich das Lagerfeuer magisch an und ich genoss die Ruhe, die ich hier unten hatte. Ich grub meine nackten Füße in den Sand, der sich ganz kalt an meiner Haut anfühlte. Der Wind blies kräftiger als noch am Nachmittag und ich war froh, dass ich meine Strickjacke über mein Kleid gezogen hatte. Trotzdem begann ich zu frieren und nicht einmal die Wärme des Feuers konnte mich komplett erwärmen.

Ich streckte meine Hände aus und hielt die Handflächen in Richtung des Feuers. Die Wärme kitzelte an den Innenseiten meiner Hände.

»Darf ich?«, vernahm ich plötzlich eine mir äußerst vertraute Stimme. Ohne mich umzudrehen, nickte ich. »Klar.«

Rasmus setzte sich neben mich. Die Flammen erhellten sein

Gesicht. Ein zaghaftes Lächeln schlich sich um seinen Mund.

»Magst du snorbød?«

Erst jetzt bemerkte ich die zwei langen Stöcke in seiner Hand, deren Spitzen mit weichem Teig umwickelt waren. Er musste Gedanken lesen können.

»Ich liebe snorbød.« Glücklich nahm ich Rasmus einen Stock ab und hielt ihn mit etwas Abstand über die Flamme.

»Ich auch«, lachte er und begann ebenfalls, sein Brot zu grillen.

Verstohlen betrachtete ich ihn von der Seite und die Worte seines Opas kamen mir in den Sinn. Was er gesagt hatte, hatte sich in meinem Kopf fest verankert und ich wollte versuchen, heute offener zu sein und Rasmus einfach Rasmus sein lassen.

»Schön ist es hier, oder?« Ich brauchte wohl doch noch etwas Übung im Schweigen. Rasmus Gegenwart machte mich allerdings nervös und wenn ich redete, gelang es mir in der Regel, mich zu entspannen.

»Hmm«, nickte er. In puncto Schweigen konnte ich viel von ihm lernen.

Langsam drehte ich den Stock in meinen Händen.

»Ist dir kalt? Deine Hände zittern.«

»Ja, wahrscheinlich ein bisschen.« Seitdem Rasmus neben mir saß, war mir zwar alles anderes als kalt, aber dass meine Hände seinetwegen zitterten, konnte ich ihm schlecht sagen.

Er vergrub das Ende seines Stocks im Sand, zog seine Kapuzenpullover aus und legte ihn mir über die Schultern.

Damit hatte ich nicht gerechnet. Der warme, weiche Stoff schmiegte sich an mich, wärmte mich und umgab mich mit Rasmus' Geruch.

»Danke.« Meine Stimme glich einem Krächzen, wie bei einem Vögelchen, das seine Mutter rief.

Wie aus dem Nichts tauchte meine Schwester neben uns auf und reichte uns zwei Flaschen Bier. »Hier, für euch«, grinste sie. »Viel Spaß noch.« Kichernd verschwand sie genauso schnell, wie sie gekommen war.

Verwirrt schaute Rasmus mich an. »Hormone«, gab ich schulterzuckend von mir. Ich wusste sehr wohl, was Anni im Schilde führte. Alkohol hatte schon so manche Zungen gelockert und Sinne umnebelt.

»Skål«, sagte Rasmus und wir stießen an. »Die snorbrød müssten fertig sein. Willst du ein bisschen gehen?« Was war mit Rasmus passiert? So kannte ich ihn gar nicht, aber umso erfreuter war ich über sein Angebot.

»Klar, gerne.«

Mit je einer Flasche Bier in der einen und einem Stockbrot in der anderen gingen wir hinunter an den Strand und mit jedem Schritt, den wir uns von der Feier entfernten, wurden die Stimmen leiser und das Rauschen des Meeres lauter.

Nachdem wir einige Minuten gegangen waren, ohne miteinander zu sprechen, war es Rasmus, der die Stille durchbrach.

Ein leises Lachen kam von ihm und brachte mich automatisch dazu, ebenfalls zu lächeln.

»Was ist so lustig?«, wollte ich von ihm wissen.

»Mein Opa.«

»Mads?« Hätte ich Rasmus' Verhalten nicht eh schon anders als das unserer Mitmenschen beschrieben, wäre ich gekränkt, dass ein Mann an seinen Opa dachte, während er mit mir am Strand spazieren ging.

»Ja. Er hat mir heute gesagt, dass du ihn gefragt hast, was mir passiert ist und warum ich nicht so heiter durchs Leben springe wie du.«

»Oh«, erwiderte ich nur. Ich hätte jetzt gerne nachgehakt, da es mich wirklich interessierte, aber ich wollte mich in Zurückhaltung üben.

»Und er hat gesagt, ich soll dir gegenüber offener sein und nicht immer so muffelig.« Mads war ja noch schlimmer als meine Schwester. Er stand anscheinend auf Annis Seite und wollte uns ebenfalls verkuppeln.

Das Grinsen wich aus Rasmus' Gesicht und er schaute mich

ernst an, die Intensität seiner Augen konnte ich allerdings auch im Mondlicht erkennen. »Ich bin nicht besonders gut darin, wenn ich nicht im Dienst bin«, erklärte Rasmus.

»Worin?«, fragte ich und hielt die Luft an.

Rasmus blickte zu mir herab. »Darin, offen zu sein und mich auf jemanden einzulassen. Ich will nicht nochmal jemanden verlieren, der mir wichtig ist.«

Mühsam schluckte ich. Meine Gedanken überschlugen sich und ich versuchte, die verwobenen Stricke zu lösen. Erstens: Hatte ich es gerade richtig verstanden, dass Rasmus jemanden verloren hatte, der ihm wichtig war? Und zweitens: war ich ihm wichtig? Als säße ich in einem Karussell, drehte sich plötzlich alles um mich herum und ich hatte das Gefühl, aus dem fahrenden Gefährt abspringen zu wollen, aber nicht zu können, da ich dann Gefahr laufen würde, irgendwo gegen zu krachen.

Langsam führte Rasmus seine Hand zu meinem Gesicht und strich mit dem Daumen über die Stelle zwischen meinen Augenbrauen. »Du bekommst immer diese Falte, wenn du grübelst.«

Diese kleine Berührung reichte aus, um mein Herz zum Zerspringen zu bringen. Kräftig schlug es gegen meinen Brustkorb, als wollte es mich dezent darauf hinweisen, was ich nie für möglich gehalten hatte: Ich war dabei, mich in Rasmus Kirkegård zu verlieben.

Er ließ seine Hand sinken und verschränkte sie mit meiner. Ich blickte auf unsere verwobenen Hände hinab. Ein unbändiges Glücksgefühl breitete sich in mir aus und erreichte jede Faser meines Körpers.

»Du bist mir auch wichtig, Rasmus«, hauchte ich und schaute in seine Augen, welche die Farbe eines Peridots annahmen. In diesem Moment, in dem ich es aussprach, wurde mir klar, dass es die Wahrheit war. Rasmus war mir wichtig. Nicht erst seit heute, sondern schon viel länger. Er war es, der es schaffte, mich auf die Palme zu bringen. Er war es, den ich als meinen Pseudofreund ausgegeben hatte. Er war es, mit dessen Opa ich Zeit verbringen wollte. Niemand sonst traf mich so sehr, dass er ein ganzes Sammelsurium an Emotionen in mir hervorrief. Niemand anderen hätte ich als meinen Freund ausgeben wollen und niemandem sonst hätte ich einen Gegengefallen getan. Es war nur Rasmus, für den ich es tat.

Zögerlich legte er seine freie Hand an meine Wange und näherte sein Gesicht langsam dem meinen. Ich schloss meine Augen, in der nächsten Sekunde legte Rasmus seine Lippen sanft auf meine.

Unser erster Kuss hätte nicht schöner sein können. Über uns schien der Mond vom sternenbehangenen Nachthimmel herab, das Meer bewegte sich in gleichmäßigen Schüben vor und zurück und hier standen wir. Rasmus und Stine, die unterschiedlicher nicht sein könnten und doch zueinandergehörten.

Schwer atmend lösten wir uns voneinander.

»Sommerfugl«, flüsterte Rasmus und küsste mich erneut, dieses Mal viel intensiver.

Ich hätte endlos weitermachen können, denn Rasmus war eindeutig ein guter Küsser, dennoch trennten sich unsere Münder und wir grinsten uns an wie zwei pubertäre Jugendliche. Ich wusste nicht, wann ich mich das letzte Mal so leicht gefühlt hatte. Die Bezeichnung Schmetterling passte wirklich, denn genauso fühlte ich mich.

Hand in Hand spazierten wir weiter durch den kühlen Sand, der glücklicherweise etwas dazu beitrug, dass ich einen Teil der Hitze in meinem Körper an den Boden abgeben konnte.

»Damit habe ich ehrlich gesagt nicht gerechnet, bevor ich zur Party aufgebrochen bin«, grinste ich Rasmus an.

»Ich auch nicht«, gestand er. »Gewünscht habe ich es mir schon lange, aber nicht den Mut dazu gehabt, den ersten Schritt zu machen. Erst, als ich dich eben mit Frederick am Feuer habe sitzen sah, war mir klar, dass ich handeln muss.« Ich musste mich unbedingt später bei Frederick bedanken.

»Warst du etwa eifersüchtig?«

»Und wie«, gab er zu, was das Kribbeln in meinem Körper noch mehr entfachte.

Ich ließ Rasmus' Worte noch einmal Revue passieren. »Wie lange hast du es dir denn schon gewünscht?«

»Nun ja«, räusperte er sich. »Etwa sieben …« begann er. »Tage? Das ist ja noch nicht so lange«, feixte ich, doch Rasmus stieg nicht in mein Lachen ein.

»Jahre. Etwa sieben Jahre.« Sieben Jahre? War das ein Scherz? Zumindest sah er nicht so aus, als würde er es tun und meistens scherzte Rasmus generell sehr wenig.

»Äh«, mehr brachte ich nicht hervor.

»Ziemlich lange, hm?«

»Ernsthaft?«, fragte ich nach.

»Ernsthaft«, nickte er.

Ich versuchte mich an die Zeit vor sieben Jahren zu erinnern. Vor etwas mehr als sieben Jahren war ich nach dem Tod meiner Oma in ihr Strandhaus nach Tideborg gezogen. Rasmus hatte ich in der Zeit nach meinem Umzug kennengelernt, da er mit Magnus und Marlies befreundet war. Er war mir damals zwar aufgefallen, aber ich konnte mich an keine Anzeichen erinnern, die dafür sprachen, dass er mich damals schon gemocht hatte.

»Du warst die erste Person, die es geschafft hat, mich zum Lachen zu bringen. Wo du aufgetaucht bist, war plötzlich Leben im Raum. Du bist immer so fröhlich und hattest auch damals schon diese Art an dir. Mit allen hast du dich gut unterhalten, Scherze gemacht und wenn die Stimmung schlecht war, hast du von irgendwo einen Aquavit hergeholt und die Stimmung aufgelockert.« Oh Gott, das klang ja, als wäre ich eine alleinunterhaltende Schnapsdrossel.

»Bis ich dich kennengelernt habe, war mein Leben ziemlich düster.« Ich wurde hellhörig. Das musste es sein, was Mads angedeutet hatte.

»Irgendwann erzähle ich dir, was passiert ist, aber nicht heute an diesem besonderen Abend.« Mit dem Daumen streichelte Rasmus meine Hand. Wir schlenderten zurück Richtung Party. Die Lichter wurden größer und das Stimmengewirr lauter.

»Das Motto übrigens«, Rasmus wies auf die unzähligen kleinen Lichter, »ist für dich.«

»Für mich? Ich verstehe nicht ganz.«

»Scheinbar will alle Welt, dass ich glücklich werde. Mads möchte uns am liebsten vor dem Traualtar sehen, auch wenn er es nie ausspricht und nur vage andeutet und Marlies meinte, dass ich mich endlich ranhalten sollte.« Rasmus lächelte mich bescheiden an.

»Marlies wusste es?«

»Ich habe es ihr möglichweise nach einem Aquavit zu viel mal anvetraut. Ich hatte es schon fast vergessen, aber du kennst Marlies. Sie hat jede Gelegenheit genutzt, mich an mein Geständnis zu erinnern.« Jap, das klang nach Marlies. Sie konnte sich festbeißen, wie ein Terrier.

»Und warum das Motto?«

Rasmus wendete sich mir zu. »Weil du mein Licht in der Dunkelheit bist. Als alles um mich herum düster und schwarz war, warst du da und ohne es zu wissen, hast du meine Welt erhellt.« Ich war baff und starrte Rasmus nur an. Mit einer solchen Liebeserklärung hatte ich nicht gerechnet.

Abrupt löste ich unsere Hände und schlang meine Arme um seinen Hals. Rasmus hob mich hoch und drehte uns, sodass ich mich quietschend an ihn klammerte. Lachend setzte er mich wieder ab.

Wir nahmen uns wieder an die Hand. Wahrscheinlich wusste Rasmus ebenso gut wie ich, dass wir viel Kraft brauchten, um uns Anni und Marlies zu stellen, die im hell erleuchteten Pavillon auf unsere Rückkehr warteten.

Ich konnte ihr Gekreische schon hören, noch bevor ich sie sehen konnte und hielt Rasmus' Hand noch ein wenig fester.

KAPITEL 12

Die Party war ein voller Erfolg. Bis tief in die Nacht haben wir getanzt, am Lagerfeuer gesessen, Würstchen und snorbrød über dem Feuer gegrillt.

Rasmus war den gesamten Abend nicht von meiner Seite gewichen und ich habe seine Nähe genossen. Immer, wenn Frederick sich zu uns gesellte, rückte Rasmus noch etwas näher an mich heran. Irgendwann würde ich ihm sagen, dass es keinen Grund für Eifersucht gab, zumal ich wusste, dass er und Marlies gestern nicht nur einmal in den Dünen verschwunden waren, was meiner Aufmerksamkeit nicht entgangen war.

Rasmus hatte mich nach Hause begleitet, den ganzen Weg über mein Fahrrad geschoben und sich viele meiner Anekdoten über meine Oma, Marlies und auch Anni angehört und genau an den richtigen Stellen mit einem Lachen oder einem entsetzten Aufschrei quittiert.

Nachdem er mir vor meiner Haustür einen himmlischen Abschiedskuss geschenkt hatte und ich meine gesamte Selbstbeherrschung aufbringen musste, ihn fortzuschicken, wartete meine Schwester bereits auf meiner Terrasse auf mich. Wie ein unruhiges, zappelndes Kind hatte sie auf meiner Gartenliege gesessen, mich mit den Worten »Ich dachte, du kommst nie«, empfangen und anschließend alle Neuigkeiten, die sie vor den anderen Partygästen und vor allem vor Rasmus nicht hatte fragen können, bekommen.

Erst gegen vier Uhr war ich ins Bett gefallen und hätte meinen Wecker am liebsten ausgestellt und weitergeschlafen, aber ich hatte Marlies zugesagt, zum Katerfrühstück vorbeizukommen.

Quälend langsam schlurfte ich ins Badezimmer und vermied es, in den Spiegel zu schauen. Auf so ein Elend war ich heute Morgen nicht vorbereitet.

Nach der Dusche und in frischen Klamotten fühlte ich mich schon deutlich besser, aber es würde nicht nur eine Tasse Kaffee brauchen, um meinen Motor heute am Laufen zu halten.

Ich öffnete die Terrassentür und ließ frische Luft ins Haus strömen. In einer halben Stunde würde Rasmus vorbeikommen und mich abholen. Marlies hatte auch ihn, Anni, Magnus und Frederick zum Frühstücken eingeladen und ich hoffte sehr, dass meine Schwester sich zusammenriss und Rasmus und mich nicht mit einem Dauergrinsen anstarren würde.

Mit einem großen Becher Kaffee trat ich auf die Terrasse, schaute auf das glitzernde Meer hinaus und ließ mir die Sonne ins Gesicht scheinen. Meine Haare flatterten um mein Gesicht herum. Über mein pinkfarbenes Tanktop hatte ich Rasmus Kapuzenpullover gezogen, den er mir am Abend geliehen hatte. Sein Geruch war immer noch präsent und ich kuschelte mich in den warmen und flauschigen Stoff.

Ein kleiner brauner Punkt schoss den Strand entlang und zielsicher auf mich zu. Mit schnellen, flinken Schritten kam Fina angesaust und sprang freudig an meinen Beinen hoch.

»Hej, du kleine Knutschkugel.« Sofort ließ sie sich auf die Seite fallen, damit ich ihren Bauch kraulen konnte. Ich schaute den Strand hinunter, ob Fina ihr Frauchen ebenfalls mitgebracht hatte und sah Anni in noch beachtlicher Entfernung.

Ein Klopfen an der Haustür ließ mich aufschrecken und Fina schoss bellend an mir vorbei zur Wohnungstür. Vor zwei Jahren hatte Anni einige Wochen bei mir gewohnt. Fina dachte anscheinend noch immer, Herrin über dieses Haus zu sein.

»Ich komme«, rief ich und eilte dem bellenden und springenden Hund hinterher. Diese Energie hätte ich heute Morgen auch gerne gehabt.

Ich hatte die Tür erst einen Spaltbreit geöffnet, als Fina ihren runden Kopf hindurchschob und um Rasmus' Beine eilte.

»Hej Stine«, lächelte Rasmus und wenn ich mich nicht irrte, wirkte er ein wenig nervös.

Auch für mich war die Situation neu und manchmal wirkten die Dinge bei Tageslicht ganz anders als nachts unter dem Sternenhimmel. Aber beim Blick ins Rasmus' Gesicht und der Ausstrahlung, die ihn umgab, stellte sich schlagartig das gleiche jubelnde Gefühl ein, dass ich auch in der Nacht empfunden hatte. Vielleicht war es sogar noch intensiver, als gestern, da es mir plötzlich viel realer erschien.

»Hej Rasmus.« Ich machte einen Schritt auf ihn zu und erinnerte mich an seine Worte des gestrigen Abends. *Ich weiß nicht, ob ich sowas kann.* Ich hingegen konnte es sehr wohl, auch wenn ich schon viel zu oft auf die Nase gefallen war. Ohne weiter nachzudenken, schlang ich meine Arme um seinen Hals und zog ihn zu mir hinunter. Das war anscheinend der Anstoß, den er gebraucht hatte, denn sofort legte er eine Hand an meinen Hinterkopf, die andere spürte ich auf meinem Rücken und er senkte seine Lippen zu einem innigen Kuss auf meine.

Lächelnd lösten wir uns voneinander.

»Hast du Besuch?«, fragte Rasmus mit Blick auf Fina.

»Ja, den Hund«, lachte ich. »Anni ist noch auf dem Weg, um ihre Ausbüchserin einzufangen.«

Ich zog ihn hinter mir her durch den Flur in den offenen Wohnbereich. »Möchtest du etwas trinken, bevor wir fahren?«

»Alles, nur keinen Aquavit.« Ich war also nicht die Einzige, welche die Nachwirkungen der vergangenen Nacht spürte.

»War eine wilde Party, hm?«, grinste ich schief. »Wobei ich glaube, dass wir nicht so viel getrunken haben wie einige andere.«

Zu gut erinnerte ich mich an Marlies' Freunde aus Kopenhagen, die anlässlich ihrer Feier extra hergekommen waren und die Flaschen gar nicht mehr aus der Hand gelegt hatten. Nach Mitternacht hatten sie begonnen, sich ihrer Kleidungsstücke zu entledigen und nackt im Meer zu baden. Innerlich klopfte ich mir auf die Schulter, dass ich es hatte ruhiger angehen lassen.

»Ich trinke nie besonders viel, ich bewahre gerne einen klaren Kopf.« Rasmus lehnte sich mit überkreuzten Beinen an den Küchentresen und beobachtete mich dabei, wie ich neues Kaffeepulver in die Maschine gab.

Fina setzte sich vor mich und legte ihren bettelndsten Blick auf. Aus der Küchenschublade neben mir nahm ich eine Dose, in der ich ihre Leckerlis versteckte und gab ihr eines davon.

»Aber nicht deinem Frauchen verraten, ja?«, flüsterte ich, was Rasmus mit einem Lachen quittierte.

»Was machst du da? Den Hund heimlich fett füttern?«

»Quatsch, nicht fett füttern, nur ein wenig glücklich machen. Sie soll schließlich auch einen schönen Morgen haben, oder nicht?« Anni hatte mir mehrfach gesagt, dass ich ihrer Hündin nicht zu viele Naschereien geben sollte, damit sie genauso sportlich blieb, wie sie war, aber ich konnte Finas Blick einfach nicht standhalten.

Polternde Schritte schallten von der Holztreppe herüber, Rasmus richtete sich schlagartig auf und blickte sich um.

»Hej«, tauchte Anni schnaufend in der Terrassentür auf. »Ist Fina hier?«

»Sie weiß anscheinend, wo das Paradies ist«, verkündete Rasmus und ich stupste ihm in die Seite.

»Hey, sag sowas nicht. Sie ist eben gerne bei ihrer Lieblingstante.«

»Du hast ihr doch wohl keine Leckerlis gegeben, oder?«

Rasmus grinste neben mir und Fina kam schwanzwedelnd hinter mir zum Vorschein, sich noch das Maul leckend. Allesamt Verräter und nicht zur Geheimhaltung zu gebrauchen.

Entschuldigend hob ich die Schultern. »Es kommt nicht wieder vor.«

»Lügnerin«, empörte Anni sich, lächelte dabei aber und wir wussten beide, dass sie recht behalten würde.

»Sehen wir uns gleich bei Marlies?«, wollte sie wissen.

»Na klar, wir trinken nur noch einen Kaffee und fahren dann los.«

»Lasst euch ruhig Zeit, womit auch immer«, grinste meine Schwester und ließ ihre Augenbrauen wackeln. »Wir fahren schon mal vor. Komm, Fina.« Sie klopfte sich auf den Oberschenkel und meine Hundefreundin trottete gemächlich an Anni vorbei und machte sich auf den Weg nach Hause. Anni folgte ihr auf dem Fuß, sonst würde sie wahrscheinlich eine halbe Ewigkeit brauchen, ihre Hündin, die liebend gerne alleine spazieren ging, einzufangen.

»Ihr wisst schon, dass Fina macht, was sie will?«, fragte Rasmus.

»Naja, sie ist eben charakterstark und eigenwillig.«

»Achso«, grinste er. »So kann man es auch nennen.«

Ich nahm zwei Tassen aus dem Schrank, befüllte sie mit dem dampfenden Kaffee und reichte Rasmus eine davon.

»Möchtest du mal mein Atelier sehen?«

»Ist das jetzt so eine Anspielung, als würdest du mich fragen, ob ich deine Briefmarkensammlung sehen möchte?«

Beinahe hätte ich mich an meinem Getränk verbrannt. »Was?«, lachte ich.

»Naja«, druckste Rasmus herum. »Ich war mir nicht sicher, was du meinst.« Und plötzlich wirkte der über 1,90 große Mann vor mir so unsicher, wie ich ihn noch nie zuvor erlebt hatte. Seine Blicke flogen durch den Raum und ich sah, wie sich sein Brustkorb deutlich hob und senkte.

»Ich bin Malerin, wie du vielleicht weißt«, antwortete ich heiter und hoffte, die Stimmung damit zu lockern und Rasmus' Nervosität zu glätten. »Und als Malerin brauche ich ein Atelier. Es ist mein Lieblingsraum in diesem Haus und ich dachte, du möchtest vielleicht sehen, wo ich meine Bilder male. Der Ausblick ist wirklich atemberaubend.«

Langsam entspannten sich seine Züge und er atmete hörbar aus. »Ja, entschuldige. Ich möchte dein Atelier gerne sehen.«

»Dann folge mir bitte unauffällig.« Ich ging durch das Wohnzimmer und die Holztreppe nach oben. Rasmus folgte mir, immer noch etwas zerstreut wirkend.

»Da wären wir.« Ich blieb neben dem Eingang stehen und ließ meinen Blick durch mein offenes Atelier gleiten. An diesem Blick würde ich mich nie sattsehen können. Den Mittelpunkt des Raumes bildeten verschiedene Staffeleien, da ich manchmal mehrere Bilder gleichzeitig malte. Auf der linken Seite stand eine alte Chaiselounge, auf der noch mein Malkittel lag. Das Schönste an dem Raum war jedoch der Ausblick. Durch die großen Sprossenfenster konnte man das Meer sehen, bis es mit dem Himmel zu einer Linie verschwamm. Heute war einer dieser Tage. Der Himmel war wieder wolkenfrei und das Meer breitete sich kilometerlang wie ein glitzernder Teppich vor uns aus.

»Was sagst du?«, wollte ich wissen. Rasmus ging langsam zu den Fenstern, stütze sich mit einer Hand auf dem Fensterbrett ab und schaute hinaus.

»Friedlich«, sagte er nur. Leise, um die Stimmung nicht zu zerstören, gesellte ich mich zu ihm und legte meine Hand auf seine.

Rasmus stellte seine Tasse ab, nahm mir meine ebenfalls aus der Hand und zog mich zwischen seine Beine.

Ich konnte die leichten Bartstoppeln auf seinem Gesicht erkennen.

»In deiner Gegenwart erscheint alles so viel leichter«, murmelte er und zwirbelte sich eine meiner Haarsträhnen um den Finger, um sie im nächsten Moment wieder fallenzulassen.

»Eigentlich ist es das doch auch, oder? Ich denke, viele Menschen nehmen das Leben zu schwer, sie grübeln ständig über alle Eventualitäten nach. Ich versuche, einfach zu leben, ich habe ja schließlich nur dieses eine. Und wenn ich hinfalle, stehe ich auf und mache weiter.«

»Manchmal stürzt man leider und bricht sich das Genick dabei, dann fällt das Aufstehen schwer.« Rasmus blickte mich zwar an, aber ich sah, dass er gedanklich woanders war. Er erinnerte sich an seinen Sturz, der ihm das Genick gebrochen hatte. Obwohl mir eine Million Fragen durch den Kopf schossen, wartete ich ab, bis Rasmus von sich aus zu sprechen begann. Ich wollte wissen, was ihn bewegte und was ihn verletzt hatte.

»Weißt du, Stine«, begann er. »Ich wünsche mir so sehr, mit dir zusammenzusein.« Ich wusste, was jetzt folgen würde. »Aber du kannst nicht, oder?«, beendete ich seinen Satz. Rasmus sah aus, als hätte ich ihm eine Ohrfeige verpasst.

»Ich weiß nicht, ob ich es hinbekomme. Ich möchte dich nicht verletzen.«

»Ach, ich bin hart im Nehmen. Unkraut vergeht nicht, hm?«, antwortete ich heiterer, als mir zumute war. Es konnte doch nicht sein, dass Rasmus und ich uns wenige Stunden, nachdem wir zueinandergefunden hatten, wieder trennen mussten.

»Es ist lange her, dass ich eine Frau an meiner Seite hatte«, begann er und ich vermutete, dass er mir jetzt Horrorgeschichten seiner eifersüchtigen Ex erzählen würde.

»Ok?«, fragte ich einfach, obwohl ich lieber gewusst hätte, wie sie hieß, wie sie aussah, wo sie wohnte … wobei das egal war, wenn es nur weit genug weg war. Ich wollte seiner Ex lieber nicht begegnen.

»Kenne ich sie?«

Rasmus schüttelte den Kopf »Wohl eher nicht, es sei denn, du hast ihren Namen in der Zeitung gelesen.« Ohje, alles, nur kein Filmstar oder eine Berühmtheit.

»Schauspielerin?«, äußerte ich meine Vermutung und Rasmus schaute mich merkwürdig an. »Wie?«

»Na, war sie Schauspielerin oder warum hätte ich von ihr in der Zeitung lesen sollen?«

»Nein«, er schüttelte den Kopf. »Sie war Polizistin.« Dann

musste sie irgendetwas Großes vollbracht haben und geehrt worden sein und dafür ihren eigenen Artikel bekommen haben.

»Ok«, antwortete ich wieder. Rasmus machte es ganz schön spannend.

»Und warum stand sie in der Zeitung?«

Rasmus holte tief Luft und schaute mich traurig es. »Es war ihre Todesanzeige, die in der Zeitung stand.«

Mit allem hatte ich gerechnet, nur nicht damit.

»Oh nein«, flüsterte ich und legte meine Hand behutsam an Rasmus' Wange.

»Sie hieß Freja. Wir waren beide gerade 22, mit der Ausbildung fertig und auf eine Polizeiwache in Kopenhagen gekommen. Es gab einen großen Fall, in dem wir versucht haben, Geldwäschern auf die Spur zu kommen. Bei einer Großfahndung, bei der wir die Hauptverantwortlichen fassen wollten, kam es zum Schusswechsel und Freja wurde getroffen. Sie starb am selben Tag im Krankenhaus. Ich war die ganze Zeit bei ihr, habe versucht, die Blutung zu stoppen und im Krankenhaus nicht von ihrer Seite zu weichen, aber es war zu spät. Ihre Verletzungen waren zu groß.«

Noch nie zuvor hatte ich so etwas Furchtbares und Trauriges gehört. Ich hatte diese Freja nie kennengelernt, aber der Schmerz in Rasmus' Blick reichte aus, dass sich Tränen aus meinen Augen stahlen.

»Das ist es also, was du mit dir trägst«, flüsterte ich und legte auch noch die zweite Hand an Rasmus' andere Wange. Ich versuchte, alle Zuversicht und positiven Gefühle, die ich in mir trug, auf ihn zu übertragen.

Er nickte. »Du bist die erste Frau seit zehn Jahren, die ich in mein Leben lasse.«

»Wirklich? Aber da gab es doch bestimmt die ein oder andere Frau zwischendurch für … naja, Bedürfnisse?«

Rasmus schüttelte den Kopf. »Mein Bedürfnis hieß Überleben. Aber je öfter ich dich gesehen habe, desto mehr kamen andere Dinge zum Vorschein.« Sein rechter Mundwinkel zuckte verdächtig nach oben.

»Das gefällt mir. Ich habe auch so viele Bedürfnisse.«

»Das kann ich mir vorstellen«, feixte er und die schwere Stimmung löste sich. Als hätte Rasmus' Aussprache bewirkt, dass nichts mehr zwischen uns stand. Die Mauer, die er um sich aufgebaut hatte und durch deren Riss ich schon einmal hindurchschauen konnte, stürzte ein wie ein Kartenhaus.

»Vielleicht kannst du mir jetzt deine Briefmarkensammlung zeigen? Ich würde sie gerne sehen.«

»Mit dem größten Vergnügen. Du wirst beeindruckt sein.«

»Davon gehe ich aus.«

Lachend und eng umschlungen fielen wir auf die Chaiselounge. Marlies musste sich noch etwas gedulden.

KAPITEL 13

»Ich dachte, wir würden mit dem Auto fahren.« Mit zweistündiger Verspätung waren wir nun soweit, dass wir zu Marlies aufbrechen konnten. Ich hatte ihr vorhin eine Nachricht geschickt, auf die sie nur mit einem Zwinkersmiley geantwortet hatte. Ich wusste schon jetzt, dass wir gleich von allen angestarrt werden würden.

»Ich habe kein Auto, schon vergessen?« Rasmus hielt mir grinsend den schwarzen Motorradhelm entgegen.

»Ich hatte gehofft, dass es vielleicht irgendwo versteckt steht«, gab ich kleinlaut zu.

»Wo denn?«, lachte er. »Hinter meiner Zypressenhecke?«

»Zum Beispiel? Da hättest du zumindest Platz.«

»Nein, ich muss dich enttäuschen. Ich habe nur dieses Schätzchen.« Liebevoll klopfte er auf den ledernen Sitz seines Motorrads und ich konnte nicht verstehen, warum Männer ihren Fahrzeugen einen so hohen Stellenwert gaben.

»Soll ich vielleicht fahren?«, bot ich an. »Mein Transporter steht bereit.«

»Hast du etwa Angst?«, fragte Rasmus und er wirkte wie ausgewechselt, als hätte er seinen Rucksack, der gefüllt mit Ballast und Schmerz war, endlich abgesetzt. »Die Stine, die ich kenne, ist die mutigste Frau in Tideborg, wenn nicht ganz Jütland.«

»Ok, gewonnen.« Der Motorradhelm landete auf meinem Kopf. Wenn es um meinen Ehrgeiz ging, war ich chancenlos. Ich setzte meinen kleinen Rucksack auf meinen Rücken.

»Was muss ich machen?«

Rasmus setzte sich ebenfalls seinen Helm auf. »Einfach gut an mir festhalten und nicht panisch werden und abspringen.«

»Haha, witzig.« Mit Schnelligkeit hatte ich zum Glück keine Probleme. Dass ich Höhenangst hatte, spielte beim Motorradfahren glücklicherweise keine Rolle.

Rasmus schwang sich auf sein Gefährt und half mir beim Aufsteigen.

So nah wie möglich rutschte ich an seinen Rücken, griff um seinen Körper und legte die Hände an seinen Bauch.

Mit einem lauten Dröhnen startete er das Motorrad. »Klapp dein Visier ein bisschen runter, sonst isst du zu viele Fliegen.« Schnell tat ich, was er sagte, krallte mich aber im nächsten Moment wieder an ihm fest, obwohl wir noch nicht losgefahren waren.

Ich spürte Rasmus' Lachen an meinem Oberkörper. Langsam fuhr er vom Hof. Erst als wir die *hovedgade* erreicht hatten, beschleunigte er.

Ein Quieken entfuhr mir und ich war froh, dass Rasmus es durch den Helm nicht hören konnte. Doch je weiter wir fuhren, desto mehr entspannte ich mich. Die Strecke mit dem Motorrad zu fahren, war etwas vollkommen anderes, als sie mit dem Auto zu erleben. Der Fahrtwind griff in meinen Kapuzenpullover und ich spürte jede Kurve, die wir nahmen. Kurz bevor wir die Innenstadt erreicht hatten, bremste Rasmus ab.

Aus dem Augenwinkel sah ich ein nobles, ziemlich teuer wirkendes Auto. Rasmus hatte die Insassen anscheinend erkannt, denn er fuhr noch ein wenig langsamer und ich konnte sehen, wie sich sein Kopf in Richtung der Limousine bewegte.

Wir parkten auf dem Hinterhof, der zu Marlies' Wohnung führte. Praktischerweise lag diese direkt über der *nye butik*, dem Geschäft meiner Freundin.

Rasmus half mir vom Motorrad herunter und ich kam mit leicht zittrigen Beinen zum Stehen. Vorsichtig nahm er mir meinen Helm ab und legte ihn zu seinem auf den Sitz.

»Ich muss kurz telefonieren. Gehst du schon hoch? Ich komme gleich nach.«

»Waren die Kennzeichen gefälscht?«

»Wie bitte?«, fragte er verdutzt.

»Naja, du hast dieses überteuerte Auto so lange angestarrt. Da dachte ich, es stimmt etwas nicht mit den Kennzeichen, oder so.«

Rasmus zog seine Augenbrauen zusammen. »Dir entgeht aber auch nichts.«

»Nee«, grinste ich. »Du weißt doch, ich bin aufmerksam.«

»Neugierig.« Bevor ich protestieren konnte, küsste Rasmus mich.

»Ich komme gleich nach, ja?«

Ich nickte und eilte die Stahltreppe zu Marlies' Wohnung hinauf. Noch nicht ganz den Fuß auf dem Treppenabsatz, riss meine grinsende Freundin die Tür auf und zog mich mit sich.

Anni quietsche nicht minder aufgeregt, als ich die Küche betrat. Wären Frederick und Magnus nicht anwesend gewesen, hätte das Kreuzverhör, dem ich mich unterziehen musste, wesentlich schlimmer geendet.

Glücklichweise stoppte Magnus seine Freundin und Marlies nach wenigen Minuten mit den Worten »es reicht« und ich lächelte ihn dankbar an.

»Ich brauche jetzt erst einmal dein Katerfrühstück, Marlies.« Sie reichte mir einen Teller, den ich mit einer großen Auswahl unterschiedlicher Fischsorten belud. Dazu gab es bunt belegte *Smørrebrød* und eine große Kanne Kaffee. Ich ließ mich auf die Eckbank plumpsen und futterte mich durch das Sammelsurium auf meinem Teller. Mit jedem Bissen spürte ich, wie sich mein Körper entspannte und vom gestrigen Abend erholte.

»Marlies«, begann ich zwischen zwei Happen Rollmops. »Deine

Party war grandios.«

»Danke.« Marlies strahlte mich an. »Mir hat sie auch gefallen. Ich hatte die Idee schon länger, aber gestern war der perfekte Zeitpunkt. Auch für das Motto.«

»Was hatte es mit dem Motto denn auf sich?«, wollte Anni wissen.

»Ach«, grinste Marlies.

»Das hast du doch gesehen«, platzte ich schnell dazwischen, »viele Lichter in der Dunkelheit. Das Motto passte perfekt zu einer Party am Strand.«

»Ja, genau so war es«, sagte Marlies und Anni lehnte sich zufrieden mit der Antwort zurück.

»Sag mal, Freddy«, begann sie stattdessen. »Dich habe ich zwischendurch aber auch lange nicht gesehen. Wo hast du denn gesteckt?«

»Ähm«, war es nun Frederick, der sich unter unseren Blicken wand. »Spazieren?«

Ich konnte mir mein Lachen nicht verkneifen. Nun war wohl der nächste an der Reihe, sich Annis Fragen zu stellen. Da allerdings nicht nur Frederick unruhig zwischen uns hin- und herschaute, sondern auch Marlies damit begann, hektisch das bereits benutzte Geschirr in den Geschirrspüler einzuräumen, bedurfte es keiner weiteren Erklärung.

»Das ging ja schnell«, grinste Anni. »Vielen Dank für die Antwort.« Nun mussten auch Marlies und Frederick lachen, Marlies leicht beschämt, Frederick munter wie eh und je und selbst auf Magnus' Gesicht breitete sich ein Schmunzeln aus.

»Da bin ich.« Rasmus kam in die Küche und steckte sein Handy in die Hosentasche. Er begrüßte die anderen reihum und setzte sich neben mich auf die Eckbank. Ohne einen weiteren Kommentar stellte Marlies einen großen Teller, bestückt mit verschiedenen Fischsorten, Frischkäse und Schwarzbrot vor ihn, über den er sich sofort hermachte.

Die nächsten Stunden verbrachten wir in entspannter

Atmosphäre. Es wurde gegessen, über die gestrige Feier geplaudert und besprochen, was in der kommenden Woche bei allen auf dem Programm stand.

»Wir werden ein paar Tage in Århus verbingen«, begann Anni. »Ich habe dort einen Auftrag zu erledigen und soll mir vor Ort einige antiquare Bestecke aus dem 18. Jahrhundert für eine Kundin anschauen.«

»Wow, wer möchte so etwas denn haben?«, fragte ich laut.

»Eine alte, ziemlich betagte Dame.« Annis Augen leuchteten, wann immer sie von ihrer Arbeit als Antiquitätenhändlerin berichtete. Ich konnte manche Vorlieben für alte Gegenstände nicht ganz nachvollziehen, die ein oder andere Uhr, die ich mir schon mit ansehen durfte, war zwar wirklich beeindruckend, aber bei vielen Dingen verstand ich nicht, warum manche Leute so viel Geld dafür ausgaben.

»Vielleicht sammelt man im Alter eben verrückte Dinge«, mutmaßte ich.

»Wer weiß, was du sammelst«, amüsierte sich Marlies. »Alte, schon längst vertrocknete Pflanzen?«

»Oder Pinsel, die kein Mensch mehr braucht«, stimmte meine Schwester lachend mit ein.

»Oder Buddhastatuen?«, überlegte Marlies.

»Ja, genau.« Anni wischte sich die Lachtränen aus den Augenwinkeln. »Wahrscheinlich wird Stine die verschrobenste von uns.« Die beiden bekamen sich vor Lachen gar nicht mehr ein. Frederick und Magnus tauschten leidende Blicke. Sie kannten ihre Freundinnen selbst gut genug, um zu wissen, dass sie nur schwer zu stoppen waren, wenn sie einmal Fahrt aufgenommen hatten. Besonders Marlies konnte sich in ein Thema wahrlich hineinsteigern.

Ich wollte keine Spielverderberin sein und den beiden ihren Spaß lassen, also grinste ich müde vor mich hin. Abwarten war in diesem Fall die bessere Alternative, als sie zu bitten, aufzuhören.

»Wahrscheinlich treffen wir uns alle zu unserem wöchentlichen

Oma-Rollator-Treffen und unsere Rollis sind ganz schwarz und schlicht und Stines blinkt, glitzert und tutet«, brach es aus Marlies heraus und sie musste sich am Küchentisch festhalten, um nicht vor Lachen umzufallen.

»Es reicht«, donnerte Rasmus mit ruhiger, aber dermaßen konsequenter Stimme neben mir, dass selbst ich zusammenschrak. Er erhob sich. Plötzlich legte sich eine Stille über die Küche und selbst Marlies' Glucksen verstummte abrupt.

»Hört sofort auf, euch über Stine lustig zu machen. Stines Leben ist bunter und funkelnder als das von uns allen zusammen. Sie hat es verstanden, das Leben in vollen Zügen auszukosten und zu genießen. Sie traut sich Dinge, die sich niemand von uns traut und sie ist perfekt so wie sie ist.«

Liebevoll schaute er auf mich herab und meine Beine begannen leicht zu zittern. Eine solche Liebeserklärung hatte mir noch niemand gemacht. Denn genau das war es, Rasmus gab mir auf seine Weise zu verstehen, wie wichtig ich ihm war.

»Wir haben doch nur einen Spaß gemacht«, erwiderte Anni. »Stine versteht das.«

»Ja, genau. Es war doch lustig«, stimmte Marlies ihr zu.

»Für euch vielleicht, aber nicht für Stine und auch nicht für mich.« Er streckte seine Hand nach mir aus und ich ergriff sie. Erhobenen Hauptes und mit einer Zielstrebigkeit, die jeden Kommentar im Keim erstickte, verließ ich hinter Rasmus die Wohnung.

Erst als wir vor dem Motorrad standen, blickte Rasmus mich schuldbewusst an.

»Tu das nicht.« Ich schmiegte mich an ihn und legte meinen Kopf auf seinen Brustkorb. Seinen Herzschlag konnte ich an meinem Ohr spüren und nach einer Weile wurde er ruhiger und gleichmäßiger.

»Es tut mir leid, ich habe überreagiert«, murmelte Rasmus und strich mir durchs Haar.

»Nein«, ich löste mich von ihm und schaute in seine traurig

dreinblickenden Augen. »Du hast mich verteidigt, du musst dich für gar nichts entschuldigen.«

»Wirklich nicht?«

»Nee, ich fand es sogar richtig süß von dir«, grinste ich. »Das hat bislang noch niemand für mich getan.« Ich nahm seine Hände und fuhr seine Lebenslinie entlang. »Sonst habe ich immer gewartet, bis ihre fünf Minuten um waren, danach kriegen sie sich immer wieder ein.«

»Machen sie das öfter?«

»Nein, nein. Nur wenn sie einen Clown gefrühstückt haben und der heute Morgen muss riesig gewesen sein.«

Jetzt lächelte auch Rasmus und stellte sich entspannter hin.

»So ist es manchmal einfach. Marlies ist meine beste Freundin, Anni meine Schwester. Da muss ich das zwischendurch über mich ergehen lassen.« Ich konnte den beiden nie böse sein. Ab und zu kam es vor, dass sie meinen Kleidungsstil oder meine Liebe zu Blumen auf die Schippe nahmen, aber ich liebte die Zwei zu sehr, als dass ich ihnen böse sein konnte. Ich wusste, dass sie es nur taten, weil sie es insgeheim bewunderten, dass ich unkonventioneller und anders war als viele andere. Und jeder, der Geschwister hatte, wusste, dass diese sich gerne über einen lustig machten, aber wenn es drauf ankam, konnte ich mich nicht nur auf Anni verlassen. Auch Marlies stand immer an meiner Seite.

»Ich habe keine Geschwister«, erklärte Rasmus. »Ich weiß leider nicht, wie sich das anfühlt. Und so viele Freunde habe ich auch nicht. Magnus ist mein bester Kumpel, aber mit dem würde ich mir so ein Wortgefecht wohl nicht liefern.«

»Bestimmt nicht«, lachte ich. »Mit dem musst du wahrscheinlich noch nicht einmal reden, oder?«

»Stimmt, wir können auch gut schweigen.« Jetzt grinste Rasmus wieder und ich konnte sehen, dass die Anspannung von ihm abgefallen war.

»Sollen wir wieder hochgehen?«, fragte er.

»Nö.« Ich nahm meinen Helm vom Motorrad und zog ihn über

meinen Kopf.

»Nö?«

»Mir ist gerade nicht mehr nach Smalltalk da oben zumute. Außerdem habe ich meinen Freund Mads noch gar nicht besucht. Was macht er gerade?«

»Er wollte sich in den Garten setzen und lesen, aber er wird sich freuen, wenn er dich sieht.« Rasmus setzte sich seinen Helm auf und schwang sich auf sein Motorrad. Ich kletterte hinter ihn, klammerte mich wieder an seinem Bauch fest und fand bei der zweiten Fahrt deutlich mehr Gefallen an dieser Fortbewegungsweise.

Unsere Fahrt endete bereits nach wenigen Minuten. Mit dem Motorrad konnte Rasmus neben den Pollern vorbeifahren und rollte auf seinen Hof.

Bevor ich meinen Helm abgesetzt hatte, kam Mads neben dem Haus zum Vorschein.

»Godmorgen«, begrüßte er uns verdutzt. »Schon zurück?«

»Ja«, antwortete ich an Rasmus Stelle. »Zu viel gute Laune am Morgen für unseren Geschmack.«

Rasmus griff meine Hand und wir folgten Mads in den Garten. Als ich um die Hausecke bot, blieb ich abrupt stehen.

»Was ist das denn?«

»Meine neue Liege«, präsentierte Mads stolz seinen neuen Platz im Garten. »Und ein neuer Tisch mit den dazu passenden Stühlen.« Er stellte sich neben die Möbel und wies mit einer Handbewegung, die er bestimmt im Shoppingkanal gelernt hatte, auf die neuen Sitzgelegenheiten. Die alten, klapprigen Plastikstühle und der Tisch, der dem nächsten Teller nachgegeben hätte, waren gewichen und durch neue, äußerst schöne und zudem stabile Holzmöbel ersetzt worden.

»Wow, die sehen aber toll aus.« Mit den Fingern fuhr ich über die Lehne und spürte das warme Holz.

»Die hat Rasmus gestern besorgt, bevor er zu der Feier aufgebrochen ist«, verkündete Mads und der Stolz, der in seiner

Stimme mitschwang, war nicht zu überhören.

Jetzt kannte ich auch den Grund für Rasmus' spätes Erscheinen am gestrigen Abend.

»Nicht der Rede wert«, sagte Rasmus bescheiden, sein Blick sagte aber etwas anderes. Auch er war stolz, eine Veränderung vorgenommen zu haben. Wahrscheinlich war es ihm nicht leicht gefallen, das altbekannte Bild auf der Terrasse zu ersetzen.

»Du fandest die alten Möbel doch schrecklich«, sagt er.

»Nicht nur das«, grinste ich. »Auch höchst gefährlich. Ich habe uns schon mit Plastikstücken in den Armen im Krankenhaus gesehen.«

»Das kann jetzt nicht mehr passieren.« Mads ließ sich auf seine Liege zurückplumpsen und streckte seine Beine aus. »Warum seid ihr denn schon wieder da? Doch wohl nicht, um nach dem alten Mann zu schauen, oder?« Er verschränkte seine Hände auf dem Bauch und schaute uns abwartend an.

»Es war mir alles ein bisschen zu viel.« Rasmus setzte sich auf einen der massiven Holzstühle. »Du weißt, wie Marlies manchmal ist, ich habe dir von ihr erzählt«, erklärte Rasmus, was Mads mit einem Nicken erwiderte. »Sie ist wirklich nett und freundlich, aber heute Morgen war sie mir ein wenig überladen. Und dann haben sie und Anni Witze auf Stines Kosten gemacht, das wollte ich mir nicht anhören.« Er wirkte immer noch etwas zerknirscht, als er von der Situation, seit der noch nicht einmal eine Stunde vergangen war, berichtete.

Mads griff die Hand seines Enkels. »Schon gut, Rasmus.« Er blickte zwischen Rasmus und mir hin und her. »Mein Junge, hol uns doch bitte etwas zu trinken. Ich könnte einen Kaffee gebrauchen, Stine trinkt bestimmt auch einen, oder?«

»Klar, soll ich ihn für uns kochen?«, bot ich an.

»Nein«, Mads schüttelte den Kopf. »Das macht Rasmus.«

Wie aufs Stichwort erhob dieser sich und ging in die Küche, aus der ich das Klappern von Geschirr vernahm.

»Ich habe dir noch gar nicht sagen können, wie glücklich ich darüber bin, dass du und Rasmus euch angenähert habt.« Glückselig schaute Mads mich an. »Du bist seine Rettung. Wie ein Anker auf hoher See, ohne den man ertrinken würde.«

Ich schluckte schwer aufgrund seiner Worte. »Danke«, krächzte ich.

»Rasmus ist leider nicht so unbefangen, wie manch anderer in seinem Alter. Er ist ein erwachsener, starker Mann, aber in seinem Inneren ist er sehr verwundet. Er hat dir von Freja erzählt, nicht wahr?«

Ich nickte und bei dem Gedanken an das, was er vor zehn Jahren erlebt hat, überkam mich ein beklemmendes Gefühl.

»Hat er dir auch von dem Baby erzählt?«

»Baby?«, fragte ich verdutzt und wusste nicht, was Mads damit meinte.

»Also nicht.« Er nickte wissend. »Er wird es mir verzeihen müssen, dass ich es dir sage, aber ich finde es nur richtig, dass du es weißt. Nur so wirst du ihn verstehen.«

Ich rutschte an den Rand des Stuhls und wartete gespannt auf das, was Mads nun sagen würde.

»Es war nicht nur seine damalige Freundin, die Rasmus verloren hat, sondern auch sein Kind.«

»Was?«, stieß ich flüsternd hervor. Davon hatte Rasmus nichts gesagt.

»Er hatte es nicht gewusst und ich denke, Freja ebenfalls nicht. Bei einer Schwangerschaft wird man bis zur Geburt auf einen anderen Posten versetzt, der sicherer ist als der Streifendienst«, erklärte Mads. »Nach dem tödlichen Schuss an Freja hat man sie obduziert und festgestellt, dass sie schwanger war.«

»Oh nein.« Nervös knetete ich meine Hand und atmete schwer.

»Ich habe mein ungeborenes Kind verloren.« Rasmus stand in der Terrassentür. Langsam kam er zu uns und stellte das Tablett auf dem Tisch ab. »Deswegen passe ich auf alles, was mir lieb ist, besonders gut auf.« Er setzte sich auf den Stuhl neben mich und griff meine Hand.

»Danke«, hauchte ich.

»Nu' schenk uns mal den Kaffee ein. Dieses herrliche Wetter müssen wir genießen«, forderte Mads seinen Enkel auf.

Damit war das Thema beendet. Ich genoss die nächsten Stunden im Beisein der beiden Männer sehr. Wir tranken Kaffee, aßen *Bolle* mit Johannisbeermarmelade und diskutierten darüber, ob Jylland oder Sjælland zum Leben geeigneter seien (Mads war für Sjælland, ich selbstverständlich für Jylland und Rasmus konnte beiden Regionen etwas abgewinnen, also beließen wir es bei einem Gleichstand) und plauderten, bis die Dämmerung bereits einsetzte und Mads immer wieder auf seiner Gartenliege einnickte.

»Es ist Zeit, aufzubrechen.« Ich erhob mich von meinem Stuhl und legte die Decke, mit der ich mich gewärmt hatte, über die Stuhllehne.

»Ich fahre dich nach Hause.«

»Musst du auch, du hast mich schließlich mit hergenommen«, grinste ich.

Zum Abschied drückte Mads mich fest an sich. »Sehen wir uns in den nächsten Tagen nochmal, bevor ich abreise?«

»Na hör mal, ich bin doch deine persönliche Begleitung hier in Tideborg.«

»Jetzt braucht Rasmus aber keinen Vorwand mehr, um dich anzurufen.«

»Ich habe schon in den letzten Tagen festgestellt, dass du ziemlich gut alleine zurechtkommst.«

»Wir sind wohl aufgeflogen, mein Junge.« Mads klopfte Rasmus auf die Schulter und lachte erfreut. »Aber Auto fahre ich wirklich nicht mehr, dafür sehe ich bei der teils tiefstehenden Sonne zu schlecht. Wenn ihr einem alten Mann also noch eine Freude machen wollt, fahrt doch noch einmal mit mir ans Meer.«

Rasmus schaute mich fragend an und wartete meine Antwort ab.

»Na klar, gerne. Hast du einen bestimmten Wunsch?«

»Nein«, Mads schüttelte den Kopf. »Ihr dürft entscheiden.«

»In Ordnung. Da ich fahren werde, suche ich aus, wohin es

geht.« Meine Freude stieg an, denn ich wusste ganz genau, wohin ich die beiden bringen wollte. »Wann musst du denn morgen zur Arbeit?«, fragte ich Rasmus.

»Gar nicht. Ich habe die nächsten beiden Tage frei.«

»Perfekt. Dann hole ich euch um sieben Uhr ab.«

»Um sieben?«, antworteten die beiden unisono.

»Wir fahren ein paar Stunden.«

»Wehe, es lohnt sich nicht«, grummelte Mads gespielt theatralisch.

»Dann fahren wir nie wieder mit ihr an den Strand«, stimmte Rasmus genauso muffelig ein, doch auch seine Mundwinkel zuckten dabei.

»Los, los. Bring mich nach Hause, ich muss mich ausschlafen, sonst verfahre ich mich noch.«

Lachend legte Rasmus seine Hand auf meinen Rücken und dirigierte mich am Schuppen vorbei zu seinem Motorrad.

Die Sonne war mittlerweile vollständig untergegangen und der dunkle, sternenüberladene Himmel zeigte sich von seiner schönsten Seite. Eine Fahrt auf dem Motorrad bei Dunkelheit war noch viel aufregender als bei Tageslicht.

Jedes Licht am Straßenrand nahm ich ganz anders wahr und der Leuchtturm in der Ferne, dessen Leuchtfeuer seine Kreise drehte, stach noch mehr hervor. Alles fühlte sich intensiver, noch realer an, als würde die Karosserie des Autos die eigentliche Schönheit abschirmen.

Langsam rollten wir auf meinen Hof. Ich hoffte, dass meine Schwester nicht wieder hinter irgendeinem Busch auftauchte, was ich ihr, nachdem sie mir heute einige Nachrichten geschickt hatte, um sich für den Morgen zu entschuldigen, zutrauen würde. Aber auch nachdem ich den Helm abgesetzt hatte, war von Anni weit und breit nichts zu sehen oder zu hören. Der Wind hatte zugenommen und brachte die Gräser neben dem Haus zum Rascheln.

»Danke für's Herfahren.«

»Sehr gerne.«

»Möchtest du vielleicht noch mit reinkommen?«

»Um mir dein Atelier anzuschauen«, grinste Rasmus anzüglich.

»Ich habe auch eine äußerst umfangreiche Briefmarkensammlung, falls ich das noch nicht erwähnt habe.« Ich ließ meine Wimpern klimpern und verfehlte mein Ziel damit nicht.

»Die möchte ich unbedingt sehen.«

KAPITEL 14

Langsam wurde es zur Gewohnheit, dass ich den Tag mit einem Liter Kaffee begann.

Es war kurz nach sechs und ich leerte meine dritte Tasse. Die kühle Luft, die mir entgegenwehte, half, meine müden Geister zu wecken.

Rasmus war erst vor vier Stunden gefahren. Sofort hatte mich zwar die Müdigkeit übermannt, aber die wenigen Stunden Schlaf machten sich dennoch bemerkbar. Allerdings konnte mich auch mein Schlafmangel nicht davon abhalten, den heutigen Ausflug zu machen. Schon ewig war ich nicht mehr an diesem Strand gewesen und bei dem Gedanken daran, was mich später erwarten würde, kribbelte mein Bauch aufgeregt.

Ich kontrollierte den Inhalt meiner großen, bunten Badetasche und der Kühlbox, die ich vorbereitet hatte. Neben Getränken hatte ich noch einige *Smørrebrød* zubereitet und *kanelsnegle* eingepackt, die bei diesem Strandausflug nicht fehlen durften.

Die Sonne war bereits auf ihrem Weg und erhob sich eisern über dem Meer. Die Möwen kreischten und drehten ihre Kreise auf der Suche nach einem Frühstückssnack.

Ich befüllte drei Kaffeebecher zum Mitnehmen – ich wusste,

irgendwann würde ich sie alle brauchen – belud meinen Transporter und fuhr los.

Durch die heruntergelassenen Fensterscheiben wehte die frische Morgenluft mir ins Gesicht und pustete die letzte Müdigkeit aus mir heraus.

Ich hatte die Zufahrtsstraße zu Rasmus' Haus noch nicht ganz passiert, da kamen mir die beiden Männer bereits entgegen. Als hätten sie ihre Kleidung aufeinander abgestimmt, passten beide optisch mit ihren kurzen Cargohosen und Poloshirts zueinander.

»Godmorgen«, winkte ich durch das geöffnete Fenster.

»Godmorgen Stine«, Mads reichte mir die Hand und ging danach zielstrebig zur Beifahrertür.

»Hej *sommerfugl.*« Rasmus öffnete meine Tür und zog mich zu einem leidenschaftlichen Kuss zu sich heran.

»Hej Rasmus«, begrüßte ich ihn atemlos. »Hast du gut geschlafen?«

»Wenig«, grinste er. »Und du?«

»Auch wenig.« Liebevoll strich ich ihm durch sein kurzes Haar. »Aber ein Tag am Meer wird uns wachmachen.«

Rasmus lachte auf. »Und das sagt die, die immer am Meer wohnt.«

»Deswegen bin ich auch immer so fit und ausgeglichen. Also los, einsteigen, sonst fahre ich ohne dich.« Frech grinste ich ihn an. Mit hochgezogenem Mundwinkel ging Rasmus ebenfalls um den Transporter herum und stieg vor Mads ins Auto, sodass er auf der breiten Sitzbank neben mir saß.

Mads hatte die Tür noch nicht ganz zugezogen, da trat ich schon aufs Gaspedal.

»Du hast es aber eilig«, lachte Mads. »Du kannst es wohl nicht erwarten, am Ziel anzukommen, oder?«

»Stimmt genau.« Ich schaltete das Radio an und sofort wurde der Innenraum der Fahrerkabine von Aretha Franklins imposanter Stimme erfüllt.

Die nächste Stunde fuhren wir gen Norden.

»Das Meer haben wir aber ganz schön hinter uns gelassen. Sollte das nicht ein Strandausflug werden?«, fragte Rasmus zwischen zwei Songs.

»Abwarten«, tat ich geheimnisvoll. Nach fast zwei weiteren Stunden lenkte ich meinen Transporter auf die Autobahn E45 und trat das Gaspedal so weit hinunter, dass ich beinahe ein Loch in den Fußraum trat. Ächzend knatterte mein weißer Transporter vorwärts.

»Meinst du, er schafft das?« Rasmus schaute amüsiert auf die Straße. Ein Auto nach dem nächsten setzte zum Überholen an.

»Klar. Mein Gandalf hat mich noch nie im Stich gelassen.« Liebevoll tätschelte ich das Armaturenbrett.

»Gandalf?«, prustete Rasmus los.

»Ja, Gandalf. Alt, grau, aber sehr weise.«

»Achso, verstehe«, betonte er ernst, konnte jedoch das Glucksen in seiner Stimme nicht verbergen.

»Ist bei Mads alles in Ordnung?« Die letzten Minuten hatte ich wenig von ihm gehört.

»Er schläft, obwohl er schon die ganze Nacht geschlafen hat.«

»Er weiß, was gut ist«, grinste ich. »Dann gönnen wir ihm seine Ruhe.«

Das letzte Stück der Fahrt verbrachten wir in einvernehmlichem Schweigen. Wir wechselten die Autobahn auf die E39 und jeder hing seinen Gedanken nach. Über uns wurde der Himmel noch ein wenig klarer und blauer, obwohl er über Tideborg bereits wolkenfrei war. Je höher man jedoch nach Norden fuhr, desto weiter und klarer erschien einem das Blau.

Nach fast vier Stunden verließen wir die Autobahn und passierten den Kreisverkehr auf den *Tverstedvej*.

»Du kannst Mads jetzt wecken, wir sind bald da.«

Mit einem Grummeln erwachte dieser. »Das gibt es doch nicht.«

»Was meinst du?«

»Wir sind gleich in Skagen?«

»Gut erkannt.« Mads Aufregung ließ mich einen inneren

Freudentanz aufführen. Anscheinend kannte er die Gegend, wenn er die Strecke ohne Beschilderung erkannte.

»Stine, das glaube ich nicht.«

»Ich hatte gehofft, dass ihr euch freut, aber dass du so ausflippst, hatte ich nicht erwartet«, lachte ich.

»Du wusstest nicht, dass ich hier gearbeitet habe, oder hat Rasmus etwas erzählt?«

»Habe ich nicht«, schüttelte Rasmus den Kopf.

»Hast du?«, fragte ich.

»Habe ich. Es ist schon viele Jahre her. Aber nach meiner Ausbildung in Kopenhagen hat es mich für einige Zeit nach Skagen verschlagen. Die Wache ist mittlerweile geschlossen und wird über Frederikshavn oder Hjørring bedient, aber ein ehemaliger Kollege wohnt direkt neben der alten Wache. Ab und zu telefonieren wir, aber gesehen haben wir uns seit mehr als zwei Jahrzehnten nicht mehr. Das letzte Mal auf seinem sechszigsten Geburtstag.«

»Wow, dann habe ich ja einen Volltreffer erzielt.«

»Das hast du. Macht es euch etwas aus, wenn ihr mich bei ihm absetzt und wir uns später wieder treffen?«

»Nej, farfar.« Rasmus versuchte eine ernste Miene aufzusetzen, aber ich konnte ihm ansehen, dass er sich auf die Zweisamkeit genauso freute, wie ich es tat.

»Wohin soll ich denn fahren?«

»In den *Rolighedsvej*, bitte.«

Ich hielt am Straßenrand, um die Zieladresse in das Navigationsgerät auf meinem Handy einzutippen und fuhr mit knatterndem Motor weiter.

Die ehemalige Polizeiwache lag in einer ruhigen Seitenstraße, wobei ich zugeben musste, dass die meisten Straßen in Dänemark ruhig waren.

»Hier ist es.« Mads zeigte auf ein kleines Haus, das aus weiß gestrichenen Backsteinen errichtet wurde. Ein niedriger Gartenzaun umrandete das Grundstück. Der Vorgarten war mit verschiedenen Blumenkübeln bestückt und die *danebrog* hing, nicht anders als erwartet, am Fahnenmast. Ohne Wind wehte sie aber nicht umher, sondern hing schlaff nach unten.

Ich parkte den Transporter vor dem Gartentor.

»Kommt, ich mache euch bekannt.« Mads stieg aus und seine Vorfreude war ihm anzusehen.

Wir folgten ihm zur Haustür und Rasmus klopfte kräftig dagegen.

Nach einem Moment hörte ich schlurfende Schritte, die sich der Tür näherten, bevor sie aufgezogen wurde.

Ein Mann, der in Mads Alter sein musste und schon sehr graue Haare hatte, blickte uns der Reihe nach an. Als sein Blick auf Mads ruhte und er erkannte, wer vor ihm stand, verformte sich sein Mund zu einem herzerwärmenden Lachen.

»Mads?«, fragte er mit brüchiger Stimme. »Mads Kirkegård?«

»Hej Gunnar. Ja, ich bins.«

»Das ist aber eine Überraschung.« Die beiden fielen sich halb lachend, halb weinend in die Arme und klopften sich gegenseitig auf den Rücken. So sah eine Freundschaft aus, die Jahrzehnte andauerte. Obwohl die beiden sich so viele Jahre nicht gesehen hatten, waren sie sich nicht fremd, sondern genauso nahe, wie sie es früher mit Sicherheit auch gewesen waren.

Ich schniefte vor Rührung und ein Blick in Rasmus' Gesicht bestätigte mir, dass auch er zu kämpfen hatte.

Nachdem Mads und Gunnar ihre Umarmung gelöst hatten, schaute er erst Rasmus, dann mich an.

»Und wen hast du mitgebracht?«, wollte Gunnar wissen.

»Das ist mein Enkel Rasmus, er ist auch Polizist«, wies Mads auf ihn. »Und seine Freundin Stine, die eigentlich auch meine Freundin ist.« Lachend reichte ich Gunnar die Hand.

»Hej! So eine schöne Frau. Und noch ein Polizist in der Familie. So ist es richtig.« Gunnar schien zufrieden mit uns und verschränkte die Hände vor seinem Bauch.

»Also was ist, bittest du deinen alten Freund endlich herein? Die zwei wollen noch weiter nach Grenen, stimmts?«

»Woher weißt du das?« Ich hatte nicht erwähnt, was das Ziel unserer Reise war.

»Wenn man in Skagen gelebt hat, weiß man das«, zwinkerte Mads mir zu, was ich mit einem Zwinkern erwiderte.

»Rein mit dir. Und ihr kommt später dazu?«, wollte Gunnar wissen.

»Machen wir«, nickte Rasmus. »Bis später«

»Hej hej.« Gunnar schloss die Haustür vor unserer Nase und sofort waren die Stimmen der beiden Männer zu hören. Sie würden den Tag blendend ohne uns verbringen.

»Also los, du hast gehört, wohin die Reise geht.« Ich griff Rasmus' Hand und wir gingen zum Transporter zurück.

»Grenen also.«

»Warst du schon oft dort?«, wollte ich wissen, als ich wieder hinter dem Steuer saß. Ich drehte den Zündschlüssel und fuhr in Richtung des nördlichsten Punktes Jyllands.

»Noch nie.«

»Was? Du bist Däne und warst noch nie in Grenen?« Das gab es ja nicht.

»Nein, ich wusste nicht, warum. Die letzten zehn Jahre habe ich Tideborg nur zum Arbeiten verlassen und ab und zu meine Familie in Kopenhagen besucht.«

»Keine Ausflüge?«

»Keine Ausflüge«, schüttelte er den Kopf. »Mir war nicht danach … bis du kamst.«

Es ehrte mich, dass Rasmus nach so vielen zurückgezogenen Jahren gerade mit mir aus seinem Schneckenhaus herauskroch.

»Für dich und mit dir mache ich es.« Als hätte er meine Gedanken gelesen, bestätigte er meine Gefühle.

Als wir die Spitze Dänemarks erreicht hatten, parkte ich den Transporter auf dem großen Parkplatz, von dem aus die Urlauber ihren Weg zu Fuß fortsetzten und der Sandormen losfuhr.

Zum Glück war es erst kurz nach elf Uhr und nur eine Handvoll

Menschen zu sehen. Die meisten würden in den nächsten Stunden ankommen. Dann konnte es passieren, dass der Strand regelrecht überlaufen war. Nichts, was ich jetzt brauchte. Am liebsten hätte ich den ganzen Abschnitt für uns alleine, aber auch so würden wir ruhige Stunden verbringen können.

Wir stiegen aus, ich nahm zwei gekühlte Flaschen Wasser aus der Kühlbox und legte sie auf die Handtücher in der Badetasche. Rasmus nahm mir die schwere Tasche ab und Hand in Hand verließen wir den Parkplatz über die niedrigen Dünen.

Der Sandormen, ein Trecker mit angespanntem Planwagen, der die Besucher zwischen Strandspitze und Parkplatz hin- und herfuhr, stand noch am Rand der Dünen und wartete auf seinen Einsatz, der in den nächsten Stunden gewiss folgen würde.

Mit jedem Schritt, den wir uns der Spitze näherten und die Dünen hinter uns ließen, gab es nur noch das Meer um uns herum, den unendlichen Himmel über uns und den warmen, feinen Sand unter unseren Füßen. Dieser Strandabschnitt war der besonderste, den Dänemark zu bieten hatte und immer, wenn ich hier war, spürte ich die Magie des Ortes aufs Neue.

Der Strand verjüngte sich, bis er in der Spitze endete.

Genau dort nahm ich Rasmus die Badetasche von der Schulter und zog ihn hinter mir her ins Wasser, das zugegebenermaßen äußerst frisch war.

»Und du weißt wirklich nicht, was das Besondere hier ist?«

»Nein«, Rasmus schüttelte den Kopf, folgte mir aber widerstandslos ins kühle Nass.

Die flache, seichte Strömung schwappte von zwei Seiten an unsere Knöchel. Wir gingen noch ein wenig weiter hinaus, bis ich die ideale Stelle gefunden hatte.

»Jetzt stell ich hin«, dirigierte ich ihn. »Die Beine weit auseinander und den Blick hinaus aufs Meer.«

Verdutzt schaute Rasmus mich an, tat aber, was ich von ihm verlangte.

Ich lief um ihn herum, sodass das Wasser hochspritzte und uns bis zu den Hosen nässte.

Kichernd stellte ich mich vor ihn und ging ein paar Schritte rückwärts ins Meer hinaus. »Die Beine noch ein bisschen mehr auseinander.« Mit den Händen wies ich ihn an, noch einen kleinen Schritt nach links zu gehen. »Perfekt«, nickte ich. »Das ist es!«

Rasmus schaute auf seine Füße, die vom Wasser umspült wurden, hinab. »Was ist es? Ich verstehe nicht.« Bei seinem Anblick, der etwas verloren wirkte, hätte ich mich am liebsten an ihn geschmissen, aber dann wäre ich Gefahr gelaufen, seine Position zu verändern, und es wäre nicht mehr perfekt.

»Schau mal, wo du stehst«, wies ich ihn an. Wieder blickte Rasmus auf seine Füße hinab, dann zu seinen Seiten.

»Im Meer? Auf dem sandigen Boden? Am Strand? Keine Ahung?« Hilflos zuckte er mit den Schultern. Er wusste wirklich nicht, was er gerade tat.

»Nein, also ja. Das alles machst du auch, aber du machst gerade etwas Magisches«, begann ich aufgeregt.

»Ja?«

»Jaaa, du befindest dich gerade in zwei Meeren zur selben Zeit.« Mein Körper kribbelte bei dem Gedanken.

»Mit einem Fuß stehst du gerade in der Nordsee, der andere befindet sich in der Ostsee!« Die Aufregung schoss durch meinen gesamten Körper. Als ich das erste Mal an genau dieser Stelle gestanden hatte, hatte mich das Glück mit jeder Welle erfasst. Den Gedanken, an zwei Orten gleichzeitig zu sein, fand ich berauschend und unvorstellbar schön. »Und siehst du, was die beiden Meere machen? Sie sind so unterschiedlich, die seichte Ostsee und die wilde Nordsee und trotzdem verschwimmen sie genau hier miteinander. Sie stoßen sich nicht ab, sie werden eins. Obwohl sie so gegensätzlich sind, bestehen sie zusammen.«

Ich watete durch das knöcheltiefe Wasser und ergriff Rasmus' Hand. »Sie sind wie wir. Ganz verschieden und dennoch eins.«

Rasmus blickte zuerst auf das Wasser, das sich um uns herum verband, danach wanderte sein Blick langsam nach oben, bis er in meinen Augen endete. »Wow, Stine. Ich weiß gar nicht, was ich sagen soll.«

»Du brauchst gar nichts zu sagen. Ich rede genug für uns beide.« Rasmus zog mich an sich und ich schmiegte mich lachend an seine Brust.

»Sie sind wie wir«, flüsterte er und gab mir einen Kuss auf den Scheitel. »Wie recht du hast. Ich weiß gar nicht, warum ausgerechnet ich dich verdient habe.« In gleichmäßigen Zügen strich er mir über den Kopf und ohne es zu sehen, wusste ich, dass sein Blick in die Ferne gerichtet war. »Ich dachte, mein Leben wäre zu Ende, bevor es richtig begonnen hat. Und dann kamst du. Immer gut gelaunt, ständig am Reden und immer in Bewegung. Wie die wilde Nordsee bist du über mich hereingebrochen, als ich selbst nicht mehr daran geglaubt habe. Du hast mir mein Leben zurückgegeben.«

Eine Gänsehaut überzog meine Arme. Ich schob mich einen Schritt von Rasmus weg, um ihn besser ansehen zu können. Tränen traten in meine Augen und kullerten im nächsten Moment meine Wangen herunter. Die, welche Rasmus nicht mit seinem Daumen fortwischte, tropften wie kleine Perlen in die beiden Meere.

»Danke, Rasmus«, schniefte ich. Es kam selten vor, dass mir die Worte fehlten. Ich hatte es mir in den vergangenen Jahren angeeignet, immer einen lockeren Spruch parat zu haben, um jede Situation aufzulockern oder auch überspielen zu können. Denn das spürte ich immer mehr. Ja, Rasmus hatte recht. Ich war meistens gut gelaunt, fröhlich und voller Tatendrang. Aber ich musste mir eingestehen, nicht immer vorurteilsfrei gewesen zu sein. Von Rasmus' zurückhaltender Art hatte ich mich anfangs zurückgewiesen gefühlt. Ich war nicht auf die Idee gekommen, hinter die Fassade zu blicken, wahrscheinlich wollte ich es auch gar nicht. Bislang war ich mit spritzigen Sprüchen gut durchs Leben gegangen, aber sie waren nicht immer angebracht. Ich spürte, wie falsch sie in manchen Situationen waren. Auch in diesem Moment wäre jedes weitere Wort zu viel. Rasmus brauchte keine gesprochene Antwort auf seine Offenbarung, er sah sie in meinen Augen.

Ich hätte noch viele weitere Stunden an genau dieser Stelle verweilen können, hätten uns nicht die ersten Urlauber genervt gebeten, den Platz zu räumen.

Schweren Herzens verließen wir den Abschnitt, an dem Nord- und Ostsee zusammenflossen und gingen am Strand der Ostseeseite entlang. In einigen hundert Metern Entfernung setzte sich der Sandormen in Bewegung, der Besucheransturm rollte los. Ich war froh, dass wir so früh hergekommen waren, sodass wir zumindest einen Moment für uns hatten.

Das Rauschen der Meere wurde stellenweise durch lautes Gelächter übertönt. Immer wieder wechselten die Fotomodelle, jeder wollte ein Bild von sich zwischen den Meeren haben. Reihum wurden Kameras und Handys weitergegeben, man stellte sich in Position, machte eine Pose und wechselte weiter. Kaum jemand verweilte, um zu genießen und diesen kostbaren Moment zu inhalieren. So war es immer öfter: posieren, ein Beweisfoto knipsen und zum nächsten Punkt.

»Wann haben die Leute verlernt zu leben?«, seufzte ich.

Immer wieder blieb ich stehen, um eine Muschel aufzuheben, die mir ins Auge stach. Manche könnte ich für meine nächsten Bilder verwenden, andere würde ich auf meinen Fensterbänken verteilen.

»Ich weiß es nicht. Vielleicht sind die Ablenkungen zu groß?«

»Oder sie trauen sich nicht. Ich glaube, viele Leute denken zu viel nach und haben Angst vor Enttäuschungen. Also lassen sie es bleiben.«

»Aber du nicht.« Rasmus reichte mir eine Schwertmuschel.

»Die ist sehr schön, danke.« Ich blieb stehen. »Nein, ich nicht. Ich versuche, nicht so viel nachzudenken, sondern einfach zu leben. Ich springe im wahrsten Sinne ins kalte Meer. Ich mag auf andere Leute merkwürdig wirken, weil ich immer so bunte Klamotten trage und Sachen mache, die man nur als Kind machen darf, ohne schräg angeschaut zu werden.«

»Zum Beispiel?«, wollte Rasmus wissen.

»Ich weiß nicht … im Regen tanzen, Sandburgen bauen, einfach laut losschreien und die Welt umarmen.«

»Das würdest du wirklich?« Rasmus wirkte nicht überzeugt. »Sandburgen bauen würde ich auch. Im Regen getanzt habe ich noch nie und geschrien habe ich bislang nur im Dienst«, grinste er.

»Habe ich auch nicht anders erwartet«, knuffte ich ihm in die Seite. »Probier es doch mal.«

»Kann ich nicht.« Rasmus schüttelte vehement den Kopf.

»Kannst du nicht oder traust du dich nicht?« So schnell gab ich nicht auf.

»Hmm.« Die Falte zwischen seinen Augen bildete sich heraus, ein klares Grübelzeichen, das ich schon oft bemerkt hatte. »Ich traue mich nicht, da bin ich ehrlich.«

»Wir könnten es zusammen machen. Ich verspreche dir, es tut auch nicht weh.«

»Aber es regnet nicht.« Rasmus blickte entschuldigend gen Himmel, als würde dieser ihn aus der Situation retten.

»Dann heben wir uns das für später auf und starten mit dem Schreien. Einfach die Arme ausbreiten, den Blick aufs Meer gerichtet und los. Das Meer hört dir immer zu. Du wirst sehen, wie befreiend es sein kann.«

»Ähm.« Rasmus schaute mich unsicher an, wie jeder andere es auch getan hätte. In Dänemark hatte ich noch nie jemanden befreiend schreien hören. Vor einigen Jahren während eines längeren Schwedenurlaubes war ich immer wieder an geöffneten Fenstern vorbeigegangen und mir war entgegengeschrien worden. Das erste Mal hatte ich mich ziemlich erschreckt, bis mir einige Schweden den Hintergrund dessen erklärten: In den kalten Wintermonaten wurde der hohe Norden nur selten richtig hell. Wenige Stunden am Tag schaffte es die Sonne, die Dunkelheit zu vertreiben. Ständige Dunkelheit schlugen auf die positive Stimmung und das Gemüt und somit war es zur Gewohnheit geworden, dass man seinen Frust, seine schlechte Laune oder was auch immer einen gerade begleitete, hinausschrie. Und schon war alles nur noch halb so schwer.

»Würdest du das hier wirklich tun? Vor all den Leuten?«, fragte Rasmus vorsichtig und nicht minder skeptisch.

»Jap«, nickte ich grinsend.

»Dann fang du an«, forderte er mich auf. Das ließ ich mir kein weiteres Mal sagen.

Ich überwand den letzten Meter, der mich vom Meer trennte, vergrub meine nackten Füße im matschigen Sandboden, breitete meine Arme zu beiden Seiten aus, schaute weit auf das Meer hinaus, schloss die Augen und schrie. Erst als mir die Luft ausging, verstummte ich. Sofort fühlte ich mich noch freier, noch lebendiger und zufrieden. Es konnte alles so einfach sein.

Mit einem tief dröhnenden Lachen stellte Rasmus sich neben mich, schaute auf meine Füße hinab und trat ebenfalls auf der Stelle, sodass seine Füße einsinken konnten.

»Du musst mir helfen.« Unsicher schaute er mich an.

»Das werde ich.« Ich hielt ihm meine Hand entgegen, die er sofort ergriff.

»Bereit?«, fragte ich.

»Nein.«

»Egal, jetzt oder nie.«

Ich schloss meine Augen erneut, holte Luft und ein weiteres Mal ertönte meine Stimme über dem Strand von Grenen. Fast hatte ich geglaubt, alleine zu bleiben, aber kurz bevor ich ansetzen wollte, um Luft zu holen, stimmte Rasmus neben mir in meine Rufe ein. Erst zaghaft, aber mit jeder Sekunde kräftiger, als würde sich jeder Zentimeter seines Körpers befreien. Es war egal, wieviele Leute uns anstarrten oder die Köpfe zusammensteckten, um zu tuscheln. Alles um uns herum blendete ich aus und genoss diesen Moment.

Als wir uns keuchend anschauten, platzte erst das Lachen aus mir heraus, Rasmus stimmte aber sofort mit ein. Lachend fielen wir uns in die Arme, bis ich den Boden unter den Füßen nicht mehr spüren konnte. Rasmus hatte mich gepackt und wirbelte uns unaufhörlich im Kreis.

Lachend blieb er stehen, umfasste mein Gesicht mit seinen Händen und schenkte mir den befreiendsten Kuss, den ich je bekommen hatte.

»Eines ist absolut sicher«, verkündete ich. »Rasmus Kirkegård, du bist der mutigste Mensch, dem ich je begegnet bin.«

KAPITEL 15

»Das war der schönste Ausflug, den ich je hatte.« Rasmus zog die Schiebetür des Transporters zu.

»Und wahrscheinlich der Lauteste, oder?« Lachend setzte ich mich hinters Steuer.

»Zumindest schafft er es unter die Top Ten.«

»Dann bin ich zufrieden.« Ich kurbelte die Fensterscheibe herunter, startete den Motor und fuhr langsam vom Parkplatz.

Die letzten Stunden waren wie im Flug vergangen. Auf meiner Ladefläche stand ein Eimer, der bis oben gefüllt war mit den schönsten Muscheln, die wir in den vergangenen Stunden gesammelt hatten. An einem geschützten Platz zwischen den Strandgräsern hatten wir gepicknickt und in der Sonne gelegen. Es erschien mir plötzlich so leicht, eine unbeschwerte Zeit mit Rasmus zu verbringen. Ich war mich nicht sicher, ob es daran lag, dass er sich mir geöffnet hatte oder dass ich es gewagt hatte, hinter seine aufgebaute Mauer zu blicken, vielleicht war es auch die Kombination aus beidem.

»Ich hoffe, Mads hatte einen genauso schönen Tag wie wir.« Ich lenkte den Transporter auf die Straße zurück, von der wir gekommen waren.

»Ganz bestimmt. Die beiden haben sich ziemlich lange nicht

gesehen. Wahrscheinlich haben sie über ihre alten Diensttage gesprochen.«

»Bestimmt hast du recht«, nickte ich. »Ich mag deinen Opa. Du bist ihm sehr ähnlich.«

»Ja?«

Wieder nickte ich. »Ja, ihr habt beide diese ernste und tiefgründige Seite an euch, seid auf der anderen Seite aber wirklich unterhaltsam und witzig.«

»Hast du nicht erst vor ein paar Wochen verlauten lassen, dass ich schweigsam und nüchtern sei?«

»Das hast du dir gemerkt?« Ich errötete. Nicht, weil es mir unangenehm war, dass Rasmus mich darauf ansprach, sondern weil ich mich schämte, ihn so falsch eingeschätzt zu haben. »Damit habe ich falsch gelegen«, antwortete ich ihm ernst und hoffte, dass meine Worte bei ihm ankamen.

»So falsch lagst du gar nicht«, erwiderte er. »Ich war wirklich nicht sehr kommunikativ. Ich wusste nicht, was ich hätte sagen sollen, also habe ich stattdessen einfach geschwiegen.«

Eine gute Art, wie ich befand, wenngleich sie mich anfangs irritiert hatte.

»Darf ich dich morgen zu einem Ausflug einladen?«, wechselte Rasmus abrupt das Thema.

»Na klar darfst du. Was möchtest du denn machen?«, fragte ich neugierig.

»Abwarten«, grinste er.

»Hmpf«, schmollte ich. Gerade das fiel mir schwer. »Vielleicht ein kleiner Tipp?«

Rasmus trommelte lachend auf seinen Knien. »Ok, einen winzigen Tipp bekommst du. Wir machen etwas, bei dem ich mich frei fühle.«

Das war nicht gerade hilfreich. Das konnte alles sein.

»Ok, lass mich nachdenken.« Ich überlegte, wann sich Rasmus wohl frei fühlen mochte. »Eine Fahrt mit dem Motorrad?«, versuchte ich, die Antwort aus ihm herauszukitzeln.

»Nein«, schüttelte er den Kopf.

»Über die Dünen wandern?«

»Auch nein.«

»Gehen wir boxen oder sowas in der Art?« Hoffentlich nicht, ich war absolut unbegabt, wenn es um Kampfsportarten ging, das hatte ich in der vierten Klasse bereits feststellen müssen.

»Wie kommst du darauf?«, lachte er.

»Ich weiß nicht. Du bist Polizist, vielleicht schwingt ihr in eurer Freizeit gerne die Fäuste.«

»Nein. Die Antwort ist nein. Du wirst es nicht erraten und ich werde es dir nicht sagen.«

»Menno.« Wohl oder übel würde ich bis morgen warten müssen. Die letzten Kilometer bis zum Haus von Gunnar grübelte ich darüber nach, was mich am nächsten Tag erwarten könnte, leider wollte mir nichts einfallen, was auch nur im Entferntesten plausibel klang.

»Da sind wir«, nickte Rasmus mit dem Kopf in Richtung der alten Polizeiwache.

»Weiß ich doch, ich fahre hochkonzentriert.«

»Du denkst hochkonzentriert darüber nach, wohin wir morgen fahren könnten.«

»Erwischt.« Ich parkte den Transporter vor dem kleinen Backsteinhaus und bevor wir das Tor erreicht hatten, kamen Gunnar und Mads aus dem Haus.

»Deinen Transporter kann man aber nicht für Diebesgut verwenden.« Mads zeigte auf mein altes Schätzchen. »Damit weckst du ja nachts die ganze Nachbarschaft auf.«

»Möglich wäre es«, gab ich grinsend zu. »Aber meinen Gandalf behalte ich so lange, bis er auseinander fällt.«

»Gandalf?«, fragte Gunnar nach.

»So heißt ihr Auto«, informierte Mads ihn grinsend.

»Ich habe noch nie verstanden, warum Frauen ihren Autos Namen geben.« Gunnar blickte zwischen mir und meinem Transporter hin und her und zwirbelte seinen Schnauzbart.

»Das ist die enge Verbindung, die wir zueinander haben«, antwortete ich stolz. Die Männer brachen allesamt in Gelächter aus, sogar Rasmus, den ich in Gesellschaft bisher selten hatte so lachen sehen.

»Schön, dass ich euch eine solche Freude bereiten kann«, stimmte auch ich in die Hochstimmung mit ein.

»Los, rein mit euch.« Gunnar öffnete die Haustür. »Mads und ich waren eben im Ort und haben frischen Fisch gekauft. Ihr müsst erst mitessen, bevor ihr zurückfahrt.«

Wir folgten Gunnar ins Hausinnere und beim Anblick des gedeckten Küchentisches begann mein Magen augenblicklich zu knurren.

»Ich glaube, ich platze jeden Moment.« Mads hielt sich seinen Bauch, in dem ich nicht minder viele Fischhäppchen vermutete, wie in meinem.

»Aber bitte erst, wenn ich euch zu Hause abgesetzt habe. Nicht, dass mein Gandalf dreckig wird«, foppte ich ihn.

Es war bereits stockdunkel, als wir das Ortsschild von Tideborg passierten. Nachdem Gunnar uns zum Essen eingeladen und die leckersten Fischsorten serviert hatte, hatten es sich die Männer nicht nehmen lassen, sich einen *Gammel Dansk* als Absacker zu genehmigen. Die Stimmung wurde immer gelöster und heiterer. Gunnar verstand es, ebenso wie Mads, alte Anekdoten zum Besten zu geben und so hatte ich in den vergangenen Stunden mehr Polizeigeschichten als jemals zuvor gehört. Bei einigen davon erschauderte ich immer noch und ich war froh, nie in eine ähnliche Situation geraten zu sein.

Kurz nach Mitternacht parkte ich wieder im Wendehammer.

»Da wären wir« gähnte ich und streckte die Arme lang über das Lenkrad aus.

»Magst du noch einen Moment mitkommen?«, raunte Rasmus mir von der Seite zu.

Nickend stieg ich aus, versuchte, die alte, klapprige Fahrertür so leise wie möglich zu schließen, und folgte den beiden den kurzen Fußweg zu ihrem Haus entlang. Der Schlüssel klimperte, als Rasmus die Haustür aufschloss.

»Godnat, ihr beiden. Ich werde mich schon mal schlafen legen, ich brauche meinen Schönheitsschlaf.« Mads verabschiedete sich und steuerte geradewegs das kleine Gästebad an.

»Sollen wir in den Garten gehen?«, fragte Rasmus leise.

»Ja, gerne.«

Er schob die große Terrassentür auf und wir traten in den Garten, den ich im Dunkeln vermutet hatte, hinaus.

»Was ist das denn?«, staunte ich. Stellen, die am gestrigen Tag noch im Dunkeln lagen, wurden von Laternen erleuchtet. Die unteren Äste der Buche wurden durch viele kleine Lampions erhellt, sodass die Blätter im warmen Licht schimmerten. Der sonst um diese Zeit dunkle Garten wirkte wie das Spiegelbild des Nachthimmels über Tideborg. Wie kleine Sterne funkelten die Lichter in der Dunkelheit.

»Das ist wunderschön, Rasmus.«

»Gefällt es dir?«

»Und wie, es ist ein Traum.« Ich schmiegte mich an ihn und legte meinen Kopf an seine Schulter. »Wann hast du das denn alles gemacht?«

»Gestern«, antwortete er und ich konnte die Freude in seiner Stimme nicht nur hören, sondern sein Timbre auch spüren. »Ich habe dem Garten, wie so vielem anderen viel zu wenig Beachtung geschenkt. Erst durch dich habe ich erkannt, welch schönen Platz ich hier habe. Ich hatte gehofft, dir mit den Lichtern eine Freude zu machen.« Er schaute auf mich herab und die Lichter, die neben der Terrasse standen, spiegelten sich wie kleine Funkensprünge in seinen Augen wider.

»Wie Lichter in der Dunkelheit«, flüsterte ich.

Rasmus nickte und ohne ein Wort seinerseits erkannte ich die Liebeserklärung, die er mir damit überbrachte.

Schweigend betrachteten wir den Garten. Ich genoss die Stille, die sich um uns legte. Immer mehr verstand ich, dass es nicht immer viele Worte brauchte und ein Schweigen manchmal mehr sagte als Worte es hätten tun können.

Ich gähnte. »Ich glaube, ich mache mich auf den Heimweg.«

Rasmus nickte. »Ist gut. Am liebsten würde ich dich bitten zu bleiben, aber ich möchte das Haus alleine haben, wenn du bei mir übernachtest.«

»Du hast wohl etwas vor«, grinste ich und die Müdigkeit verschwand sofort.

»Und ob. Aber nicht heute.« Er gab mir einen Kuss auf die Nasenspitze.

»Schade«, schmollte ich, war jedoch auch gleichzeitig froh, dass wenigstens einer von uns vernünftig war. Die Erkenntnis, dass Mads wenige Meter von uns entfernt lag, übte sich abwertend auf meine Libido aus. »Wie lange bleibt er? Nicht, dass ich ihn loswerden möchte«, fügte ich schnell hinzu. Mads war mir in den letzten Tagen sehr ans Herz gewachsen und würde dort einen festen Platz haben. Ganz bestimmt würde ich ihn in Kopenhagen besuchen und ihn nicht das letzte Mal in Tideborg gesehen haben.

»Übermorgen bringe ich ihn zurück.«

»Schon? Dann ist sein Aufenthalt ja fast um.«

»Ja, das ist er. Ich werde den alten Mann auch vermissen.«

»Hast du denn frei und kannst ihn bringen? Sonst fahre ich Mads gerne zurück.«

»Nein, nein«, schüttelte Rasmus den Kopf. »Ich muss dienstlich eh nach Kopenhagen und nehme ihn mit.«

»Ok?«, fragte ich verwundert. »Musst du als Polizist auch in anderen Städten aushelfen?« Von einer solchen Regelung hatte ich nie gehört, aber wer weiß, welche Interna die Polizei besaß.

»Nein, ich arbeite gerade an einem Fall, der nichts mit meinem Streifendienst zu tun hat. Ich muss in Kopenhagen einer Spur nachgehen und was recherchieren.«

»Das klingt wie in einem Krimi«, feixte ich.

»In etwa so ist es auch«, antwortete er und seine Mundwinkel bildeten eine harte Linie.

»Willst du darüber reden?«, fragte ich behutsam und strich ihm über den Arm.

»Wenn alles vorbei ist, erzähle ich es dir.«

»Bestimmt verstehe ich eh nicht, worum es geht.«

»Manchmal ist die Welt kleiner als man denkt.«

Was sollte das denn heißen? Wollte er mir damit etwas sagen? Damit hatte er meine Neugierde, die sich in den letzten Tagen entspannt auf ihrem Liegestuhl zurückgelehnt hatte, geweckt.

»Jetzt möchte ich wissen, worum es geht.«

»Nicht jetzt«, verneinte Rasmus mit einer solchen Gewissheit, dass ich wusste, keine weitere Information aus ihm herauszubekommen. »Es ist schon spät, wir sollten schlafen. Ich hole dich morgen früh ab, ok?«

»Wie früh ist denn früh?«

Rasmus lachte tief. »Um sechs Uhr bin ich bei dir.«

»Sechs Uhr? Was hast du denn mit mir vor?«

Er legte seinen Arm sanft auf meinen Rücken und schob mich sachte in Richtung Haustür. »Ich verrate nichts.«

»Dass es dir so leicht fällt, Geheimnisse für dich zu bewahren, ist mir unverständlich. Ich würde platzen.«

»Gut, dass wir uns in diesem Punkt unterscheiden. So bleibt die Überraschung länger bestehen.«

Wir versanken in einen langen Abschiedskuss und in freudiger Erwartung auf den nächsten Morgen ging ich beschwingt zu meinem Transporter zurück.

Schon beim ersten Piepen des Weckers um kurz nach fünf Uhr in der Früh sprang ich aus dem Bett. Vor Aufregung hatte ich in der Nacht trotz großer Müdigkeit nur schwer in den Schlaf finden können.

Ich eilte in die Küche, stellte die Kaffeemaschine an und verschwand unter der Dusche.

Ein Blick nach draußen ließ mich zu einer kurzen Jeansshorts, einem Tanktop und einem langärmeligen Baumwollhemd greifen, dass ich vor dem Bauch verknotete. Obwohl die Sonne bereits sichtbar war, zogen einige Wolken am Himmel entlang. Das Wetter konnte am Meer schnell umschlagen und ich vermutete, dass es heute nicht nur bei Sonnenschein bleiben würde.

Gerade als ich meine Sneaker zuschnürte, klopfte es an der Tür.

»Hej«, riss ich sie voller Vorfreude auf und musste mir jedes Mal aufs Neue sagen, dass es Realität war, dass Rasmus Kirkegård vor meiner Tür stand, um den Tag mit mir zu verbringen. Noch vor wenigen Wochen wäre das für mich ein Ding des Unmöglichen gewesen und ich hätte jeden, der mir anderes erzählt hätte, Lügen gestraft.

»Godmorgen Stine«, begrüßte er mich und schaute ruhig auf mich herab. Rasmus strahlte immer eine besondere Ruhe aus, die ich, jetzt wo ich gelernt hatte, hinter die Fassade zu blicken, deutlich spürte. Früher hatte mich seine schweigsame Art auf die Palme gebracht und ich hatte es als persönlichen Angriff gewertet, wenn er nicht munter drauflosplaudern wollte.

»Bereit für meinen Ausflug?«

»Und wie. Lass uns gehen.« Ich zog dir Tür hinter mir zu.

»Gehen werden wir heute weniger«, murmelte er.

»Was sagst du?«

»Nichts.« Er schüttelte den Kopf und in seinem Blick sah ich, dass ich mich wohl oder übel gedulden müsste.

Rasmus drückte mir den Motorradhelm, den ich bei meiner letzten Fahrt schon auf dem Kopf getragen hatte, in die Hand und ich setzte ihn auf. Schon deutlich leichter als beim letzten Mal schwang ich mich hinter Rasmus' große Gestalt auf das Motorrad und versuchte mich nicht wieder wie ein aufgeschrecktes Reh an ihn zu klammern.

Die frische Morgenluft peitschte gegen meine nackten Beine und ich war froh, noch ein Hemd übergezogen zu haben.

Rasmus steuerte auf den *klitvejen* und fuhr weiter auf den *strandvejen*, der parallel zum Meer führte. Die Bäume und

Sträucher am Wegesrand rasten an uns vorbei und nur vereinzelt blitzten bunte Blüten oder Beeren auf, die in ihrer Pracht erstrahlten. Durch die Geschwindigkeit schossen sie so schnell an mir vorüber, dass sie nur als leuchtende Punkte aufblitzten.

Wir fuhren südlich und verließen Tideborg in rasanter Geschwindigkeit. Die Straßen waren um diese Uhrzeit noch leer und nur wenige Menschen kamen uns mit ihren Hunden entgegen. Der restliche Teil Tideborgs würde erst aufstehen, wenn die Sonne höher stand.

Rasmus lenkte das Motorrad Richtung Esbjerg. Wir erreichten den *Tarp Byvejen*. Die Landschaft veränderte sich und als wir den *Vestre Lufthavnsvej* passierten, wusste ich auch, warum. Wir waren geradewegs auf dem Weg zum Esbjerger Flughafen.

Die Fahrt hatte nur zwanzig Minuten gedauert und Rasmus fuhr auf den großen Parkplatz vor dem Terminal. Er wählte einen Parkplatz am äußersten Rand, stieg lässig ab und bot mir seine Hand entgegen, die ich dankend griff.

Mit zittrigen Knien schwang ich mein Bein über den ledernen Sitz. Dieses Mal hatte meine Nervosität nichts mit Rasmus' Anblick zu tun, sondern mit den Flugzeugen, die ich hinter dem mehrere Meter hohen Maschendrahtzaun sehen konnte.

Ich fand, dass ich ziemlich mutig war und fast alles ausprobierte. Es gab kaum etwas, dass bei mir ein mulmiges Gefühl verursachte – leider, wie Anni manchmal fand, denn es hätte mich ihrer Meinung nach vor so manchem Übel bewahrt – nur wenige Dinge konnten mich ängstigen. Es gab nur eine Sache, dich mir den kalten Schweiß auf die Stirn trieb und das Blut in meinen Adern gefrieren ließ: Fliegen.

Seit meinem ersten Flug im Alter von fünf Jahren auf die Kanaren hatte ich panische Angst, ein Flugzeug zu betreten. Die Erinnerung an meinen ersten Flug waren genauso präsent wie vor zweiundzwanzig Jahren. Ich saß zwischen Anni und meinem Vater, wir waren auf dem Weg in den Sommerurlaub. Ich freute mich auf den Hotelpool und wollte den ganzen Sommer über abwechselnd im Meer und im Pool baden, Eis essen, bis ich Bauchschmerzen bekam und mit Anni am Strand spielen. Der Flug begann entspannt und ich war begeistert über das Treiben an Bord. Eine nette Stewardess schenkte uns eine Tüte Weingummi, die wir sofort öffneten. Es hätte nicht aufregender sein können. Bis sich ein Luftloch nach dem anderen in unseren Weg stellte. Der riesige Flieger hüpfte immer wieder in die Tiefen, wackelte und fühlte sich gar nicht mehr bequem und sicher an. Ich weinte die gesamte restliche Strecke bis zur Landung und auch der kleine Teddybär der Fluggesellschaft, den ich beim Ausstieg geschenkt bekam, konnte meine Angst nicht lindern. Danach bin ich zwar noch einige weitere Mal in ein Flugzeug gestiegen, hatte mich aber immer mit Beruhigungstropfen entspannt und mit intensiver Meditation auf den Flug vorbereitet. Ad hoc würde ich niemals ein Flugzeug betreten können.

»Na, was sagst du?«, riss mich Rasmus' tiefe Stimme, die sich gar nicht ängstlich anhörte, aus meinen Gedanken.

»Hehe«, lachte ich nervös. »Der Flughafen. Das ist aber eine Überraschung.«

Rasmus griff meine Hand und zog mich langsam hinter sich in den Terminal. »Ich habe dir doch versprochen, dass ich dir zeigen möchte, wann ich mich frei und unbeschwert fühle.«

Nervös schoss mein Blick von links nach rechts und ich versuchte, das Treiben im Terminal zu erfassen. Der erste Flieger würde bald starten. Der Flughafen von Esbjerg war nicht groß, aber ich wusste, dass der ein oder andere Flieger am Tag startete. Anni war im letzten Jahr mit Magnus zu einem Kurztrip nach Aberdeen in Schottland von hier aus geflogen.

Rasmus kam doch nicht auf die Idee, mit mir die gleiche Reise anzutreten? Zwar interessierte mich Schottland und ich war noch nie dort gewesen, aber ich konnte unmöglich in einen Flieger steigen.

Wir gingen an dem Abflugschalter vorbei durch eine Seitentür.

»Hej Rasmus«, begrüßte uns ein Mann, der scheinbar hier

arbeitete. An seiner Uniform war ein kleines Namensschild angebracht, das ihn als C. Johansson auswies.

»Hej Carl, ist alles bereit?«, fragte Rasmus. Also hatte er tatsächlich vor abzuheben.

»Selbstverständlich«, nickte Carl.

Er öffnete uns die Tür und wir gingen einen langen Gang entlang. Ich gab die Hoffnung nicht auf, dass wir abbiegen und das Bistro ansteuern würden. Vielleicht wollte Rasmus mich zum Frühstücken einladen und dabei auf die Landebahn schauen. Man konnte sich schließlich auch frei fühlen, wenn man den Fliegern bei Start und Landung zuschaute, oder nicht?

Doch der letzte Funke Hoffnung erlosch wie eine flackernde Kerze, die plötzlich ausgepustet wurde.

Rasmus ließ meine Hand nicht los. In seinem Gesicht war die Vorfreude auf das, was kommen würde, sichtbar. Seine Züge wirkten entspannt und zugleich aufgeregt. Sein Kiefer, den er sonst fest zusammenbiss, wann immer er grübelte oder etwas verarbeitete, war vollkommen entspannt. Auf dem Rollfeld stand bereits ein Flieger, der auf seinen Abflug wartete. Ob er in den einsteigen wollte?

»Was hast du denn vor?«, fragte ich, doch meine Stimme brach und glich einem Piepen.

»Wart's ab. Du wirst Augen machen.« Da war ich mir sicher. Panische Augen würde ich machen.

»Hmm.«

Wir ließen die Passagierflugzeuge zu unserer Rechten und gingen ans entgegengesetzte Ende des Geländes, auf dem ein Hubschrauber thronte. Wie eine überdimensionale Krähe ragte das schwarz glänzende Ungetüm vor uns auf. Als wir uns ihm näherten, schritt ein blonder, kräftiger Mann gerade durch ein großes Rolltor und hielt auf uns zu.

»Hej Rasmus, da seid ihr ja.« Scheinbar kannte Rasmus jeden Mitarbeiter dieses Geländes. Das verhieß nichts Gutes.

»Godmorgen Aage.« Erneutes Händeschütteln und ein

unsicheres Lächeln meinerseits. Aage klopfte Rasmus freundschaftlich auf die Schulter, die beiden sprachen noch kurz miteinander, ich hörte aber gar nicht mehr zu, sondern musterte den Hubschrauber vor mir. Wie ein wachsamer Adler stand er vor mir. Als würden die Rotorblätter mich zum Narren halten, ragten sie zu den Seiten hinaus. Meine Beine zitterten leicht und am liebsten hätte ich mich umgedreht und wäre so schnell wie möglich zurückgerannt.

Aage verschwand wieder in der großen Halle und Rasmus drehte sich zu mir.

»Du siehst nicht so aus, als würdest du gleich vor Freude explodieren.« Sanft strich er mir über die Wange.

»Ähm, leider nein«, gab ich zu. Ich wollte Rasmus nicht kränken, aber ich musste ihm die Wahrheit sagen.

»Bist du schon mal mit einem Hubschrauber geflogen?«

Ich schüttelte den Kopf. »Nur mit Flugzeugen und das war nicht immer schön.« Ich holte tief Luft. »Es gibt nur eine Sache, vor der ich Angst habe und das ist Fliegen.« So, jetzt war es raus und wir konnten ins Bistro verschwinden.

»Ein Hubschrauber ist etwas ganz anderes als ein Passagierflugzeug, mit dem du geflogen bist.« Rasmus strahlte bei der Erwähnung des Helikopters. »Soll ich ihn dir einfach mal zeigen und du schaust ihn dir von innen an?«, fragte er vorsichtig.

So schnell würde garantiert kein Pilot hinter der nächsten Ecke hervorspringen und abheben wollen, also würde gegen Anschauen nichts einzuwenden sein.

»Ok«, quiekte ich.

Wir gingen um den Hubschrauber herum, Rasmus erklärte mir so viele Einzelheiten, dass sie gar nicht alle Platz in meinem Kopf fanden. In seinem befanden sich erstaunlich viele Informationen, anscheinend war er schon ein paar Mal geflogen, dass er sich so auskannte.

»Und jetzt von innen. Setzt dich einfach mal hin.«

Mit Bedacht rutschte ich auf einen den rechten vorderen Sitze.

Fünf Personen hatten in dem Hubschrauber Platz. Der weiche Ledersitz war bequem und erinnerte mich nicht an die Flugzeugsitze, sondern eher an einen Sessel. Durch die Glasfront hatte man einen Rundumblick und ich konnte mir vorstellen, dass man dadurch einen fantastischen Blick haben würde.

Rasmus setzte sich neben mich auf den Pilotenplatz.

»Schau, es ist ganz einfach. Hier sind die Pedale«, begann Rasmus mir zu erklären. »Mit den Pedalen kann ich den Hubschrauber drehen. Das hier«, er zeigte auf die Joysticks in der Mitte, »sind die Steuerknüppel. Sie werden Cyclics genannt. Mit denen lenke ich den Hubschrauber vor, zurück und zu den Seiten. Und dann gibt es noch das Collective«, wies er auf ein weiteres Teil zwischen uns. »Damit kann der Hubschrauber nach oben steigen und wieder sinken. Eigentlich ganz einfach, oder?«

»Wow, du weißt aber eine Menge«, war ich erstaunt über Rasmus' Fachwissen. Er musste wirklich gerne fliegen. »Für mich klingt es ziemlich kompliziert.«

»Start und Landung sind nicht ganz einfach, das stimmt. Aber wenn das Baby erstmal in der Luft ist, ist es ein Kinderspiel.« So hatte ich ihn noch nie reden hören. Die Freude wollte gar nicht mehr aus seinem Gesicht weichen.

»Du brauchst keine Angst zu haben, das verspreche ich dir. Wenn du einmal mit dem Hubschrauber geflogen bist, willst du nie wieder etwas anderes machen«, schwärmte er. »Dieses Modell ist ein EC120, auch Kolibri genannt.«

»Kolibri?« Mein Herz hüpfte und machte einen Salto. Ich blickte tief in Rasmus' Augen, die in diesem Moment wieder smaragdgrün wirkten.

»Weißt du, wie man den Kolibri nennt?«, wollte ich von ihm wissen.

»Nein, leider nicht mein Themengebiet.« Entschuldigend legte er die Hände auf seinen Schoß.

»Fliegende Edelsteine, so werden sie genannt.«

»Das klingt nett.« Nett? Ich war begeistert von diesem

Zusammenhang. Es konnte doch kein Zufall sein, dass mich Rasmus' Augen immer an Edelsteine, mal an Smaragde, dann wieder an den Peridot, wenn sie einen helleren Schimmer annahmen, erinnerten und auch der Eisvogel als fliegender Edelstein betitelt wurde. Es gab Zufälle, aber in dieser Fülle waren sie ein Zeichen. Ich wusste, dass meine spirituelle Ader besonders bei Magnus auf Unverständnis stieß, aber ich konnte einfach spüren, wenn sich etwas Besonderes auftat.

»Es ist ein Zeichen«, verkündete ich und der Angst, die zwar immer noch in jedem Winkel meines Körpers saß, stand plötzlich etwas gegenüber: Zuversicht, Mut und die Liebe zu dem Mann, der neben mir in diesem Cockpit saß.

Für eine intensive Mediation war keine Zeit, aber ich versuchte, einige tiefe Atemzüge zu nehmen, schloss meine Augen, um mit jeder Ausatmung meine Angst aus- und mit der Einatmung Mut einzusaugen.

»Ok«, öffnete ich meine Augen und schaute zu Rasmus herüber, der mich still musterte. »Du kannst den Piloten holen, ich bin soweit.«

Sein tiefes, leises Lachen erfüllte das Cockpit. »Der Pilot ist schon da.« Er griff über mich und reichte mir ein Headset.

»Nicht dein Ernst.«

»Doch.« Jetzt strahlte er über das ganze Gesicht. »Überraschung. Ich habe seit einigen Jahren einen Pilotenschein. Manchmal helfe ich Aage aus und mache Transportflüge oder Rundflüge für ihn. Am liebsten bin ich aber alleine unterwegs und genieße die Stille.«

»Du erstaunst mich immer wieder. Es gibt so vieles, was ich nicht wusste«, sagte ich erstaunt.

»Dann bekommst du jetzt einen weiteren Einblick in mein Leben.«

Ich setzte mir das Headset auf die Ohren. Sofort wurden die Außengeräusche gedämpft und ich vernahm Rasmus Stimme durch die Kopfhörer. Er positionierte sein Mikrofon passend vor seinem Mund und gab in englischer Sprache einen Funkspruch ab. Das meiste verstand ich nicht, es musste wohl Flugsprache sein, nur, dass zwei Personen an Bord waren, kam bei mir an. Konzentriert drückte er verschiedene Knöpfe vorne im Cockpit.

»Das sieht kompliziert aus«, platzte es aus mir heraus. Ich war beeindruckt, wie leicht und schnell Rasmus' Finger über die Tasten schwebten.

»So schwierig ist es gar nicht. Man muss es nur können«, grinste er. »Schau, ich habe jetzt die Treibstoffpumpe und das Hilfstriebwerk angeschaltet, und starte das Haupttriebwerk, damit wir abheben können.«

Gebannt verfolgte ich jede seiner Bewegungen. Mit lautem Getöse begannen die großen Rotorblätter über uns, sich zu drehen. Der Hubschrauber vibrierte, als die Maschine startete. Rasmus drehte sich zu mir und zupfte an meinem Sicherheitsgurt herum.

»Ok, der ist fest«, stellte er zufrieden fest. Dann umschloss er meine Hände, die mittlerweile eiskalt waren und zitterten. »Ich verspreche dir, dass ich dich heile wieder nach unten bringe.«

Wortlos nickte ich. Noch waren wir nicht einmal heile abgehoben.

»Bereit?«, fragte Rasmus.

Nein, war ich nicht und würde ich auch so schnell nicht sein. Aber ich wusste mit unverrückbarer Sicherheit, dass das, was Rasmus gesagt hatte, stimmte. Er würde mich heile wieder nach unten bringen. Ich war mir sicher, dass alles gut werden würde. Ich musste nur meinen Mut zusammennehmen. Notfalls könnte ich den gesamten Flug über die Augen schließen und eine Meditationsrunde nach der nächsten durchführen.

»Ja«, hauchte ich also ganz leise und zaghaft.

»Dann wollen wir mal.«

Ich krallte mich mit den Händen an meinem ledernen Sitz fest, schloss das rechte Auge und schielte nur mit dem linken zu Rasmus herüber. Er zog den Hebel, den er mir eben erklärt hatte und an dessen Namen ich mich schon längst nicht mehr erinnern konnte, langsam und mit Bedacht nach oben.

Zentimeter für Zentimeter entfernten wir uns vom Boden und verließen das sichere Terrain. Ängstlich kniff ich die Augen zusammen und wartete. Worauf ich wartete, wusste ich eigentlich gar nicht, vielleicht auf einen Ruck im Hubschrauber oder das bekannte *Pling* aus den Flugzeugen, das besagte, dass die Anschnallgurte gelöst werden durften. Weder folgte die Durchsage einer Stewardess, noch ruckelte es übermäßig.

»Du kannst deine Augen jetzt wieder öffnen«, Rasmus strich vorsichtig über mein Knie. Musste er nicht seine Hände am Steuer lassen?

Vorsichtig öffnete ich erst das eine, dann das andere Auge und erwartete das Schlimmste, aber es kam … nichts dergleichen.

Durch die gläserne Front sah ich die Start- und Landebahn des Flughafens unter uns, die langen Felder, die sich wie kleine Flicken darum verteilten und zu meiner Linken das Meer, das sich wie ein unendliches Blau vor uns ausbreitete.

»Das ist ja ...«, stotterte ich. »Ich weiß gar nicht, was ich sagen soll … es ist ....« Ich hatte keine Worte für das, was sich vor mir auftat. Wir schwebten über Esbjerg Richtung Norden und ich fühlte mich wie eine der Möwen, die ihre Kreise drehte. Die Sonne glitzerte auf dem Meer und von hier oben wirkte es, als würde ich auf unzählige Diamanten auf blauem Grund schauen.

Langsam löste ich meine verkrampften Hände vom Sitz und sackte entspannt zurück. Alle Anspannung war verflogen, als hätte ich sie am Boden der Startbahn gelassen.

Wie konnte etwas, vor dem ich so große Angst hatte, so unbeschreiblich sein?

»Ist es nicht der Wahnsinn?«, hörte ich Rasmus durch meine Kopfhörer lachen.

»Und ob, ich kann es noch gar nicht glauben. Ich fühle mich total leicht und ...«

»Frei und lebendig?«, half er mir.

»Ja, frei und lebendig.« Ich konnte mich nicht sattsehen an der Schönheit der Natur, die aus dieser Perspektive so viel atemberaubender wirkte. Die Stadt unter uns wirkte wie eine Spielzeugwelt, mit der ich als Kind gespielt hatte.

»Gleich siehst du dein Haus«, erklärte Rasmus. »Wir fliegen über Tideborg Richtung Norden und wenden über Løkken, leider wird es später noch Starkregen geben, bis dahin möchte ich, dass wir zurück sind.«

»Kann man bei Regen nicht mehr fliegen?«

»Doch, das schon, aber ich möchte deine Nerven nicht überstrapazieren. Bei starkem Niederschlag kann es schon ab und zu ruckelig werden. Ich kann das Baby hier trotzdem sicher nach Hause fliegen, aber deinen ersten Flug sollst du mit strahlendem Sonnenschein in Erinnerung behalten.«

Das wäre wohl besser, obwohl ich gerade gar nicht mehr verstand, warum ich solche Angst gehabt hatte. Das Gefühl, im Hubschrauber zu schweben, war etwas vollkommen anderes als in einem riesigen Flugzeug zu fliegen. Das hier fühlte sich leicht an. Ich konnte alles unter mir erkennen und war nicht über den Wolken in einer völlig anderen Welt.

»Fliegen wir eigentlich noch höher?«

»Was meinst du?«, fragte Rasmus.

»Na, durch die Wolken.«

»Achso, nein«, schüttelte er den Kopf. »Mit einem Hubschrauber darf man die Wolken nicht durchbrechen. Wir fliegen nach sogenannten Sichtflugregeln, das heißt, dass wir im sichtbaren Bereich fliegen. Ein Hubschrauber ist nicht zu vergleichen mit einer Boeing.«

»Das merke ich gerade«, seufzte ich.

»Hast du noch Bauchschmerzen?«

»Ja, aber nicht vor Angst, sondern weil ich so aufgregt bin.« Das stimmte, mein Bauch vollführte immer wieder kleine Purzelbäume, weil ich mein Glück, genau hier zu sein, noch gar nicht fassen konnte.

»Jetzt schau nach unten. Ich fliege extra am Strand entlang. Siehst du dein Haus?«

Gespannt suchte ich den Boden ab und tatsächlich, links der Dünen, direkt am Strand erkannte ich erst Annis und Magnus' Heim, dann das Haus der Poulsens und schließlich mein kleines Strandhaus. Die Holztreppe, die von der Terrasse zum Strand hinabführte, wirkte wie ein kleiner brauner Steg und sah von hier oben ganz winzig aus.

»Wow, es sieht so klein und doch so schön aus.«

»Jedes Mal, wenn ich es aus der Luft betrachte, stelle ich mir vor, was du gerade machst.«

»Wie, hast du es schon öfter aus dem Hubschrauber betrachtet?«, fragte ich verdutzt.

»Ja, ab und zu«, gab er zu. »So hatte ich in den vergangenen Jahren das Gefühl, dir nahe zu sein, ohne dass ich es tatsächlich war. Dein Haus am Strand – das bist du. Es mag für andere nur ein kleines Häuschen mit Strandzugang sein, für dich ist es dein Heim, deine Welt und für mich der Ort, zu dem ich mich immer hingezogen gefühlt habe.«

Wenn ich es nicht schon in den vergangenen Wochen immer wieder hatte aufblitzen sehen, war ich mir jetzt sicher: Hinter Rasmus' verschlossener Fassade steckte so viel mehr als er nach Außen preisgab.

»Danke.« Ich schluckte die aufkommenden Tränen hinunter und schaute ihn von der Seite an, sein markantes, konzentriertes Gesicht wirkte fest entschlossen.

»Auf dem Rückweg fliegst du«, verkündete er plötzlich.

»Bitte was?«, japste ich.

»Du fliegst.«

»Das kann ich nicht. Außer in Fettnäpfchen fliege ich in gar nichts.«

Rasmus lachte. »Wenn du deinen Humor wiedergefunden hast, kannst du auch den Heli fliegen, ich helfe dir.«

Der Strand unter uns wurde länger und breiter, je weiter wir

Richtung Norden flogen. Die Dünen zogen sich hügelig durch die Landschaft und wurden mächtiger, bis sie in Løkken zu einer Steilküste aufragten.

»Da ist die Rubjerg Knude.« Rasmus wies mit der Hand nach unten. Tatsächlich, jetzt erkannte ich den kleinen Leuchtturm.

»Erstaunlich, wie winzig er aussieht, oder?«

»Oh ja«, musste ich Rasmus zustimmen. »Und wie mächtig die Natur ist.«

»Die Düne wandert unaufhörlich weiter und stört sich nicht an dem Leuchtturm. Sie setzt ihren Weg eisern fort.«

Der Hubschrauber neigte sich zur Seite und plötzlich war nichts unter uns als die weite Nordsee.

»Jetzt bist du dran«, forderte Rasmus mich auf.

»Wenn wir abstürzen, landen wir wenigstens im Wasser«, antwortete ich zynisch.

»Abgesehen davon, dass wir dann auch nicht die besten Chancen hätten, stürzen wir nicht ab.«

»Nein, bitte nicht.«

»In Ordnung. Vor dir ist der Steuerknüppel, der Cyclic.« Stimmt, so hieß das Teil.

»Ok, sehe ich.«

»Das ist schon mal gut«, lachte Rasmus. Wenigstens einer hatte hier seinen Spaß.

»Du hältst ihn gleich fest und übernimmst den Flug. Die Pedals und das Collective steuer ich weiter. Du kannst mit dem Cyclic lenken. Wenn du lieber über den Häusern fliegen willst, geht es nach links, zurück aufs Meer nach rechts. Eigentlich ganz einfach.«

Wenn man tausend Flugstunden hatte, war das bestimmt äußerst einfach.

»Und wenn mir jemand entgegenkommt? Es gibt doch bestimmt noch mehr Hubschrauber«, fragte ich leicht panisch. Die Aufregung stieg mit jeder Sekunde.

»So viel ist hier nicht los. Aber ich habe alle Instrumente im Blick und passe auf, dass wir nicht kollidieren. Wir werden noch nicht einmal einem Vogel zu nahe kommen, versprochen.«

Das hörte sich beruhigend an.

»Also gut, lass uns das Baby nach Hause fliegen«, ahmte ich Rasmus nach.

»Richtige Einstellung«, amüsierte er sich.

Behutsam legte ich meine Hände um das Steuer und schaute in Rasmus' Richtung.

»In Ordnung«, nickte er. »Du bist dran.« Er nahm seine Hände von dem Cyclic, drückte einen Knopf und ich spürte eine leichte Bewegung zwischen den Fingern.

»Du kannst jetzt ganz sachte nach links lenken, wenn du magst. Dann fliegen wir wieder über dem Festland.«

Ganz behutsam schwenkte ich den Steuerknüppel nach links und sofort tat der Hubschrauber, was ich von ihm wollte.

»Das funktioniert ja wirklich ganz leicht, ich muss gar nicht stark drücken.« Ich war fasziniert davon, wie fein die Steuerung war. Das Ungetüm reagierte sofort und flog in die Richtung, die ich ihm auftrug.

»Mit Kraft fliegt man keinen Heli, es ist ein sensibles Gefährt. Man muss feinfühlig sein, nur so klappt es.«

Angestrengt blickte ich immer wieder nach unten und auf den Steuerknüppel zwischen meinen Händen zurück. Ich hatte Angst, etwas falsch zu machen oder nur eine Winzigkeit zu übersehen.

»Soll ich wieder übernehmen?«, fragte Rasmus nach einigen Minuten.

»Ja, bitte. Das ist wirklich anstrengend.«

»Das stimmt«, er schaltete das Steuer wieder um und ich konnte meine Hände entspannt auf meinen Oberschenkeln ablegen.

»Das hast du toll gemacht. Ich wusste, dass du es kannst. Das war dein erster eigener Heliflug«, verkündete er stolz.

Und er hatte recht, ich war tatsächlich alleine geflogen, zumindest hatte ich für einen kurzen Augenblick Anteil daran, dass wir nicht abgestürzt, sondern entspannt in der Luft geschwebt waren.

»Ist das zu glauben?«, quietschte ich.

»Ein tolles Gefühl, oder?«

»Unbeschreiblich. Da fehlen selbst mir die Worte«, gab ich zu.

»Und das kommt selten vor.«

»Hey«, klappste ich Rasmus gegen die Schulter und erschrak in der nächsten Sekunde sofort. »Oh nein, entschuldige. Nicht, dass wir abstürzen, weil ich dich angeruckelt habe.«

Schallendes Gelächter drang zu mir herüber, für das ich noch nicht einmal meine Kopfhörer gebraucht hätte. »So schnell stürzen wir nicht ab.«

Rasmus schaute auf die Monitore des Cockpits und auf das Meer heraus.

»Aber wir sollten zusehen, dass wir zurück zum Flughafen kommen, es dauert nicht mehr lange, bis der Regen einsetzt.«

Über uns zogen immer noch weiße, wenn auch sehr dicke Wolken vorüber. Über dem Meer bildete sich jedoch bereits eine dunkle Front, die schnell auf das Landesinnere zuzog. Gerade am Meer änderte sich das Wetter schneller als im Inneren. Wir hatten nicht selten das ein oder andere Unwetter abgekommen, das sich zwar meistens schnell verzog, aber vorher seine Kraft über Tideborg entfaltet hatte.

Gekonnt lenkte Rasmus den Helikopter einige hundert Meter in das Landesinnere und erhöhte das Tempo.

Immer wieder schnellte sein Blick zwischen den Monitoren und den dunklen Wolken hin und her.

»Kein Problem, das schaffen wir«, durchbrach er die Stille.

Die Temperatur meiner Hände sank mit jedem Meter, den sich die Unwetterfront uns näherte. Für gewöhnlich hatte ich nichts gegen Regen oder Gewitter auszusetzen, eigentlich fand ich es sogar äußerst gemütlich, aus meinen Atelierfenstern dem Treiben am Himmel zuzuschauen, nur befand ich mich dabei lieber auf dem Boden.

»Die Wolken ziehen heute ungewöhnlich schnell. Bis zum Mittag wird alles schon längst vorüber sein«, sagte Rasmus. Nur dass es bis zum Mittag noch drei Stunden waren und der Regen noch nicht einmal eingesetzt hatte.

»Da hinten ist der Flughafen«, zeigte er.

Ich hatte vor lauter Aufregung gar nicht bemerkt, dass wir bereits über Tideborg geflogen waren. Zu gerne hätte ich mein Haus ein zweites Mal aus der Luft betrachtet.

Falls Rasmus ebenso nervös war wie ich, hatte er großes Talent, es zu verbergen. Ich betrachtete sein Profil. Er wirkte konzentriert, aber nicht ängstlich. Mit ruhigen Bewegungen drückte er verschiedene Knöpfe und legte Schalter um. Dann sendete er einen Funkspruch ab.

Langsam flogen wir über den Flughafen von Esbjerg und hatten unser Ziel fast erreicht. Die Start- und Landebahn lag ruhig vor uns. Wahrscheinlich war der erste Flieger bereits gestartet.

Gerade, als wir über dem Hubschrauberlandeplatz schwebten, klopften die ersten Regentropfen gegen unsere Scheibe und ich zuckte erschrocken zusammen.

»Alles ist gut«, beruhigt Rasmus mich. »Ich lande jetzt.« Meter für Meter näherten wir uns dem Boden. Je tiefer wir flogen, desto stärker bog sich das Gras am Rand des Landeplatzes durch den Luftstrom, den wir verursachten.

Mit einem leichten Ruck setzten die Kufen des Hubschraubers auf dem betonenen Boden auf.

»Da wären wir.« Rasmus grinste mich an und nahm mein Headset von meinem Kopf.

Mein Herz klopfte wie wild und lieferte sich ein Duell mit dem Regen, der immer stärker auf den Helikopter niederschlug. Jetzt erst realisierte ich, was ich in der vergangenen Stunde erlebt hatte.

»Oh mein Gott.« Ich schlug die Hände vors Gesicht, lachte und weinte gleichzeitig. Ich spürte einen Ruck an meinem Bauch und sah, dass Rasmus meinen Gurt gelöst hatte.

»Bereit?«, fragte er mich.

Immer noch in einer Mischung aus Weinen und Lachen nickte ich. Rasmus hängte sein Headset über sich, öffnete seine Tür und rannte durch den Regen um den Hubschrauber herum.

Pitschnass öffnete er mir meine Tür. Meine Hand zitterte, als ich sie in seine legte. Mit wackeligen Beinen rutschte ich von meinem Sitz herunter.

Binnen weniger Sekunden war auch ich vollkommen durchnässt. Mein Hemd klebte durchtränkt an meinem Körper und meine nassen Haare klatschten durch den Wind in mein Gesicht.

Rasmus zog mich an der Hand hinter sich her und hatte es eilig, ins Trockene zu gelangen. Der Regen schlug auf den Boden und hinterließ in Windeseile Pfützen an den Stellen, an denen der Boden uneben war.

Auf dem Weg zum großen Rolltor blieb ich abrupt stehen, unsere Hände rissen auseinander und Rasmus stolperte ein paar Schritte vorwärts.

»Rasmus, du bist der verrückteste und besonderste Mann, dem ich je begegnet bin«, rief ich ihm durch den Regen zu.

Er kam zurück zu mir und stand nun so nah vor mir, dass ich die Regentropfen an seinen Schläfen hinabrinnen sehen konnte.

»Ich liebe dich, Rasmus Kirkegård. Ich liebe dich so sehr.«

Bei jedem einzelnen Wort hüpfte mein Herz zur Bestätigung. Ja, so war es. Ich liebte ihn, daran bestand kein Zweifel. Ich liebte seine ruhige, verschlossene Art, ich liebte, wie er mit seinem Opa sprach und sich um ihn kümmerte, ich liebte die Art, wie er mich ansah, mich beschützen wollte. Am allermeisten liebte ich ihn, weil er mich so nahm, wie ich war.

Rasmus' Miene versteifte sich. Statt einer Erwiderung sagte er nichts, rein gar nichts. Mittlerweile waren meine Sneaker durchtränkt, aber das alles war mir egal.

»Warum sagst du denn nichts?«, fragte ich vorsichtig und griff seine Hand.

»Wir haben keinen Schirm dabei«, ruckartig, als hätte er sich an einer heißen Herdplatte verbrannt, zog Rasmus seine Hand zurück.

»Es tut mir leid, Stine«, stammelte er, drehte sich um und rannte davon.

»Wenn es Liebe regnet, braucht man keinen Schirm«, rief ich so laut, dass ich mir sicher war, er würde es durch den Regen hören. Kurz bevor Rasmus im Hangar verschwand, blieb er stehen und drehte sich zu mir um. Für einen kurzen Augenblick hoffte ich, er würde zurück zu mir kommen. Aber er drehte sich um und verschwand in der dunklen Halle.

Rasmus Kirkegård, ich war heute mutig genug, meine Angst zu überwinden. Wann bist du bereit, deine hinter dir zu lassen?

KAPITEL 16

»Es tut mir so leid, dass ich alles nassgemacht habe.« Zum gefühlt hundertsten Mal entschuldigte ich mich bei dem Taxifahrer, der mich vom Flughafen nach Hause gebracht hatte.

Vor dem Terminal hatte Rasmus' Motorrad zwar an der Stelle gestanden, an der wir abgestiegen waren, aber ich wollte nicht auf ihn warten. Rasmus brauchte anscheinend Zeit und ich wollte sie mir ebenso nehmen.

»Mach dir keine Gedanken. Ich hoffe, du erkältest dich nicht, das wäre viel schlimmer als nasse Sitze«, winkte mein Fahrer locker ab.

Ich drückte ihm ein paar Scheine in die Hand und stieg aus. Wie Rasmus vorhergesagt hatte, war der Regenschauer kurz und heftig über uns herübergezogen. Die dunklen Wolken waren nur noch in der Ferne zu sehen und über dem Meer lachte die Sonne bereits hinter einigen flauschigen Wolken hervor.

Nach einer kurzen Dusche und in frischen Klamotten nahm ich mein Mittagessen und meinen Kaffee mit nach oben ins Atelier. Wenn es einen Ort gab, an dem ich jetzt sein wollte, dann an diesem. Auf dem Fensterbrett sitzend, pikste ich Gurke und Tomate abwechselnd auf und schaute gedankenversunken auf das Meer hinaus. So schnell konnte sich alles ändern. Das Meer lag wieder friedlich und entspannt vor mir, der Himmel hatte seine Farbe innerhalb kürzester Zeit von Tiefgrau zu Blau geändert und mein kurz andauerndes Hochgefühl war innerhalb von Sekunden zerschmettert worden.

Seufzend stellte ich meinen Teller auf die Chaiselounge, schlürfte meinen Kaffee und begann, mit der freien Hand Farbe auf eine Leinwand aufzutragen. Ich hatte keinen genauen Plan, was ich malen wollte, sondern ließ mich von meinen Gefühlen leiten. Immer wieder tupfte der Pinsel in schwarze und blaue Farbe, bis die Leinwand dem Himmel glich, den ich wenige Stunden zuvor gesehen hatte.

Mein Handy klingelte und erschrocken ließ ich den Pinsel fallen. Hatte Rasmus also doch nicht vergessen, dass meine Nummer in seinem Telefon gespeichert war?

Doch ein Blick auf das Display verriet anderes.

»Hej Anni«, begrüßte ich meine Schwester und schaffte es nicht, meine schlechte Laune zu unterdrücken.

»Hej, ist alles ok bei dir?«, fragte sie sofort besorgt.

»Wie man es nimmt.«

»Wie man was nimmt?«, hakte sie nach.

»Was würdest du sagen, wenn du erst den schönsten Ausflug deines Lebens hattest, dem Kerl dann deine Liebe gestehst, er sich erschrocken umdreht und er dich im Regen stehen lässt. Und das nicht nur im übertragenen Sinne. Ich war wirklich nass.«

»Autsch«, seufzte Anni. »Das klingt … irgendwie ...«

»Nach ganz großem Mist? Verfluchte Sch...., ach was solls. Ich sag es lieber nicht.«

»Was ist denn genau passiert? Ich verstehe es nicht so ganz.«

Und dann schilderte ich meiner Schwester in aller Genauigkeit, wie mein Morgen mit Rasmus als Traum begonnen und als Albtraum geendet hatte.

Am anderen Ende der Leitung konnte ich Anni atmen hören. »Hmm, vielleicht hatte er einfach Angst und hat es nicht so gemeint?«, fragte sie vorsichtig.

»Ich habe auch Angst, aber ich stelle mich ihr«, begann ich. »Ich weiß, dass du niemals etwas Schlechtes über Rasmus sagen würdest. Du würdest sogar etwas Gutes daran entdecken, wenn du in einen Hundehaufen trittst.«

»Naja, in Finas Kot kann ich immer sehen, was sie gefressen hat und ob ihr Magen- und Darmtrakt in Ordnung ist.«

»Schweig, Schwester. Ich wollte keine ehrliche Antwort von dir hören«, gab ich grantig von mir. Anni hingegen kicherte und fand wahrscheinlich viel Gefallen an ihren Gedanken.

»Ich bin einfach nur enttäuscht und wütend. Ich weiß, dass es für Rasmus nicht leicht ist, sich zu öffnen. Aber ich dachte, wir hätten eine Verbindung zueinander. Und wenn ich ihn überrumpelt habe, dann kann er es doch sagen. Warum muss er direkt den Schwanz einziehen und abhauen?« Die Wut, die in den letzten Stunden unter der Oberfläche gebrodelt hatte, preschte wie ein Geysir nach oben. Am liebsten wäre ich ohne Umwege zu Rasmus gefahren und hätte ihm all meine Wut an den Kopf geschmissen.

»Weil er nicht so mutig ist wie du, Stine«, sagte Anni leise. »Weil die wenigsten Menschen so viel Mumm haben wie du. Weil du mehr wagst und dich mehr traust als die meisten anderen.«

»Oh.« Mehr fiel mir auf Annis Worte nicht ein. Ja, wahrscheinlich hatte sie recht. Ich dachte in vielen Dingen nicht nach und ging einfach drauf los.

»Und was soll ich jetzt tun? Am liebsten würde ich ihn anschreien und jeden einzelnen Busch, den ich gepflanzt habe, wieder rausreißen. Soll er doch in seinem grünen Tümpel versauern.«

»Ach Stine«, lachte Anni. »Erstens wäre es doch schade um den schönen Garten. Die Fotos, die du mir gezeigt hast, sind nämlich atemberaubend. Und zweitens: Willst du das wirklich? Würde es dir so viel bringen, Rasmus nochmal eins reinzuwürgen? Wenn es dir hilft, mach es. Ich fahre dich auch gerne. Aber wenn du den kleinsten Zweifel hast, dass es die ideale Lösung ist, dann lass es.«

»Warum nur bist du so vernünftig?«, fragte ich zerknirscht.
»Weil ich deine große Schwester bin.«
»Danke, Anni. Ich hab dich lieb.«
»Ich dich auch, Stine.«
»Wie läuft es eigentlich bei euch?«
»Sehr gut. Bis gerade eben habe ich gearbeitet, jetzt schauen wir uns die Gegend an, trinken Kaffee und essen eine *kanelsnegle* nach der anderen.«
»Das klingt toll. Wann seid ihr wieder hier?«
»Ich denke, in zwei Tagen. Ich komme gut voran.«
»Meldest du dich, wenn ihr zurück seid?«
»Mache ich. Und du lässt bis dahin Rasmus' Garten heile, versprochen?«
»Versprochen«, lachte ich. Bevor ich noch etwas hinterherschieben konnte, hatte Anni schon aufgelegt. Ich war froh darüber, dass meine Schwester ganz anders als ich war. Hätte ich nicht mit Anni gesprochen, wäre die Wahrscheinlichkeit hoch gewesen, doch den ein oder anderen Strauch wieder aus der Erde zu reißen.
Das Handy in meiner Hand piepste. Eine neue Whatsapp war eingetrudelt – von Rasmus.

Rasmus:
Hej Stine! In einer Stunde fahre ich zum Dienst. Wenn du möchtest, kannst du Mads Gesellschaft leisten. Morgen früh fahre ich ihn zurück nach Kopenhagen. Rasmus

»Pfff.« Schnaufend warf ich das Handy auf die Chaiselounge, von der es mit einem Knall herunterrutschte. Kein *es tut mir leid, können wir reden.* Nicht mal ein freundliches Wort. Als hätte es unseren Ausflug nie gegeben. Was bildete er sich ein? Mich behandeln zu können wie er wollte? Meine Finger kribbelten und gedanklich konnte ich bereits den ersten Ginsterbusch zwischen meinen Händen spüren.

Vorsichtig hob ich mein Handy vom Boden auf. Da ich Mads unbedingt vor seiner Abreise sehen wollte, konnte ich nicht einfach tatenlos zu Hause sitzen.

Stine:
Sag Mads, dass ich in einer Stunde bei ihm bin!

Die Wut brodelte in meinem Bauch. Ich ging runter ins Wohnzimmer und ließ mich auf mein Sofa plumpsen. Jedes weitere Bild, das ich anfangen würde, wäre am Ende doch nur schwarz geworden, so zornig wie ich war. Also zappte ich mich durch das Fernsehprogramm und blieb an einer Reportage hängen. »Heute betrachten wir Sylt aus der Vogelperspektive. Wir sind verabredet mit dem Hubschrauberpiloten Hainer Jansen, der uns über die Insel fliegen wird«, strahlte die blonde Reporterin in die Kamera. Im Ernst? Euren Helikopter könnt ihr euch sparen.

Ich schaltete den Fernseher aus und warf die Fernbedienung neben mich. Dann also kein Fernsehen. Noch fünfzig Minuten, eher würde ich nicht bei Mads auftauchen. Ich wollte ganz sicher gehen, dass Rasmus bereits auf dem Weg zur Arbeit war. Es war besser, wenn wir uns nicht begegneten, ansonsten konnte ich nicht dafür garantieren, zu halten, was ich Anni versprochen hatte.

Heute war der vorerst letzte Tag, an dem ich Mads sehen würde. Ich würde ihn vermissen, dessen war ich mir sicher. Wir hatten in den vergangenen Wochen viel Spaß miteinander gehabt.

»Oh Mist«, fiel mir siedend heiß ein. Ich hatte gar kein Abschiedsgeschenk für ihn gekauft. Aber ich wusste, dass in meinem Atelier etwas Passendes für ihn dabei war. Schnell rannte ich die steile Treppe zurück nach oben und sah bereits aus dem Augenwinkel, woran ich gedacht hatte. Eine Leinwand, nicht größer als 60x40 Zentimeter, auf der ich den Blick aus meinem Atelierfenster verewigt hatte: Mein geliebter Strandabschnitt bei strahlendem Sonnenschein. Das Bild war ganz bestimmt etwas, worüber sich Mads freuen würde. Ich verpackte es in braunem Packpapier und stellte beim Blick auf die Uhr erleichtert fest, dass nur noch zwanzig Minuten übrig waren. Wenn ich äußerst langsam fuhr und einige Umwege einplante, würde ich Rasmus' Haus erreichen, ohne ihn anzutreffen.

Mit der größtmöglichen Ruhe schlüpfte ich in meine Ballerinas und schob mir einen hellblauen Haarreifen in die Haare. Das Bild für Mads klemmte ich unter meinen Arm und ging hinaus zum Transporter.

Die Luft roch noch ein wenig nach dem vergangenen Regen, auf den Blättern meiner Hagebuttenbüsche lagen die letzten Tropfen, die noch nicht durch die Sonne verdunstet waren.

Ich legte das Bild auf den Beifahrersitz und fuhr gemächlich in Richtung Innenstadt. Erst als das erste Auto hinter mir hupte, und das sollte für dänische Verhältnisse etwas heißen, beschleunigte ich etwas. Vielleicht war es auch ein wenig übertrieben, statt fünfzig mit dreißig km/h zu fahren, aber sicher war sicher, vor allem für Rasmus, dem ich immer noch am liebsten den Kopf abgerissen hätte … oder anderes, was bei Männern auch angebracht sein könnte.

Das Radio dudelte leise im Hintergrund und als ich mich der Abzweigung näherte, kurbelte ich das Fenster herunter, um das Motorradgeräusch zu hören, sollte Rasmus mir entgegenkommen.

Um mich herum blieb jedoch alles still und ich parkte beruhigt im Wendehammer. Mit dem Bild unter dem Arm schlich ich mich an der Zypressenhecke entlang als wäre ich ein Spion. Als ich den Hof betrat, atmete ich erleichtert aus und konnte mich vollends entspannen. Der Stellplatz war leer, die Luft war rein.

Nach kurzem Klopfen tauchte Mads Gesicht hinter der Glasscheibe der Tür auf.

»Stine, schön, dass du da bist.« Er zog mich in eine herzliche Umarmung.

»Hej Mads.« Ich hielt ihm mein Geschenk vor sein Gesicht. »Für dich.«

»Wirklich? Für mich?«

In freudiger Erwartung nickte ich. »Na los, mach es auf.«

Ich folgte Mads ins Wohnzimmer und scannte den Wohnbereich kurz ab.

»Er ist nicht hier.«

»Was meinst du?«, fragte ich betont lässig.

»Rasmus ist im Dienst. Und ich, junge Dame, bin nicht hinters Licht zu führen.« Vergnügt legte er sein Paket auf dem Tisch ab.

»Davon hast du mich bereits mehrfach überzeugt.«

Vorsichtig entfernte Mads das braune Papier. »Donnerwetter! Stine, das hast du gemalt, richtig?«

»Jap, der Strand vor meinem Haus.«

»Großartig. Vielen Dank. Jetzt habe ich immer etwas, was mich an meine schöne Zeit hier erinnert.«

»Genau so sollte es sein.« Ohne etwas daran ändern zu können, füllten sich meine Augen mit Tränen. Die letzten Wochen hatten mir so vieles gelehrt und ich hatte nicht nur Rasmus besser kennengelernt, sondern auch mich.

»Na, na. Nicht weinen.« Mads legte großväterlich seine Hand auf meine und beinahe hatte ich das Gefühl, er wäre auch mein Opa. »Ich werde euch wieder in Tideborg besuchen und ich hoffe, dass du auch mal zu mir nach Kopenhagen kommst.«

»Worauf du dich verlassen kannst«, schniefte ich. »Auch wenn ich hoffe, dass mein alter Transporter nicht auf halber Strecke schlappmacht.«

»Mit dem Motorrad fährt es sich bestimmt ganz gut«, zwinkerte Mads mir zu.

»Ich glaube, es gibt kein Motorrad mehr.« Betrübt suchte ich den Boden nach irgendeinem Fussel ab, der mir eine Antwort geben könnte.

»Komm, wir setzen uns in den Garten.« Schon schob Mads mich durch die Terrassentür nach draußen und ich ließ mich auf den Gartenstuhl zu meiner Rechten fallen.

»Gib ihm etwas Zeit. Rasmus hat so viele Jahre zurückgezogen und verschlossen gelebt. Jetzt zu erkennen, dass er geliebt wird, ist das Eine. Es auch zuzulassen, das Andere.

»Ich bin echt sauer«, platzte es aus mir heraus. »Ich weiß, ich sollte Verständnis für ihn aufbringen und ihm Zeit geben. Aber ich könnte platzen.«

Mads machte es sich auf seinem neuen Lieblingsplatz auf der Gartenliege bequem und verschränkte die Hände auf seinem Bauch. »Was du machst, machst du mit voller Hingabe. Das habe ich schon bemerkt, als du dich um den Garten gekümmert hast … und um mich.«

»Wobei du ziemlich gut alleine zurecht kommst«, erwiderte ich.

»Aber gemeinsam ist es um ein Vielfaches schöner.« Damit hatte er recht. »Du machst keine halben Sachen und wenn du jemanden nur ansatzweise so liebst, wie du deine Arbeit liebst und das, was dich umgibt, dann kann ich mir vorstellen, wie stark deine Gefühle sind.«

»Wow, weise Worte«, lächelte ich zu ihm hinüber.

»Macht das Alter«, winkte Mads ab.

»Dann möchte ich auch schnell alt werden, vielleicht denke ich dann mehr nach und werde zumindest ein bisschen weiser als ich es jetzt bin.«

Mads lachte so laut auf, dass er sich verschluckte und zu keuchen begann. »Du bist etwas ganz besonderes, Stine. Alt wirst du von alleine und leider geht es schneller, als man sich manchmal wünscht. Aber du hast verstanden, was nur die Wenigsten verstehen: zu leben und zu lieben. Auch auf die Gefahr hin, dass du verletzt wirst oder Rückschläge erfährst, öffnest du dich und lässt zu, dass das Leben dich mit sich reißt.«

Wenn er es sagte, klang es plötzlich ganz plausibel und einfach.

»Wir alle können so viel von dir lernen. Auch ich, obwohl ich doch fast ein Greis bin«, lachte er. »Wir vergessen oft die kleinen Dinge im Leben, es geht meistens um das große Ganze, aber die besonderen Momente verlernen wir wahrzunehmen. Diese Gabe haben nur noch die Kinder. Nur du hast sie nicht verlernt und darauf solltest du stolz sein.«

Ich sprang auf und drückte Mads so fest ich nur konnte. »Danke Mads, für alles«, schniefte ich an sein Ohr.

»Und wenn du meinen Enkel so aufrichtig liebst, wie ich denke, dass du es tust, wird sich alles zum Guten wenden.«

»Naja, da bin ich mir noch nicht so sicher«, gab ich zerknirscht zurück. »Aber jetzt lass uns bitte nicht über Rasmus reden, sondern unseren letzten Nachmittag mit etwas anderem verbringen. Worauf hast du Lust?«

»Da muss ich nicht lange nachdenken, ich möchte gerne genau hier mit dir sitzen, Kaffee trinken und zuckerhaltige Lebensmittel essen. Ich kann mir nichts Entspannteres vorstellen, als meinen letzten Nachmittag in Tideborg mit dir ausklingen zu lassen.«

Mein Herz quoll über bei Mads liebevollen Worten. Er erinnerte mich in vielen Punkten an meine Oma. Er strahlte die gleiche warmherzige, besonnene und ruhige Art aus, die sie auch hatte.

»Dann werde ich mal den Kaffee aufsetzen.« Schon ging ich zurück ins Haus und bereitete alles vor, was wir für einen Nachmittag im Grünen brauchten.

KAPITEL 17

»Jetzt heißt es, Vis ses sagen.« Mads führte mich zur Tür.

Es dämmerte bereits und wir hatten einen entspannten Nachmittag miteinander verbracht. Nach Unmengen von Kaffee, *Bolle* mit Marmelade und einigen *Smørrebrød* am Abend war es an der Zeit, sich zu verabschieden. »Aber eine Sache habe ich dir noch gar nicht verraten«, freute sich Mads.

»Was denn?«

»Rasmus hat mir ein Handy gekauft und sogar dieses … wie heißt es … whotos? eingerichtet?«

»Du meinst Whatsapp? Das ist ja prima, dann können wir uns schreiben und auch Fotos schicken.«

»Wenn ich es schaffe, eine Nachricht zu schreiben, dann bestimmt. Aber im Alter sollte man nie auslernen.«

»Richtig so, Mads, soll ich dir meine Nummer in dein Handy speichern?«

»Nein«, winkte er ab. »Das hat Rasmus alles schon erledigt. Hier.« Er nahm ein Smartphone von der Kommode im Flur und hielt es mir vor mein Gesicht. Rasmus hatte keine Kosten gescheut und Mads direkt das neueste Handy gekauft, das auf dem Markt war.

»Da bist du ja besser ausgestattet als ich«, lachte ich.

»Ja, mir hätte auch etwas Älteres gereicht, aber Rasmus wollte, ich zitiere: das Beste und Sicherste.« Typisch Rasmus, immer besorgt um die Menschen, die ihm wichtig waren, wobei das für mich anscheinend seit heute Morgen nicht mehr galt.

»Perfekt«, verscheuchte ich die negativen Gedanken. »Dann kannst du mir ja schreiben, wenn du angekommen bist.«

»Das werde ich sicherlich machen.« Unschlüssig trat Mads von einem Bein auf das andere. »Ich danke dir für die schöne Zeit hier in Tideborg. Du hast mein Herz auf ganz besondere Weise erwärmt. Und hab etwas Geduld, dann wird sich alles fügen.«

Ich nickte beklommen und ließ mich von Mads in eine Umarmung ziehen. »Ich bin froh, dass wir uns kennengelernt haben. Und ich werde dich ganz bald in Kopenhagen besuchen, versprochen.«

»Ich nehme dich beim Wort.«

»Das kannst du«, schniefte ich. »Eine schöne Rückfahrt, Mads. Fahrt ihr gleich noch?«

»Nein, erst morgen früh. Rasmus wäre gerne in der Nacht gefahren, aber ich möchte die Strecke so gerne sehen und nicht nur in die Dunkelheit starren müssen.«

»Das kann ich gut verstehen«, nickte ich und drückte Mads ein letztes Mal an mich.

»Hej hej, Mads«, verabschiedete ich mich mit belegter Stimme.

»Vi ses i København«, winkte er mir nach, bis ich hinter der großen Zypressenhecke verschwunden war und ihn nicht mehr sehen konnte.

Der Abschied von Mads fiel mir schwer, ich hatte ihn in den vergangenen Tagen liebgewonnen. Er erinnerte mich in vielen Punkten an meine Oma und in diesem Augenblick wünschte ich mir, Großeltern zu haben, die ich besuchen könnte oder mit denen ich einfach reden könnte. Es war nicht das Gleiche, wenn ich meine Eltern oder Anni um Rat fragte. Omas und Opas hatten eine ganz andere Sicht auf die Dinge, sie waren in vielerlei Hinsicht entspannter, weil sie vom Leben gelernt hatten. Egal, wie es mit Rasmus und mir weiterging, ich schwor mir, den Kontakt zu Mads nicht abreißen zu lassen. Wenn ich auch Rasmus nicht in meinem Leben halten konnte, wollte ich zumindest Mads nicht verlieren. Und bei ihm war ich mir sicher, dass es ein Leichtes war, auch in Zukunft mit ihm in Verbindung zu bleiben.

Ich hatte selten schlechte Laune. Natürlich gab es Tage, an denen ich nicht direkt morgens vergnügt durch mein Haus sprang, aber in der Regel entspannte ich mich im Laufe des Tages. Der heutige Tag bildete eine Ausnahme. Der Abschied von Mads hatte den kleineren Anteil an meiner Stimmung, ein gewisser Polizist, der mich im Regen hatte stehen lassen, den weitaus bedeutenderen. Mir war gerade nicht danach, alleine in meinem Häuschen zu sitzen und mich durch das Fernsehprogramm zu zappen. Anni und Magnus waren noch auf Geschäftsreise und ich wollte sie nicht mit meinem Anruf stören.

Obwohl unser letztes Treffen ein abruptes Ende genommen hatte, steuerte ich meinen alten Gandalf in die Tideborger Innenstadt und parkte auf dem Hinterhof von Marlies' Wohnung.

Wofür waren beste Freundinnen da, wenn nicht in schlechten Zeiten? Ich war mir sicher, dass Marlies sich über meinen Besuch freuen würde, auch wenn ich mich nicht angekündigt hatte.

Ich stieg die Außentreppe zu ihrer Wohnung hinauf und machte mich durch lautes Klopfen bemerkbar. Von innen vernahm ich Schritte, die sich eilig der Tür näherten, bevor diese schwungvoll aufgerissen wurde.

»Oh«, stockte Marlies und für einen Augenblick schaute sie hektisch an mir vorbei. »Hej Stine.«

»Hej, komme ich ungelegen?«

»Nee, Quatsch. Komm rein.« Ich kam ungelegen, das erkannte ich an ihrem Blick.

»Ich kann auch ein anderes Mal wiederkommen, das ist wohl besser.«

»Nein, nein.« Sie zog mich in ihre Wohnung hinein und schloss die Tür hinter mir.

»Ich hätte vorher Bescheid sagen sollen, sorry.«

»Alles gut, setz dich doch aufs Sofa.« Sie wirkte immer noch unentschlossen und ziemlich nervös.

»Ist alles ok bei dir?«, fragte ich besorgt. So kannte ich sie gar nicht.

»Ja, alles bestens.« Sie setzte sich mir gegenüber auf das Sofa und rutschte unruhig auf dem Stoff herum. Immer wieder schnellte ihr Blick zu der kleinen Uhr auf der Anrichte.

»Hast du noch etwas vor?«, fragte ich. Irgendwas stimmte hier nicht.

»Nein, nein«, schüttelte sie hektisch ihren Kopf.

»Kommt Freddy noch vorbei? Dann verschwinde ich sofort, damit ihr ungestört seid«, feixte ich, doch verfehlte damit mein Ziel.

»Nee«, antwortete sie gedehnt.

»Mensch Marlies, was ist denn los?«, versuchte ich, aus ihrem Verhalten schlau zu werden.

»Gar nichts«, sagte sie schnell.

Das gestaltete sich allerdings äußerst schwierig. Vielleicht würde es die Situation entspannen, wenn ich sie einen kurzen Moment allein ließ.

»Ich hole uns mal ein Glas Wasser.« Ich stand auf und war bereits auf dem Weg in die Küche, als Marlies panisch vom Sofa hochschoss. »Nein, warte. Das kann ich doch machen.«

»Ach was, entspann dich«, antwortete ich lässig und blieb in dem Moment stehen, als ich die Küche betrat. Der runde Tisch war gedeckt. Nicht einfach so, wie man es für ein schnelles Abendbrot machen, sondern so, wie man ihn für ein Rendezvous vorbereitete. Das weiße Porzellan schimmerte im Kerzenschein. Ein Kandelaber thronte in der Mitte des Tisches und erhellte den Essplatz in einem schummerig, romantischen Licht. Die Flasche Rotwein – es war die teuerste Sorte, die es im Supermarkt zu kaufen gab, ich hatte sie Anni mal zum Geburtstag geschenkt – stand geöffnet bereit, die Weingläser warteten nur darauf, gefüllt zu werden. Aus den Töpfen und Pfannen, die auf dem heruntergeregelten Herd standen, strömte köstlicher Geruch und erfüllte die Küche.

Warum hatte Marlies eben gelogen, als ich sie nach Frederick gefragt hatte? Schulterzuckend nahm ich zwei Gläser aus dem Schrank und kehrte mit einer zusätzlichen Wasserflasche ins Wohnzimmer zurück.

»Das hast du aber toll vorbeitet. Freddy wird begeistert sein«, strahlte ich. Er hatte es verdient, glücklich zu sein.

»Ähm, ja«, kicherte Marlies, was jedoch eher einem hysterischen Wiehern, denn einem Lachen glich.

»Freddy kommt doch, oder nicht?«, fragte ich argwöhnisch. So langsam kam mir die Situation merkwürdig vor.

Marlies inspizierte ihre Finger und wagte es nicht, mich anzuschauen. Aha, hier war ganz sicher etwas faul.

»Was ist los?«, sagte ich nun deutlich strenger. »Was ist mit Freddy? Ich dachte, ihr seid ein Paar.«

»Ja, nein. Es ist so schrecklich kompliziert«, druckste Marlies herum.

»Habt ihr euch gestritten?«

Sie schüttelte den Kopf.

»Was ist es dann? Möchtest du darüber reden? Bestimmt hilft es dir«, versuchte ich, meiner Freundin entgegenzukommen.

»Ich glaube nicht«, nuschelte sie. »Ich kann nicht mit *dir* darüber reden.«

»Oh, ist es, weil ich … naja, weil Frederick und ich kurz etwas miteinander hatten?« Wahrscheinlich war es ihr unangenehm, mit mir über ihn zu reden.

»Ähm, nein.« Schnaufend erhob sie sich. »Du Stine, sorry. Lass uns ein anderes Mal reden, ok?« War das ein Rausschmiss?

»Ja, ist gut. Wann immer du möchtest.« Eine solche Situation hatte ich noch nie erlebt. Ich kam mir wie in einem Schauspiel vor, bei dem ich nicht richtig aufgepasst und die Regieanweisungen nicht verstanden hatte. Zum ersten Mal in unserer langjährigen Freundschaft fühlte ich mich unerwünscht und vollkommen deplatziert. Wie eine Sonnenblume, die man in den Schatten stellte.

Ich stand auf und ging unsicher zur Haustür. Vielleicht wollte Marlies doch noch etwas loswerden? Sie kam hinter mir her und öffnete mir die Tür, ohne mir in die Augen zu schauen.

Hätte ich nicht bereits das Gefühl gehabt, im falschen Film gewesen zu sein, wäre es definitiv jetzt der Fall.

»Rasmus?«, keuchte ich. »Was machst du denn hi..«?, verharrte ich mitten im Satz. Nein, das konnte doch nicht sein, oder etwa doch?

»Hej Rasmus«, flötete Marlies neben mir und ich schaute erschrocken zwischen ihr und Rasmus hin und her.

»Was geht hier vor sich?«, schrie ich und brennend heiße Tränen stiegen mir in die Augen.

»Stine, beruhig dich doch.« Marlies legte ihre Hand auf meinen Arm, die ich sofort abschüttelte. Plötzlich kam mir ihre Stimme falsch vor oder hörte ich sie heute erst zum ersten Mal in ihrer ganzen Richtigkeit?

»Stine«, flüsterte Rasmus und streckte seine Hand nach mir aus. In der anderen hielt er eine Schachtel Pralinen. Ich holte aus und schlug ihm mit aller Wucht die Packung aus der Hand, sodass sie auseinandersprang und einzelne Schokostückchen die steile Treppe herunterpurzelten.

»Ich fasse es nicht, dass ich euch beiden vertraut habe.«

»Stine«, versuchte Rasmus wieder zu Wort zu kommen, aber ich dachte gar nicht daran, ihm nur eine Sekunde lang zuzuhören.

»Wisst ihr was?«, schrie ich und blickte beide wütend an. »Macht, was immer ihr wollt, aber lasst mich in Ruhe und haltet euch verdammt nochmal aus meinem Leben raus.«

Ohne mich noch einmal umzudrehen oder die beiden eines Blickes zu würdigen, rannte ich die Treppe herunter. Mit klebriger Schokolade unter meinen Schuhen eilte ich zu meinem Transporter, der mir wie eine rettende Insel erschien.

Mit zittrigen Fingern drehte ich den Schlüssel im Schloss herum und trat aufs Gaspedal. Der Motor jault auf. Armer Gandalf. So schnell es der Hinterhof zuließ, fuhr ich Richtung Ausgang. Beim Blick in den Rückspiegel erkannte ich Rasmus, der hinter mir herlief. Sein Mund bewegte sich, aber ich konnte nicht hören, was er mir nachrief, es war mir auch vollkommen egal. Nie wieder würde ich auch nur ein Wort mit ihm wechseln. Rasmus und Marlies waren ab diesem Moment kein Teil meines Lebens mehr.

Mit verheulten Augen stieg ich die Treppe zum Atelier hinauf und öffnete die Fenster, um kalte Luft hereinzulassen.

Ich stützte mich mit den Händen auf der Fensterbank ab. Wann hatte die Achterbahn damit begonnen, nach unten zu rasen? Hätte ich es mitbekommen, wäre ich liebend gerne vorher ausgestiegen. Auf den freien Fall hätte ich gerne verzichtet.

Ich stieß mich vom Fensterbrett ab, schleuderte meine Schuhe in eine Ecke. Um die Schokoladenflecken würde ich mich morgen kümmern.

Was ich jetzt brauchte, war ein Ventil, um mir Luft zu machen. Ich nahm eine große Meter-mal-Meter Leinwand von der Wand und stellte sie auf den hölzernen Stand. So viel Wut, Ärger, Verzweiflung und Trauer steckte in mir und musste nach außen, wollte sichtbar werden. Neben der Leinwand standen zwei Litertöpfe mit schwarzer und roter Acrylfarbe, die ich gekauft hatte, ohne genau zu wissen, wofür. Sie hatten im Fachgeschäft neben der Tür gestanden, ich hatte sie aus einer Laune heraus gekauft. Jetzt wusste ich, was damit zu tun war. Den größten und breitesten Pinsel, der auf meiner Palette lag, tauchte ich in den tiefschwarzen Farbtopf. Der Pinsel landete allerdings nicht auf der Leinwand, sondern auf meiner linken Hand. Als sie schwarz getränkt war, ließ ich sie immer wieder auf die weiße Leinwand klatschen, bis der Hintergrund immer dunkler wurde. Immer wieder färbte ich meine Hand und beschmierte die Leinwand. Nichts Spezielles sollte auf dem Bild zu sehen sein und doch sah ich so viel. Mit jedem Handabdruck wurde mein Schmerz sichtbarer.

Ich öffnete den roten Farbtopf, putzte die schmutzige Hand an einem Leinenhandtuch trocken, um meinen Zeigefinger in die kalte Farbe zu tauchen.

Mit dem Finger zeichnete ich ein großes, rotes Herz auf den schwarzen Untergrund. Dann legte ich den Pinsel zur Seite und tauchte beide Hände nacheinander in den Topf. Die Farbe tropfte auf den Boden und färbte meine nackten Füße rot. Es war mir egal, wie mein Atelier gleich aussehen würde. Für gewöhnlich hielt ich es sauber und achtete penibel darauf, dass die Pinsel ausgewaschen waren, um nicht auszutrocknen. Heute war mir alles egal, jetzt gab es nur die Leinwand, die Farbe und mich. Das war alles, was in dieser Sekunde zählte.

Meine rot gefärbten Hände fuhren über das Herz, bis es mit Farbe ausgefüllt war. Wieder tauchte ich meine Finger in den Farbtopf, dieses Mal wieder in den schwarzen. Ich drückte meine Fingerkuppen auf den oberen Rand der Leinwand und ließ sie nach unten gleiten, bis das rote Herz mit schwarzen Strichen übersät war.

Schwer atmend trat ich einen Schritt zurück, um mein Werk zu betrachten. Es spiegelte mein Innerstes wieder. Mein Herz war in unzählige Teile zersprungen. Erneut liefen mir Tränen über das Gesicht und tropften von meinen Wangen nach unten, wo sie sich mit der roten Farbe vereinten. Mit dem Handrücken wischte ich mir die Tränen weg und schniefte.

Plötzlich fühlte ich mich erschöpft und ausgelaugt. Meine gesamte Energie war auf der Leinwand gelandet, zurück blieb Leere, aber auch eine Art Ruhe. Keine tiefe, zufriedene Ruhe, aber zumindest zuckten meine Gedanken nicht mehr pausenlos hin und her, sondern sie legten sich zur Ruhe, nachdem sie auf der Wand gelandet waren.

Nur notdürftig putzte ich meine Hände ab, löschte das Licht und legte mich auf die Chaiselounge. Das Licht des Mondes strahlte durch die geöffneten Fenster auf mein Gesicht und hinterließ ein schummeriges Licht. An meinen Füßen lag eine zusammengefaltete Wolldecke, die ich mir bis zur Nase hochzog. Diese Nacht würde ich hier verbringen, in dem Raum, der mir in meinem Haus am allerliebsten war.

Mein Handy piepte immer wieder und kündigte eine Nachricht nach der nächsten an. Den Anruf, der in der Nacht die Stille durchbrach, nahm ich nicht an. Vollkommen erschöpft schlief ich ein.

Die ersten Sonnenstrahlen des Tages kitzelten auf meinem Gesicht. Ich streckte die Arme lang über meinen Kopf aus und erschrak, als ich nicht, wie gewohnt, die Wand hinter meinem Bett an den Fingern spürte.

Ich setzte mich auf und ließ meinen Blick durch den Raum gleiten. Erst langsam, dann aber unaufhaltsam rasant kamen die Erinnerungen des letzten Tages zurück.

»Oh man«, stöhnte ich und warf die Decke beiseite. Ich schwang die Beine zur Seite und betrachtete meine roten Füße.

Kopfschüttelnd stand ich auf und tapste zur Leinwand, um mir mein Bild anzuschauen.

»Naja, farblich nicht sehr einfallsreich«, grinste ich und fühlte mich erleichtert, als ich das Bild betrachtete. Es war gut, seine Gefühle nicht in sich einzusperren, sondern sie nach außen zu tragen. Beim Malen konnte ich immer zeigen, was mich bewegte. Wahrscheinlich würde nie jemand dieses Herz auf der Leinwand zu sehen bekommen, aber mich würde es immer an den vergangenen Tag erinnern.

Ich nahm den Pinsel, der vertrocknet und vollkommen mit Farbe beklebt war und warf ihn in den Mülleimer. Ich schloss die Fenster und ging die Treppe nach unten. Es war erst sechs Uhr, also noch ziemlich früh an diesem Tag. Da ich keinen Plan hatte, was ich heute machen sollte, fing ich damit an, die Kaffeemaschine anzustellen und mir danach eine Dusche zu gönnen. Meine Hände und Füße konnten eine Wäsche gut vertragen.

Danach schlüpfte ich in eine enge Röhrenjeans, die am Knöchel endete und zog mir ein buntes Batikshirt über. Der pinkfarbene Haarreifen schob meinen Pony zurück.

Das Wasser auf meinem Körper hatte zwar keine Wunder bewirkt, ich fühlte mich dennoch frisch und bereit für den Tag. Schlimmer als gestern konnte er bestimmt nicht werden, nach einem tiefen Tal kam doch für gewöhnlich ein Berg, auf dem man nach oben gelang, oder nicht?

Mit der Kaffeetasse in der Hand ging ich direkt nach draußen und über die Holztreppe nach unten an den Strand. Der seichte Wind wehte mir durch die Haare. Ich blieb erst stehen, als das Wasser meine Füße berührte. Mit geschlossenen Augen inhalierte ich die frische Luft, die sich in meiner Lunge ausbreitete.

Das Meer konnte nicht alle Wunden heilen, aber manchmal konnte es kleine Wunder vollbringen. Wie ein kittendes Pflaster legte es sich um mich und rauschte in meinen Ohren. Es schien mir zuzuflüstern, dass alles gut werden würde.

Der Himmel war heute bedeckt und die Sonne hatte es schwer, durch die dichte Wolkendecke zu brechen. Trübes Wetter für eine trübe Stimmung. Aber ich wollte mir den Tag nicht verderben lassen. Langsam schlenderte ich durch das Wasser am Ufer entlang, bis ich das Haus von Anni und Magnus erreicht hatte. Ebenso wie mein Häuschen lag es oben auf der Düne. Still und dunkel lag es dort, alle Bewohner waren unterwegs. Anni und Magnus auf Geschäftsreise und die beiden Hunde Bella und Fina waren bei Herlinde und Gustav, Magnus' Eltern. Die beiden freuten sich immer, wenn sie sich um die Hunde der beiden kümmern konnten. Vielleicht sollte ich mir zumindest Fina abholen, dann wäre ich nicht so alleine. Sie würde sofort spüren, dass etwas passiert war und mich so lange aus ihren großen Kulleraugen anstarren, bis ich nicht anders können würde, als zu lachen.

Als ich meinen Kaffee ausgetrunken hatte, machte ich mich auf den Rückweg. Hier und da sammelte ich einige schöne Muscheln auf und ließ sie in meine leere Kaffeetasse gleiten. Ich würde sie zu Hause waschen und auf meine Fensterbank legen.

Mit gemächlichen Schritten näherte ich mich wieder dem Strandteil vor meinem Haus, nur ab und zu schaute ich auf, die meiste Zeit ließ ich meinen Blick über den sandigen Boden gleiten, und vertiefte mich ganz in die Suche nach besonders schön geformten Muscheln.

»Stine?«

Erschrocken schaute ich auf. Ich war so vertieft, dass ich niemanden um mich herum wahrgenommen hatte.

»Marlies«, nickte ich ihr zu. Kein Lächeln, kein freundlicher Blick. Was wollte sie denn hier? Ich hatte nicht die geringste Lust, mit ihr zu reden, geschweige denn sie überhaupt zu sehen.

»Können wir reden?«, fragte sie leise.

»Nö, können wir nicht.« Ich ging an ihr vorbei und ließ sie einfach am Strand stehen.

»Bitte, Stine«, kam sie hinter mir her. »Dann hör mir bitte wenigstens zu. Du musst auch nichts sagen.«

Ich ignorierte sie und ging schnurstracks auf meine Treppe zu. Als ich die unterste Stufe erreicht hatte, begann Marlies mit brüchiger Stimme zu reden.

»Es tut mir alles so schrecklich leid.« Sie räusperte sich. »Ich habe einen riesengroßen Fehler gemacht. Ich war so dumm.«

In der Bewegung hielt ich inne, schaute meine ehemals beste Freundin aber immer noch nicht an. Ich konnte ihr einfach nicht in die Augen blicken.

»Rasmus trifft keine Schuld«, sagte sie schnell. Meine Hand verkrampfte sich um das hölzerne Geländer.

»Ich habe mich in etwas verrannt«, fuhr Marlies fort. »Seit einer halben Ewigkeit habe ich Gefühle für Rasmus.«

Ich zuckte zusammen und schaute sie nun doch an. Mit nach vorn gefallenen Schultern und gesenktem Kopf stand Marlies hinter mir.

»Wir kennen uns schon so viele Jahre und ich mochte ihn

einfach immer«, erzählte sie weiter. »Er war immer so nett zu mir und ich dachte, da wäre etwas. Oft hat er mich in meinem Laden besucht und mit mir gesprochen. Ich dachte, er hätte Interesse an mir.«

Wütend schnaufte ich.

»Nein, warte. Lass mich weiterreden … bitte«, machte sie schnell weiter. »In den letzten Wochen habe ich gemerkt, wie sich etwas zwischen euch entwickelt. Ich war total eifersüchtig und wollte nicht, dass Rasmus eine andere Frau liebt. Auch nicht, wenn sie meine beste Freundin ist. Ich war blind vor Liebe. Als er mir vor meiner Party gestanden hat, dass er in dich verliebt ist, brach Panik in mir aus. Ich dachte, ich würde ihn verlieren. Deswegen habe ich versucht, ihm meine Gefühle zu zeigen. *Das Licht in der Dunkelheit* war nicht nur sein Motto für dich, sondern auch meines für ihn.«

Mein Puls beschleunigte sich und ich war fassungslos über Marlies' Worte. »Das kann doch nicht sein«, begann ich, wurde aber sofort unterbrochen.

»Bitte, Stine. Lass mich zu Ende reden.« Sie schaute auf ihre Schuhe, während sie weitersprach. »Als ich gesehen habe, dass ihr am Strand verschwunden seid, brach eine kleine Welt für mich zusammen und ich habe mich auf Frederick eingelassen. Er hatte sich den ganzen Abend schon an mich rangemacht und mit mir geflirtet.«

»Du hast was?«, fuhr ich sie wütend an. »Freddy dafür benutzt, deinen Mist auszubaden?«

»Es war falsch«, antwortete sie zerknirscht. »Ich habe mich bereits bei ihm entschuldigt und ihm alles erklärt. Er ist stinksauer und will mich nie mehr wiedersehen.«

Bravo, Freddy, das hast du gut gemacht. »Hast du etwas anderes erwartet?«, herrschte ich sie an. Freddy war bestimmt am Boden zerstört, er mochte Marlies wirklich.

»Aber was noch schlimmer ist«, flüsterte sie jetzt beinahe und hätte das Meer etwas lauter gerauscht, hätte ich sie nicht mehr verstanden. »Gestern Nachmittag hat Rasmus sich bei mir gemeldet. Hier, lies selbst.«

Sie hielt mir ihr Handydisplay vor die Nase. Am liebsten hätte ich es ihr aus der Hand geschleudert, aber die Neugier siegte und ich schaute doch auf den erleuchteten Bildschirm.

Rasmus:
Hej Marlies, Stine hat mir gesagt, dass sie mich liebt. Ich brauche deine Hilfe.

Wofür brauchte er ihre Hilfe? Er hatte es auch ganz gut alleine hinbekommen, mich abzuservieren.

»Du Marlies, das muss ich mir echt nicht geben.« Ich ging die Stufen nach oben. Auf der Terrasse hatte sie mich eingeholt.

»Warte, du hast noch nicht alles gelesen.« Sie wischte auf dem Display herum und hielt es mir wieder vors Gesicht.

Rasmus:
Ich liebe sie auch. Ich möchte es nicht vermasseln.

Ich konnte die Worte lesen, aber sie kamen nicht bei mir an. Meine Gedanken wirbelten wie ein Strudel im Wasser.

»Aber was war das gestern Abend?«, fragte ich nun doch. Ich brauchte Antworten.

»Rasmus wollte sich einen Rat bei mir holen, weil ich dich am besten kenne. Als ich gelesen habe, dass er dich liebt und es keine bloße Flirterei ist, wollte ich alles auf eine Karte setzen. Ich habe ein Candle-Light-Dinner vorbereitet. Ich hoffte, er würde mich lieben und nicht dich.«

»Und … hat er?« Es war besser, die Wahrheit zu wissen. Auch, wenn es mir das Herz brechen würde, musste ich doch von ihr hören, was gestern Abend passiert ist.

»Fragst du das wirklich?«, lachte sie auf. »Rasmus liebt dich wirklich, Stine. Als du gestern abgehauen bist, ist er dir nachgelaufen und wollte dir alles erklären. Und als ich ihn danach in meine Küche geführt habe, ist er so wütend geworden, wie ich ihn noch nie zuvor erlebt habe.« Sie lachte leise auf. »Und ich dachte immer, du seist die Meisterin der Gefühlsausbrüche. Rasmus steht dir aber in nichts nach.«

Mein Herz machte einen kleinen Hüpfer. Wenn es stimmte, was Marlies sagte, war gar nichts zwischen den beiden gelaufen.

»Und dann?«, wollte ich wissen.

»Er hat mich gefragt, was das alles soll und wie ich auf die Idee käme, dass aus ihm und mir ein Paar werden könnte. Er sagte, dass er dich lieben würde und keine andere Frau je lieben wird.«

»Oh.« Mehr konnte ich dazu nicht sagen. Dann gab es vielleicht doch noch Hoffnung.

»Es tut mir so leid, Stine. Ich weiß nicht, ob du mir je verzeihen kannst.« Marlies begann zu weinen. Ich schaffte es nicht, meine ehemalige beste Freundin zu trösten oder in die Arme zu nehmen. So einfach war das nicht. Nicht, nachdem ich gestern gedacht hatte, ich sei in ein tiefes Tal gestürzt. Nicht, nachdem Marlies mich so hintergangen hatte.

»Keine Ahnung«, antwortete ich ihr wahrheitsgetreu. »Vielleicht irgendwann. Jetzt aber nicht.«

»Das verstehe ich«, schniefte sie. »Ich gehe dann mal, ich muss den Laden aufschließen.«

»Ich bringe dich zur Tür«, nickte ich und ging um das Haus herum. Marlies' Roller stand neben meinem Transporter auf dem Hof. Mit verschränkten Armen blieb ich daneben stehen und schaute zu, wie sie sich ihren Helm auf den Kopf setzte.

»Ich wollte dir nicht wehtun und alles durcheinander bringen. Ich habe dich lieb, Stine.«

Ich nickte und ging zurück zum Haus. Der Roller fuhr langsam die Straße hinab.

Puh, eigentlich hätte ich jetzt einen Aquavit gebraucht, aber alleine trinken gehörte nicht zu den Dingen, die ich gerne machte. Meine Gedanken kreisten umher und ich gab es auf, sie zu sortieren. Zu viel hatte ich gerade gehört. Wie lange hatte Marlies mich belogen?

Wie betäubt zupfte ich trockene Blätter und verwelkte Blüten von den Hagebuttenbüschen und dem Rosenbäumchen, das neben der Haustür in einem großen Terrakotatopf thronte.

Was war das? Zwischen Blumentopf und Haustür lag ein kleines, in rotes Papier eingewickeltes Päckchen.

Vorsichtig hob ich es auf und schaute auf die Straße. Wer hatte es hier hingelegt? Wahrscheinlich war es von Marlies. Am liebsten hätte ich es direkt in den Müll geworfen. Mit Geschenken konnte sie unsere Freundschaft auch nicht retten. Aber etwas hielt mich doch davon ab, es zu tun. Ich öffnete die Haustür und ging ins Wohnzimmer, wo ich mich in die weichen Kissen plumpsen ließ.

Meine Finger zitterten leicht, als ich die Klebestreifen löste und das Papier abwickelte. Zum Vorschein kam ein kleiner Karton. Ich setzte ihn auf meinen Knien ab und hob den Deckel ab. Der Inhalt das Päckchens ließ mein Herz überquellen und heiße Tränen in meine Augen schießen.

Mit allergrößter Vorsicht nahm ich den lilafarbenen Schmetterling von dem Wattekissen und legte ihn auf meine Hand. Er passte auf meinen Handteller und sah aus, als würde er gleich lebendig und davonfliegen wollen. Die Flügel weit von sich gestreckt, sah er zart und doch unglaublich stark aus. Mit Daumen und Zeigefinger griff ich ihn behutsam und wendete ihn. Auf der Rückseite war eine flache Klemme angebracht: eine Haarspange.

Ein zusammengefalteter Zettel lugte unter dem Wattekissen hervor. Ich nahm ihn aus der Schachtel und ging in den Flur. Vor dem Spiegel blieb ich stehen und legte meinen Haarreifen auf der Kommode vor mir ab. Die Schmetterlingsspange fand ihren Platz an meiner linken Kopfseite. Sie war wunderschön. Immer wieder betastete ich sie und drehte meinen Kopf, um mein Spiegelbild von allen Seiten zu betrachten. Es schien, als hätte sich der lilafarbene

Schmetterling auf meinem Kopf niedergelassen, um mich zu begleiten.

Mein Blick fiel auf den Zettel, den ich neben meinen Haarreif auf die Kommode gelegt hatte. Ich nahm ihn und faltete ihn auseinander.

Schwer atmend las ich die handschriftlich geschriebenen Zeilen:

Min kæreste Sommerfugl,

ich bin nicht gut darin, meine Gefühle zu offenbaren. In den letzten Jahren habe ich mich immer mehr zurückgezogen und habe eine Weile ganz gut nur mit mir alleine gelebt. Dann kamst du: immer fröhlich, herzlich, ständig am lachen. Du sahst anders aus als all die anderen Frauen. Du warst bunter und schriller, du warst lebendiger. Du musst immer das letzte Wort haben und liebst es, Wortgefechte auszutragen.

Du hast das größte Herz, das man nur haben kann, und hattest meins im Sturm erobert, obwohl du das nicht einmal wolltest.

Als ich mich langsam auch in deines geschlichen habe, konnte ich mein Glück nicht fassen. Gleichzeitig hatte ich so große Angst, dich zu verlieren.

Als du mir gestern gesagt hast, dass du mich liebst, war ich überwältigt und verängstigt gleichermaßen. Aus diesem Grund bin ich weggerannt. Ich bin nicht ansatzweise so mutig wie du, denn du denkst nicht im Traum daran, wegzulaufen. Du bist der mutigste Mensch, den ich kenne.

Zwischen Marlies und mir ist nie etwas gelaufen und wird es auch nicht, denn für mich gibt es nur eine Frau und die bist du.

Ich hoffe so sehr, dass du mir die Chance gibst, mich dir persönlich zu erklären.

Denn eines weiß ich sicher: Ich liebe dich, Stine!

Dein Rasmus

P.S. Kannst du mir dabei helfen, ohne Schirm durchs Leben zu gehen?

Immer mehr Tränen tropften auf den Brief und ich wischte mir über das Gesicht, damit das Blatt nicht vollkommen durchtränkt würde.

Ein verheultes Spiegelbild blickte mir entgegen. Ich legte den Brief auf den Esstisch und wusch mir im Badezimmer das Gesicht. Rasmus' Worte hatten mich tief berührt. Für jemanden, der sein Herz vor der Außenwelt verschlossen hatte, hatte er es vollkommen geöffnet und mir zu Füßen gelegt. Die Wut, die mich gestern Abend so beherrscht hatte, war wie weggeblasen.

Tiefe Ruhe breitete sich in mir aus und die Gewissheit, dass Rasmus mich liebte. Es würde alles gut werden. Ich musste nur warten, bis er aus Kopenhagen zurück war, dann würde ich zu ihm fahren.

Ich goss mir eine zweite Tasse Kaffee ein und nahm mir eine Banane. Wieder und wieder las ich den Brief, bis ich jedes einzelne Wort auswendig kannte. Rasmus hatte unrecht. Er war ebenfalls mutig. Sich nach dieser schweren Zeit, die er durchgemacht hatte, zu öffnen und sich auf eine Frau und die Liebe einzulassen, bedurfte äußerst viel Mut. In wenigen Stunden würden wir uns sehen, aussprechen und alles hinter uns lassen.

KAPITEL 18

Ich wusste nicht, wie lange ich am Esstisch gesessen hatte. Das Klingeln meines Handys riss mich so aus meiner Trance, dass ich erschrak und mir mein Herz bis zum Hals schlug.

Ich griff das klingelnde Etwas und mein Herz hüpfte weiter, jedoch vor Freude.

»Rasmus«, nahm ich erfreut den Anruf entgegen. »Ich habe dein Päckchen gefunden. Es ist ...« Weiter kam ich nicht.

»Stine, pass auf. Verriegele alle Fenster und Türen und verlass dein Haus nicht.«

»Was?« Was sollte dieser merkwürdige Hinweis denn? »Alles ok?«, fragte ich argwöhnisch nach.

»Stine, mach, was ich dir sage. Sofort! Ich erkläre es dir später genau, aber du bist in Gefahr.«

Ich verstand immer noch nicht, was Rasmus von mir wollte, dennoch stand ich auf und verschloss die Terrassentür. War er etwas der eifersüchtige Typ und wollte nicht, dass ich Besuch empfing? Das würden wir aber klären müssen.

»Sind alle Türen und Fenster geschlossen?«, fragte Rasmus und klang nicht mehr wie mein isfugl, sondern wie der Polizist im Dienst.

»Jaa?«, antworte ich. »Aber warum?«

»Pass auf Stine, hör mir genau zu. Ich bin auf dem Rückweg von Kopenhagen. Ich fahre so schnell ich kann und werde dich beschützen. Stieg Jansen ist hinter uns her und ich habe Angst, dass er dich aufsuchen wird.«

»Stieg Jansen?«, warf ich ein. »Mit der Pfeife werde ich schon fertig.«

»Nein, Stine. Du irrst dich. Stieg ist nicht der, für den du ihn hältst.«

»Ich halte ihn für einen Arsch«, sagte ich locker.

»Er ist noch mehr als das.«

»Ein Riesenarsch?«, warf ich ein. Warum mussten wir über Stieg reden?

»Nein, Stine. Er ist ein Krimineller. Und zwar ein ziemlich ausgefuchster. Er ist gefährlich, Stine.«

»Hä, ich verstehe nicht.«

»Ich erkläre es dir später genau. Du erfährst alles, aber zuerst muss ich ihn außer Gefecht setzen.«

»Willst du ihn abknallen?«, fragte ich erschrocken.

»Nein.« Jetzt konnte ich den Anflug eines winzigen Lachens aus Rasmus' Stimme hören. »Ich bin Polizist, kein Auftragskiller.«

»Ok. Das ist gut.«

Es klopfte an meiner Haustür.

»Hat es an deiner Tür geklopft?«, fragte Rasmus harsch.

»Äh ja … das muss Anni sein.«

»Du machst auf keinen Fall die Tür auf, verstanden?«

»Aber wenn Anni mich nicht antrifft, wird sie sich Sorgen machen.«

»Dann soll sie später wiederkommen. Du machst die Tür nicht auf.«

Es klopfte weiter, dieses Mal energischer, bis es zu einem Hämmern anwuchs.

»Ich bin in einer Stunde bei dir«, sagte Rasmus und wenn ich mich nicht täuschte, hörte sich seine Stimme nicht mehr ganz so souverän an. »Versteck dich in deiner Küche. Setz dich auf den Boden, dass man dich durch die Fenster nicht mehr sehen kann«, wies Rasmus mich an.

Ich drehte mich um und wollte gerade tun, was Rasmus von mir wollte, und mich vor meine Spülmaschine setzen, als ich durch die Glasscheiben der Terrassentür in hasserfüllte, kalte Augen blickte.

»Ich glaube, das ist zu spät«, hauchte ich.

»Was?«, rief Rasmus.

»Stieg steht auf meiner Terrasse und hat mich gesehen. Er sieht nicht sehr erfreut aus.« Ich schluckte. »Rasmus, jetzt habe ich doch Angst.«

»Alles wird gut.« Durch den Lautsprecher hörte ich die Sirene, die er angeschaltet hatte.

Sollte ich mich einfach fallen lassen und über den Boden davonkrabbeln? Ich könnte durch den Kellerausgang verschwinden, aber was, wenn Stieg mich dort empfangen würde? So groß war mein Grundstück nicht, dass ich hätte ungesehen davon kommen können. Das größte Problem war aber, dass ich starr vor Angst war. Kalter Schweiß lief mir den Nacken herunter und ich konnte mich nicht bewegen. Stieg stand immer noch auf meiner Terrasse und ließ mich nicht aus den Augen. Er wirkte wie eine Schlange, die jeden Moment das Kaninchen verschlingen wollte und nur den perfekten Zeitpunkt abpasste. Heute sah er anders aus, als an dem Tag, an dem ich ihn das erste Mal gesehen hatte. Er trug eine Jeans, dazu einen schwarzen Kapuzenpullover. Er wirkte weniger souverän, als beim letzten Mal. Vielmehr unberechenbar und bösartig.

»Stine, versteck dich.« Das Handy war immer noch fest an meinem Ohr. Wie ein wohltuendes Geräusch hörte ich die Sirene im Hintergrund.

Wie ferngesteuert sackte ich auf die Knie und krabbelte hinter meine Küchenschränke. Mit dem Rücken rutschte ich ganz nah an das Holz und zog meine Beine fest an meinen Körper.

»Habe ich«, flüsterte ich mit zitternder Stimme.

Ein lautes Klirren ließ mich zusammenzucken.

»Was war das?«, fragte Rasmus und seine Stimme klang angespannt.

»Meine Terrassentür«, hauchte ich.

Schwere Schritte ertönten vom Essbereich, Stühle wurden zur Seite geschoben und nach fünf weiteren Schritte – ich zählte sie genau – stand Stieg Jansen vor mir und schaute mit Verachtung triefendem Blick auf mich herab. Seine Hände waren in schwarzen Lederhandschuhen verschwunden. Langsam überwand er die letzten beiden Meter, die uns trennten, griff meinen Oberarm, packte mich mit hartem Griff und zog mich hoch. Ich ließ die Hand, in der ich mein Handy hielt, sinken und steckte es schnell in die Gesäßtasche meiner Hose.

»Aua«, jaulte ich auf. »Was soll das?«

»Schnauze halten und mitkommen.« Stieg schleifte mich hinter sich her in den Flur. Es war besser, in einer solchen Situation genau das zu tun, was von einem verlangt wurde, man sollte keine Widerworte geben und keine Fragen stellen. Nur leider widersprach das meinem Naturell und die Worte schossen aus mir heraus, bevor ich sie zurückhalten konnte.

»Was soll der Mist? Du kannst doch nicht einfach meine Tür kaputtschlagen. Und nimm gefälligst deine Hände von mir. Du tust mir weh«, redete ich wutentbrannt auf ihn ein.

Zu meiner Überraschung ließ Stieg mich los. Das war aber einfach … zu einfach.

»Pass mal auf, Schätzchen. Du kannst dir dein freches Mundwerk sparen. In deiner Welt mag das funktionieren. In meiner handhaben wir das ein bisschen anders. Entweder du tust, was ich dir sage und zwar ohne Widerworte und einen Mucks von dir zu geben, oder du machst Bekanntschaft mit meinem kleinen Freund hier.« Bei den Worten griff er in seinen Hosenbund, der vom Kapuzenpullover verdeckt wurde, und zog eine schwarze Pistole hervor.

Mit weit aufgerissenen Augen starrte ich zuerst die Waffe an, dann blickte ich erschrocken in Stiegs Augen, die mich eiskalt anblickten.

»Schön, dass wir uns verstehen«, grinste er abfällig. »Und jetzt raus mit dir. Draußen steht mein Auto. Du setzt dich auf den Beifahrersitz und gibst keinen Ton von dir, haben wir uns verstanden?«

Stumm nickte ich. Stieg öffnete die Tür und ich spürte seine behandschuhte Hand, die er in meinen Rücken drückte. Vor dem Haus stand das Protzauto, das ich vor ein paar Tagen gesehen hatte, als ich mit Rasmus durch Tideborg gefahren war. Also ging es gar nicht um ein Kennzeichen.

»Das ist dein Auto«, keuchte ich erschrocken auf und schlug mir im nächsten Moment die Hand vor den Mund.

»Ganz richtig«, knurrte er. »Und jetzt Schnauze.«

Lässig schlenderte er zum Beifahrersitz und hielt mir die Tür auf. Diese Geste hatte gerade ganz und gar nichts von einem Gentleman. Stieg sah aus, als warte er auf den passenden Moment, zuzuschnappen.

Mit wackeligen Beinen plumpste ich auf den Sitz und spürte das kalte Leder unter mir. Stieg schlug meine Autotür zu und tauchte nur wenige Sekunden später auf der anderen Seite neben mir auf.

»Wohin fahren wir?«, wollte ich wissen. Wieso konnte ich nicht einfach den Mund halten? Einmal im Leben kam es darauf an, das zu tun, was von mir verlangt wurde und ich schaffte es nicht, dieses winzige Detail zu beachten.

»Bist du jetzt endlich ruhig?«, herrschte er mich von der Seite an. Er startete den Motor und fuhr los. Die Hände krallte er fest um das Lenkrad.

Wir fuhren den Weg entlang, den ich eine Million Mal zuvor gefahren war. Sah ich das alles jetzt zum letzten Mal? Mein geliebtes Haus, Anni und Magnus? Was war mit ihnen? Sie mussten in diesem Moment zurückkommen und Anni würde garantiert einen Spaziergang zu mir machen, das tat sie immer, wenn sie ein paar Tage fortgewesen war. Dieses Mal war es anders, sie würde mich zu Hause nicht antreffen.

Was war mit Rasmus? In einigen Minuten würde er in Tideborg eintreffen, aber konnte er mich wirklich retten, wie er gesagt hatte? Zum Glück steckte mein Handy in meiner Gesäßtasche. Wie ein Stück heiße Kohle brannte es sich in meinen Hintern und ich hoffte inständig, es würde nicht klingeln. Ich hatte es nicht mehr geschafft, es stumm zu schalten. Jedoch war es so eingestellt, dass man mich orten konnte. Den Gefallen musste ich meiner großen Schwester tun. Als ich alleine und ohne jedes weitere Familienmitglied nach Omas Tod vor sieben Jahren nach Tideborg gezogen war, konnte ich Annis Befürchtungen und Ängste damit ein wenig lindern. Sie hatte das Gefühl, mich im Zweifel ausfindig machen zu können. Daran hatte sich bis heute nichts geändert, daher waren meine GPS-Daten aktiv.

Stieg fuhr das Auto, das ein Vermögen wert sein musste, langsam die Straßen entlang.

Ich hatte vermutet, wir würden Tideborg schnellstmöglich verlassen, aber zu meiner Verwunderung bog er in den *bagskovvejen* ein, jenen Weg, der zu seinem Anwesen führte.

Vorsichtig, ohne mich zu viel zu bewegen, beobachtete ich Stieg von der Seite. Bei genauem Betrachten wirkte er gar nicht so kalt, souverän und zu allem entschlossen, wie ich eben gedacht hatte. Seine Hände hielten das Lenkrad erstaunlich fest, dafür, dass wir nur einen Waldweg entlangfuhren. Seine Kiefermuskeln zuckten immer wieder und seine Augenbrauen wackelten unruhig auf und ab. War er gar nicht so abgebrüht, wie er vorgab?

Mein inneres Naturell klatschte in die Hände, krempelte sich die Ärmel hoch und hüpfte an meiner Entschlossenheit, mucksmäuschenstill zu sein, vorbei, nicht ohne süffisant zu grinsen.

»Warum tust du das?«, platzte es aus mir heraus. Ich konnte einfach nicht anders. Wenn ich heute schon draufging, dann wollte ich wenigstens wissen, aus welchem Grund.

»Ist es, weil ich dein Angebot abgelehnt habe? Entschuldige, aber es war auch wirklich selten dämlich, mich zu fragen, ob ich bei dir schlafe … mit dir schlafe. Auf so etwas Plumpes falle ich nicht rein.«

»Bitte«, presste er durch zusammengebissene Zähne hervor. Vor uns tauchte der Betonklotz im Wald auf. Ich dachte, ich würde dieses hässliche Teil nie wiedersehen. Stieg drückte auf eine kleine Fernbedienung und die Tore öffneten sich. Langsam rollten wir auf den Hof.

»Sag doch mal«, quasselte ich weiter und schaufelte mir mein eigenes Grab. »Dass du so protzig mit deinem Geld umgegangen bist, war auch nicht der Knaller. Von *Janteloven* hast du wohl noch nie etwas gehört, oder?«

Kleine Schweißperlen erschienen auf Stiegs Stirn. Er war also nervös. Ob das gut oder schlecht war, wusste ich noch nicht. Dass er nicht der knallharte Killer war, für den er sich ausgab, hatte ich verstanden, aber waren Menschen wie verängstigte Hunde? Es gab einige, die bissen, wenn man sie in die Enge trieb. War Stieg genauso und zückte seine Waffe, die noch immer in seinem Hosenbund steckte, wenn er zu viel von mir hatte?

»Aussteigen«, bellte er. Ich öffnete die Beifahrertür und spürte seine kräftige Hand erneut an meinem Oberarm. Mit flinken Schritten zog er mich hinter sich her zur Haustür.

»Ich kann auch alleine gehen. Wohin soll ich denn abhauen? Hier besteht alles aus Beton oder Stahl.«

Stieg missachtete meinen Kommentar und schubste mich in den Flur, der sich seit dem letzten Mal kein bisschen verändert hatte. Die Fackeln an den Wänden erleuchteten das Dunkel ebenso schummerig wie vor einigen Wochen und kein einziger Teppich oder gar eine Pflanze waren hinzugekommen. Überall Beton, Beton, Beton.

»Mitkommen«, wies er mich an.

»Soll ich die Schuhe ausziehen?« Ich sollte ein für allemal den Mund halten.

»Äh, nein«, knurrte er, sichtlich verwundert. Vielleicht konnte ich ihn hinhalten, bis Rasmus hier war. Allerdings wagte ich zu bezweifeln, dass er die Betonmauern erklimmen konnte, es sei denn, er trug einen Enterhaken bei sich.

Stieg schleifte mich hinter sich her in den großen Wohnbereich, in dem wir auch das letzte Mal unser Gespräch geführt hatten.

»Gib mir dein Handy.« Er streckte eine seiner Lederhandschuhhände aus. Mist, er hatte es doch entdeckt.

Ich griff nach dem Telefon in meiner Gesäßtasche und legte es widerwillig in Stiegs Hand.

»Ruf Rasmus an und sag ihm, wo du bist«, wies er mich an.

Mit hochgezogenen Augenbrauen schaute ich ihn an. Das war doch alles merkwürdig. Ein Entführer, der nervös war und den Polizisten direkt anrufen wollte?

Stieg hielt mir mein Handy entgegen, sodass ich auf dem Display tippen konnte. Ich öffnete die Kontakte und drückte auf Rasmus' Namen. Sofort erschien der Telefonhörer und zeigte an, dass eine Verbindung aufgebaut wurde. Das Freizeichen tutete laut und hallte durch die Betonwände.

»Stine?«, rief Rasmus. »Wo bist du? Ist alles ok?« Seine Stimme klang so besorgt, dass mir die Tränen kamen. Jetzt hieß es allerdings durchhalten und keine Schwäche zeigen.

»Rasmus«, antwortete ich und zu meinem Misswillen zitterte meine Stimme doch ein wenig.

»Sie ist da und jetzt Schnauze, Polizist«, fuhr Stieg dazwischen. »Hör mir zu. Du kommst alleine, ich warne dich. Wenn du deine Kollegen mitbringst, knalle ich deine süße Freundin ab.«

Am anderen Ende der Leitung konnte ich ein tiefes Knurren hören, jedoch sagte Rasmus nichts. Er wusste besser, wie man mit Typen wie Stieg umging.

»Wohin soll ich kommen? Ich bin alleine.«

»Zu mir nach Hause. Du rufst auf Stines Handy an, wenn du vor dem Tor stehst.«

»Bin in zehn Minuten da«, antwortete Rasmus und ich war fasziniert von seiner Ruhe. Stieg beendete das Telefonat und legte das Handy mit dem Display nach oben auf den niedrigen Couchtisch.

Unschlüssig starrte er mich an.

»Du hast wohl nicht so oft eine Geisel in deinem Haus, was?«, fragte ich in die Stille und hätte mir am liebsten selbst eine Ohrfeige verpasst.

Für eine Millisekunde zuckte Stiegs Mundwinkel, zog sich aber genauso schnell wieder zu einer verhärteten Linie zusammen.

»Setz dich«, befahl er. Beinahe war ich dankbar, auf dem Sofa Platz nehmen zu dürfen. Die Situation war skurril und bedrückend zur selben Zeit.

Die Minuten zogen sich endlos wie ein zähes Kaugummi, doch nach einer gefühlten Ewigkeit klingelte mein Handy. Stieg schien ebenso auf den Anruf gewartet zu haben wie ich. Rasmus' Name erleuchtete das Display. Stieg nahm nicht ab, sondern stand vom Sofa auf.

»Denk nicht mal daran, dich zu bewegen«, knurrte er und eilte an mir vorbei. Ich stand auf und ging ein paar Schritte Richtung Tür.

Tiefe Stimmen schallten aus dem Flur zu mir herüber und Sekunden später tauchte Stieg wieder auf, dicht gefolgt von Rasmus.

»Rasmus!« Ohne darüber nachzudenken, ob ich einen Fehler beging, rannte ich die wenigen Meter auf ihn zu und schmiss mich in seine Arme. Rasmus legte seinen kräftigen Arm um mich, ließ Stieg aber keinen Moment aus den Augen.

»Loslassen«, befahl Stieg. »Stine, komm hier hin.« Mit dem Kopf zeigte er auf den Platz neben sich. Rasmus lockerte seinen Griff nicht und auch ich klammerte mich weiter an ihn wie ein Äffchen.

Stiegs Hand verschwand hinter seinem Rücken und abrupt riss er sie wieder nach vorne, die Pistole in der Hand. In Sekundenschnelle schmiss Rasmus mich zur Seite und griff seinerseits in sein Holster, das an seinem Gürtel befestigt war und zielte ebenso auf Stieg. Mit dem Unterschied, dass Rasmus seine Pistole selbstsicher und fest hielt, wohingegen Stiegs Hand zu zittern begann.

»Waffe fallen lassen«, herrschte Rasmus ihn in ruhigem, aber deutlichem Ton an. Stiegs Hand zitterte noch mehr, die Pistole blieb aber auf Position.

»Was willst du, Jansen?«, knurrte Rasmus.

»Stine, zu mir«, befahl Stieg. »Sonst knalle ich deinen Freund ab.« Ich rappelte mich vom Boden auf und ging langsam zu Stieg. Der packte mich mit seiner freien Hand und drückte mir von hinten seine starke Hand in den Nacken.

»Hör auf, im Verborgenen zu wühlen, Kirkegård und lass mich in Ruhe.«

Ich spürte seinen Atem an meiner Wange, so nah war sein Gesicht dem meinem.

»Ich tue nur meinen Job«, knurrte Rasmus.

»Nein, tust du nicht. Du gräbst längst vergessene Geschichten auf, was würde dein Chef wohl dazu sagen?«

Ich verstand nichts von alldem, was sich zwischen den beiden abspielte.

»Warum lässt du es nicht gut sein?«, fuhr Stieg ihn an.

»Weil ein Teil von mir damals auch gestorben ist.«

Stieg schnaufte. Doch zu meiner Überraschung ließ er seine Waffe sinken. »Glaubst du, von mir nicht?« Mit einem Schubs flog ich nach vorn und schlug mit den Knien auf dem harten Betonboden auf. Schnell berappelte ich mich und krabbelte neben das große Sofa.

Stieg sah aus wie ein Häufchen Elend. Seine Hände hingen herab, seine Schultern sackten nach vorne. Rasmus hatte seine Pistole immer noch auf ihn gerichtet, doch irgendetwas passierte auch bei ihm.

»Hast du dich nie gefragt, warum Freja dir nichts von dem Kind erzählt hat?«, fragte Stieg. Rasmus keuchte auf und seine Augen weiteten sich.

Moment mal, kannten die beiden sich etwa? Und das schon so lange?

»Es war mein Kind, Rasmus, nicht deins.«

»Was erzählst du für einen Mist«, herrschte Rasmus ihn an, wirkte jedoch nicht mehr so selbstsicher wie noch vor wenigen Minuten.

»Du und Freja schient das perfekte Team. Ihr wolltet den ganz großen Fang machen und ein Netz von Geldwäschern fangen. Du warst besessen von der Idee, als Polizist das ganz große Ding zu landen. Freja war blind vor Liebe und folgte dir überall hin. Bis ich sie in einer Bar traf. Ich wusste, wer sie war und sie hatte auch die Vermutung, wer ich war. Obwohl wir für zwei gegnerische Lager arbeiteten, fühlten wir uns zueinander hingezogen. Wir trafen uns einmal, zweimal und immer häufiger. Freja wollte sich von dir trennen und träumte von einem Leben mit mir im Ausland. Wir wollten dahin, wo uns niemand kannte, Kanada. Dort wollten wir neu anfangen.«

Rasmus keuchte und seine Atmung ging schneller. Was Stieg sagte, entsprach also der Wahrheit.

»Wir hatten eine schwierige Phase, das Netzwerk aufzudecken, verlangte uns alles ab«, begann Rasmus, doch Stieg unterbrach ihn.

»Und du hast deine Freundin darüber vergessen. Sie wollte mit mir zusammensein. Immer, wenn du dachtest, sie würde ihre Freundin in Kopenhagen besuchen, war sie in Wahrheit bei mir.«

Ich schnaufte. Es kam einfach aus mir heraus, ohne, dass ich es hätte zurückhalten können.

»Nein, Stine. Nicht in diesem hässlichen Betonklotz.« Stieg hatte meine Gedanken gelesen. Warum war ich für alle wie ein offenes Buch? »Ich habe damals noch in einer wirklich schönen Wohnung in Esbjerg gewohnt. Ohne Beton. Dieses Haus habe ich vor zehn Jahren erbauen lassen, als ich nicht nur meine Frau, sondern auch mein Kind verloren habe.«

»Wieso dein Kind«, knurrte Rasmus. »Und sie war nicht deine Frau.«

»Darf ich?«, fragte Stieg und zeigte auf einen Sekretär an der Wand.

Rasmus nickte und Stieg zog eine Schublade auf, aus der er eine Mappe hervorholte. Er nahm ein Blatt aus der Kladde und hielt es Rasmus vor die Nase.

»Was ist das?«, platzte es aus mir heraus.

»Eine Heiratsurkunde«, zischte Rasmus. »Die hast du gefälscht, Jansen, um mich in die Enge zu treiben.«

»Nein, Rasmus. Sie ist echt«, sagte Stieg mit zunehmend ruhiger werdender Stimme. Er zog etwas Weiteres aus der Mappe, dieses Mal schien es sich um ein Foto zu handeln.

»Freja«, hauchte Rasmus und blickte zwischen Stieg und dem Bild in seiner Hand hin und her.

»Ja, Rasmus«, sagte Stieg. »Sie hatte dir erzählt, dass sie eine Pause brauchte. Du wirst dich erinnern. Eure Beziehung kriselte und ihr wart kurz davor, euch zu trennen. Ich bat Freja, sich noch ein bisschen als deine Freundin auszugeben, bis unser Umzug vonstattengehen konnte. Es sollte alles wasserdicht sein. Erinnerst du dich an die Woche, die sie angeblich bei ihrer Freundin verbringen wollte?«

Rasmus nickte schwach.

»Sie war nicht bei ihrer Freundin. Sie war mit mir in New York. Dort ist das Bild entstanden. Wir haben geheiratet.«

»Das kann nicht sein«, antwortete Rasmus verzweifelt, wohlwissend, dass es doch sein konnte. Alles, was Stieg sagte, klang in meinen Ohren plausibel, auch wenn ich nicht die Einzelheiten kannte.

»In unserer Flitterwoche in New York entstand unser Baby«, sprach Stieg weiter.

»Freja hat dich nach ihrer Rückkehr gefragt, wie du zu Kindern stehst, erinnerst du dich?«

Rasmus nickte abermals.

»Wir wussten nicht, wie schnell wir abreisen konnten. Also musste sie notfalls das Kind als deines ausgeben, bis wir abhauen konnten. Erinnerst du dich auch, was du ihr geantwortet hast?«

»Ich habe es nie vergessen.« Jegliche Souveränität war von Rasmus gewichen. Am liebsten hätte ich ihn in den Arm genommen, aber ich wusste, dass ich nicht Teil dieser Konversation war und auf meinem halbwegs sicheren Platz neben dem Sofa sitzen bleiben sollte.

»Du hast ihr gesagt, dass du keine Kinder willst und sie bloß nicht schwanger werden soll«, redete Stieg weiter.

»Ich weiß.« Rasmus' Stimme nahm einen traurigen Ton an. »Aber eines verstehe ich nicht, Jansen. Warum hast du sie erschossen, wenn du sie geliebt hast?«

Stieg lachte verärgert auf. »Du glaubst, ich war das? Da irrst du dich. Ich hätte dich für einen besseren Bullen gehalten. Ich wollte mich aus dem Netzwerk verabschieden, aber du weißt genauso gut wie ich, dass das nicht so leicht ist. Einmal drin gibt es fast keinen Ausweg mehr. Ich war nur ein kleiner Handlanger, hatte eine Position fast ohne Bedeutung. Ich wollte einfach nur mit Freja und unserem Baby zusammensein und alles hinter mir lassen. Wir waren zu nachsichtig, denn eines abends hatte uns einer meiner Kumpane entdeckt. Er war es, der Freja bei der Razzia erschossen hat. Er wollte mir damit vor Augen führen, zu was das Netzwerk fähig war.«

»Und ihn haben wir erschossen.«

»Ganz richtig. Nachdem er abgedrückt hatte, wurde er von deinen Kollegen erschossen. Somit gab es zwei Tote, wo es keinen bedurft hätte.«

»Scheiße.« Rasmus hielt seine Pistole immer noch auf Stieg gerichtet. »Nimm die Munition aus deiner Waffe, sodass ich es sehen kann. Dann stecke ich meine auch wieder ein.«

Stieg grinste schief und öffnete seine Pistole. »Ist gar nichts drin. Ich halte nicht so viel von den Dingern.«

»Warum habe ich das nicht schon viel eher gewusst, dann hätte ich dir sofort in deine Eier getreten«, sagte ich von meinem Platz neben dem Sofa.

»Mach mit mir, was du willst, Rasmus«, begann Stieg. »Ich habe alles getan, was ich wollte. Ich bitte dich nur, endlich aufzuhören, mir irgendwas anhängen zu wollen. Ich habe bereits alles verloren. Buchte mich ein, knall mich ab, was auch immer.« Stieg setzte sich auf das Sofa und sah so zerbrechlich aus. Er wirkte wie ein anderer Mensch.

Langsam ließ Rasmus seine Hand sinken und steckte seine Pistole zurück in das Holster.

Mit zwei schnellen Schritten überwand er die Distanz zwischen uns und half mir hoch.

»Ist alles ok bei dir? Bist du verletzt?«, fragte er besorgt und legte seinen Arm um mich.

»Mir geht es gut«, nickte ich.

»Was hast du jetzt vor?«, fragte Stieg von seinem Platz auf dem Sofa. »Soll ich mit dir kommen und du buchtest mich ein?«

»Wieviel hast du noch mit dem Netzwerk zu tun?«, wollte Rasmus stattdessen wissen.

»Es gibt kein Netzwerk mehr, das solltest du doch am besten wissen. Nachdem Freja und Wilm damals starben, war es den Bossen zu heikel. Sie hatten zu viel Aufmerksamkeit, die sie nicht wollten. Deswegen hat es sich mehr oder weniger zerschlagen. Einige sind in die arabischen Emirate abgehauen. Wahrscheinlich verticken sie da eine Menge Öl. Ich habe mich von allem losgesagt.«

»Warum bist du dann noch hier?«, fragte Rasmus.

»Weil ich sichergehen wollte, dass du mir nicht weiter nachspionierst.«

Dass das Ganze eine solche Wendung nehmen würde, hätte ich im Leben nicht vermutet. Ich kuschelte mich an Rasmus' starken Körper und fühlte mich sicher und geborgen. Er gab mir einen Kuss auf den Scheitel. »Du trägst ja die Spange«, stellte er lächelnd fest.

»Natürlich. Sie ist wunderschön.«

»Darf ich die beiden Turteltauben kurz stören?« Stieg räusperte sich. »Was ist denn jetzt?«

»Willst du immer noch nach Kanada?«, fragte Rasmus ihn, was er mit einem Nicken quittierte.

»Dann geh. Ich bin der Einzige, der hinter dir her war. Die Akte hängt seit zehn Jahren in den Archiven und ist geschlossen. Niemand wird dich aufhalten.«

Erstaunt blickte Stieg auf. »Warum tust du das für mich?«

»Ich tue es nicht für dich, sondern für Freja. Das bin ich ihr schuldig.«

Ich drückte Rasmus einen Kuss auf die Wange. »Du bist ein Schatz!«

Stieg erhob sich vom Sofa. »Du bist schwer in Ordnung, Kirkegård.«

»Lass uns gehen«, raunte Rasmus mir ins Ohr. Zustimmend nickte ich und wir waren bereits auf dem Weg in den Flur, gefolgt von Stieg.

»Stine«, begann er. »Es tut mir so leid, wie ich mich eben dir gegenüber benommen habe. Ich hatte keine andere Wahl, wenn ich Rasmus dazu bringen wollte, mir zuzuhören und aufzuhören, mich zu verfolgen.«

Vor wenigen Minuten hätte ich meine Faust nur zu gerne in sein Gesicht gehauen, aber mit jedem Satz, den er eben gesagt und sich erklärt hatte, war mein Groll gemildert worden. Stieg war auch nur ein Mann, dem das Leben übel mitgespielt hatte.

»Schon ok wäre vielleicht zu viel des Guten, aber du wirst keinen Tritt in deine Weichteile dafür bekommen.«

»Sehr gnädig von dir«, grinste er. »Warte, dein Handy. Ich hole es schnell.« Er drehte sich um und eilte zurück in den Wohnbereich.

Rasmus ließ mich keine Sekunde los und wir gingen langsam den Flur entlang in den Eingangsbereich.

»Ein hässliches Haus, oder?«, flüsterte ich ihm zu und er lächelte schief.

»Das kannst du laut sagen.«

»Lieber nicht, es hallt alles so furchtbar von den Wänden zurück.«

Schnelle Schritte kamen den Flug entlang gelaufen, Rasmus schubste mich wieder zur Seite und stellte sich schützend vor mich.

»Beruhig dich, Kirkegård. Ich habe mich nur beeilt.« Sofort entspannte Rasmus sich wieder und zog mich an sich. »Berufskrankheit«, zuckte er mit den Schultern.

Ich nahm mein Handy entgegen.

»Danke, Stieg. Dann leb wohl. Ich hoffe, du wirst ein schönes Leben in Kanada führen.«

»Ich danke dir, Stine.« Er lächelte mich an und wirkte nicht mehr undurchdringlich wie bei unserem ersten Aufeinandertreffen. Fast wäre er mir sympathisch gewesen.

»Und du, Rasmus. Pass bloß gut auf Stine auf, sonst überlege ich mir das mit Kanada nochmal.« Er streckte Rasmus seine Hand entgegen. Nach kurzem Zögern ergriff er sie.

»Mache ich. Und jetzt verlass das Land.« Sie schüttelten sich die Hände und aus zwei Erzfeinden waren zwei Männer geworden, die eine tiefere Verbindung zueinander hatten, als sie je für möglich gehalten hatten.

Stieg öffnete uns die Haustür.

»Macht's gut«, sagte er zum Abschied.

Wir gingen die Stufen nach draußen und selten war ich so froh, von der Sonne geblendet zu werden. Rasmus öffnete mir die Beifahrertür der schwarzen Limousine. »Kein Streifenwagen?«, fragte ich.

»Zivilauto. Aber bestens ausgestattet«, antwortete er. Kurz bevor ich einstieg, hielt ich inne.

»Sag mal, Stieg. Wolltest du wirklich meine Bilder kaufen?«

»Ähm, nein«, sagte er und wirkte ein wenig zerknirscht. »Ich brauchte aber etwas, um dich zu locken und Rasmus hierhin zubekommen.«

»Aber da waren wir doch noch gar nicht zusammen«, wandte ich verwundert ein.

»Nicht nur Rasmus spioniert anderen nach, auch ich habe es getan«, grinste er beinahe entschuldigend. »Ich habe wohl etwas eher gesehen, was da zwischen euch ist, bevor ihr es wusstet.«

»Ich wusste es schon immer«, meldete sich Rasmus zu Wort und ich klapste ihm liebevoll auf den Arm. »Ich brauche manchmal eben etwas länger.« Ich gab ihm einen Kuss und hatte bereits den ersten Fuß im Inneren des Autos.

»Noch was, Stieg«, wandte ich mich ihm nochmal zu. »Wolltest du wirklich mit mir schlafen?«

Er lachte laut auf. »Nein, Stine. Aber du machst es einem so leicht, dich auf die Palme zu bringen. Den Spaß musstest du mir gönnen. Verzeih mir bitte.«

Auch Rasmus begann zu grinsen und ich konnte nicht anders, als in das Lachen einzustimmen.

»Weißt du was, Stieg? Manchmal entpuppen sich die größten Arschlöcher als echt nette Kerle.« Mit diesen Worten und einem zufriedenen Grinsen auf dem Gesicht nahm ich auf dem Sitz Platz. Rasmus schloss meine Tür und ging um die Front des Autos herum. Er nickte ihm zu und setzte sich neben mich.

»Bereit?«, fragte er und startete den Motor.

»Bereit«, nickte ich. Wir fuhren vom Hof und ich warf über den Seitenspiegel einen letzten Blick auf Stieg, der noch immer vor der Haustür stand, wohl wissend, dass ich weder ihn noch den Betonklotz je wieder sehen würde.

KAPITEL 19

»Ist das gerade alles wirklich passiert?«, fragte ich und übertönte damit das Motorengeräusch. Wir hatten gerade das Waldstück hinter uns gelassen und Rasmus setzte den Blinker.

Er sagte nichts, aber seine Hände griffen immer wieder um das Lenkrad und schienen nicht stillhalten zu können. Wir fuhren Richtung Tideborg, doch plötzlich lenkte Rasmus den Wagen und fuhr in die entgegengesetzte Richtung.

»Wohin fahren wir?«, wollte ich wissen.

»Ich möchte mit dir alleine sein.« Seine Stimme brach.

Wir fuhren Richtung Norden und nach zehn Minuten steuerte Rasmus einen schmalen, mit Kieselsteinen versehenen Weg an, der durch die Dünen führte. Nach einigen weiteren hundert Metern parkte er die Limousine am Straßenrand.

Er stieg aus und eilte auf meine Seite.

»Komm«, streckte er mir seine Hand entgegen, die ich liebend gerne ergriff. »Lass uns ein bisschen gehen.«

Unsere Hände fest ineinander verschlungen, gingen wir den schmalen Weg durch die Dünen, bis sich der weitläufige Strand vor uns ausbreitete.

»Wie spät ist es eigenlich?«, wollte ich wissen. Durch die ganze Aufregung und die Anspannung, die Besitz von mir ergriffen hatte,

hatte ich jegliches Zeitgefühl verloren.

»Gleich zwei Uhr«, sagte Rasmus.

Schweigend gingen wir weiter, bis wir das Ufer erreicht hatten. Ich trat aus meinen Schuhen und schon schwappte die erste seichte Welle über meine nackten Füße. Die Sonne schaffte es nur ab und zu, sich einen Weg durch die Wolken zu bahnen, dennoch hätte dieser Moment nicht schöner sein können.

Rasmus kickte sich ebenfalls seine Schuhe von den Füßen und drehte sich zu mir. Vorsichtig griff er nach dem Schmetterling, der auf meinem Kopf klemmte.

»Die Spange steht dir gut«, hauchte er.

»Weinst du etwa?« Ich legte eine Hand an seine Wange, was ihn dazu veranlasste, noch mehr Tränen zu vergießen.

Er nickte. »Ich kann nicht anders.«

»Das ist okay.« Ich legte meine zweite Hand an seine andere Wange und hielt sein Gesicht fest.

»Ich hatte solche Angst um dich, Stine. Ich dachte, ich würde dich verlieren.«

»Es ist ja nochmal alles gut gegangen«, versuchte ich munter zu klingen, konnte aber nicht verstecken, dass auch ich große Angst gehabt hatte. »Die Waffe war ja nicht mal geladen.«

»Zum Glück. Aber ich habe schon viel früher Angst gehabt, alles verloren zu haben.«

»Was meinst du?«, fragte ich, doch Rasmus legte seinen Zeigefinger auf meine Lippen. »Sch. Ich möchte dir etwas sagen.«

Ich nickte auffordernd.

»Es war der größte Fehler, dich auf dem Flugplatz stehen zu lassen, Stine. Ich habe dich gar nicht verdient. So viel Liebe und Wärme, wie du mir entgegenbringst. Und du hattest recht. Wo es Liebe regnet, braucht man keinen Schirm. Ich habe meinen aber immer schützend über mich gehalten. Ich wollte mich abschotten vor dem Leben und vor allen Leuten um mich herum, am meisten vor dir, weil du die Einzige warst, die zu mir durchdringen konnte. Du wolltest meinen Schirm einfach wegwerfen.

Ich war so in meinen Gefühlen von damals gefangen. Am schlimmsten waren die Schuldgefühle, die mich immer wieder geplagt haben.«

»Weil du Freja nicht hast retten können?«, warf ich ein.

»Nein«, schüttelte er bedauernd den Kopf. »Stieg hatte recht mit dem, was er gesagt hat. Unsere Beziehung war kurz vorm Scheitern. Wir hatten uns immer mehr gestritten und nicht nur einmal hatte ich das Gefühl, Freja hätte jemand anderen kennengelernt … was ja auch stimmte, wie ich jetzt weiß.«

»Mach dir keine Vorwürfe«, versuchte ich, ihn zu besänftigen.

»Nicht wegen Freja, sondern wegen dem, was danach geschah. Wir haben tatsächlich über Kinder gesprochen. Wir waren noch so jung, Anfang zwanzig, und ich konnte mir nicht vorstellen, Vater zu werden. Ich habe Freja gesagt, dass ich nicht bereit für Kinder bin. Nachdem sie starb und ich erfahren hatte, dass sie schwanger war, war ich nicht nur traurig um ihr Leben, sondern da war noch etwas anderes.«

»Du warst traurig wegen des Babys, das du verloren hattest?«, fragte ich und biss mir im selben Moment auf die Zunge. Es war ja gar nicht seins, wie wir jetzt wussten.

»Nein.« Traurig ließ er die Schultern hängen. »Ich war erleichtert. Erleichtert, dass ich doch nicht so schnell Vater werden würde. Hältst du mich für einen schlechten Menschen?«

»Nein, Rasmus. Ich halte dich für den besten Menschen. Ich weiß, dass du dich um das Kind gekümmert hättest, wenn Freja es bekommen hätte.«

»Das hätte ich.«

»Und wie fühlst du dich jetzt, wo du erfahren hast, dass es nicht deins, sondern Stiegs Kind war?«

»Befreit«, sagte er. »Klingt das komisch?«

»Finde ich nicht, nein.« Ich ließ meine Hände von seinen Wangen sinken, verhakte meine Finger mit seinen und zog ihn mit mir am Strand entlang. Wir hatten Glück. Der Strand war menschenleer und es war, als rauschte das Meer nur für uns.

»Endlich verstehe ich, was geschehen ist, warum sich Freja damals so merkwürdig verhalten hat. Auch wenn es verrückt klingt, aber ich muss Stieg danken. Er hat mir meine Schuldgefühle genommen. All die Knoten, die sich in meine Gedanken gewoben hatten, sind befreit. Er hat mir verdeutlicht, was wirklich wichtig ist.«

»Und was ist das?«, fragte ich und mein Herz klopfte plötzlich wie wild hinter meinem Brustkorb.

»Du, Stine. Du bist das Wichtigste für mich. Ich möchte nicht einen Tag mehr ohne dich sein. Ich möchte mit dir verrückte Dinge tun, Spaß haben, ich möchte dich lieben und ich verspreche dir, ich werde dich nie wieder im Stich lassen.«

»Oh, Rasmus«, schniefte ich. »Ich li...« Mein Handy bimmelte in meiner Hosentasche und ich schreckte zusammen. Es dauerte wohl noch eine Weile, bis sich der Schreck dieses Tages gelegt haben würde.

»Moment«, grinste ich und zog mein Handy hervor. »Komisch, die Nummer kenne ich gar nicht.« Dennoch nahm ich den Anruf entgegen.

»Spreche ich mit Stine Wagner?«, fragte eine freundliche Frauenstimme.

»Äh, ja.«

»Hier ist Grit Hansen, Firma Hansen. Ich habe einen Auftrag vorliegen für den Einsatz einer Terrassentür. Man sagte mir, es sei dringend. Wenn du magst, schicke ich meine Männer jetzt los, dann schauen sie sich noch heute die defekte Tür an.«

»Danke, das wäre prima, Grit. Vielen Dank.«

Kopfschüttelnd legte ich auf.

»Wer war das?«, wollte Rasmus wissen.

»Stieg hat anscheinend jemanden beauftragt, der meine Terrassentür repariert.«

»Er ist gar nicht so verkehrt, wie ich dachte«, fand Rasmus.

»Finde ich auch.«

Wir gingen noch lange am Strand spazieren. Rasmus erzählte

mir in allen Einzelheiten, was er in Kopenhagen geplant hatte und wie er Stieg auf die Schliche kommen wollte. Je mehr er darüber sprach, desto entspannter schien er zu werden und ich war mir sicher, dass er bald mit dem Thema abschließen konnte. Ich berichtete ihm meinerseits, was in mir vorging, als ich ihn und Marlies zusammen gesehen hatte und dass Marlies sich bei mir entschuldigt hatte. Wenn ich mich nicht verguckt hatte, freute er sich sogar ein klein wenig über meine Eifersucht.

Der Himmel verdunkelte sich zusehends und der Wind wurde stärker.

»Es wird wohl bald regnen«, sagte ich mit dem Blick nach oben. »Wollen wir zurückgehen? Wir haben keinen Regenschirm mitgenommen.«

Die ersten Tropfen platschten auf uns. Erst wenige, dann immer mehr, bis steter Regen auf uns niederprasselte.

»Wir brauchen keinen Schirm. Eine weise Lady hat mir mal gesagt, wenn es Liebe regnet, braucht man keinen Schirm«, sagte Rasmus und strahlte dabei. Er stellte sich dicht vor mich und nahm mein Gesicht in beide Hände.

»Ich wollte dir eben noch etwas sagen, aber dein Handy hat mich unterbrochen.«

»Ja?«, hauchte ich.

»Ich liebe dich, Stine. Ich liebe dich so sehr!«

Da waren die Worte, auf die ich so lange gewartet hatte und sie aus seinem Mund zu hören war noch viel schöner, als ich es mir vorgestellt hatte.

»Ich liebe dich auch, Rasmus.« Unsere Lippen trafen sich und wir verschmolzen zu einer Einheit. Der Regen prasselte unaufhörlich auf uns nieder, aber es stimmte: Wer brauchte schon einen Schirm?

ENDE

EPILOG

»Mach es doch nicht so spannend«, lachte ich. Rasmus verdeckte mir mit seinen Händen die Sicht und wir taumelten durch sein Wohnzimmer. Er wollte mir eine Kleinigkeit zeigen, und hatte mich eben von meiner neuesten Arbeit im Atelier weggeholt.

Der Herbst näherte sich mit großen Schritten und ich war gerade dabei, die Schaumkronen auf den Wellen auf meiner Leinwand zu verewigen, als Rasmus hinter mir gestanden hatte.

Er hatte bereits seit Wochen einen Schlüssel zu meinem Haus. Genauso oft, wie er bei mir war, verbrachten wir die Zeit bei ihm. Bald würden wir uns darüber unterhalten, bei wem wir wohnen wollten, ich hatte nämlich keine Lust mehr darauf, mir immer zu überlegen, wo ich meine Haarreifen oder sonstige Klamotten gelassen hatte.

»Gleich haben wir es geschafft«, raunte er mir tief ans Ohr und eine Gänsehaut überzog meinen Körper. Am liebsten wäre ich in sein Schlafzimmer marschiert, den Weg fand ich auch mit verdeckten Augen, aber ich war zu neugierig, was Rasmus vorbereitet hatte.

»Bereit?«, fragte er und stand dicht hinter mir.

»Und wie«, lachte ich.

Als Rasmus seine Hände von meinen Augen nahm, blickte ich in viele Gesichter.

»Überraschung!«, riefen sie im Chor. Anni und Magnus lachten mir von der Terrasse entgegen, Fina und Bella saßen an ihren Füßen. Fina fiepte aufgeregt, es fiel ihr immer erstaunlich schwer, auf einem Platz zu bleiben.

»Oh Hallo, wie schön, dass ihr hier seid.« Ich freute mich, meine Schwester und Magnus zu sehen. Ich drückte die beiden nacheinander an mich.

»Wie schön, dass du sie eingeladen hast. Danke Rasmus.«

»Du glaubst doch nicht, dass das deine Überraschung war«, grinste er schelmisch.

»Naja, ich sehe sie fast jeden Tag, aber ...«

»Nichts aber«, lachte er. »Komm, ich möchte dir etwas zeigen.

Er nahm mich an die Hand und ich folgte ihm über den Rasen. Inmitten des Gartens thronte wie eh und je die große Buche, doch etwas war anders.

»Oh.« Ich blieb stehen.

»Habe ich deine Zeichnung richtig gedeutet?«

»Und ob.«

Einmal rund um den Baum herum stand eine hölzerne Rundbank. Genauso, wie ich sie auf der Skizze versehen hatte, als ich mit Mads den Garten umgestaltet hatte. Sie bildete den perfekten Mittelpunkt des Gartens. Als ich ihn zum ersten Mal betreten hatte, hatte ich die Größe der Buche gespürt und hatte mich auf einer Bank unter dem Baum sitzen und malen sehen.

»Rasmus, die Bank ist perfekt.«

»Gefällt sie dir?«

»Oh ja, sie ist wunderschön. Hast du sie gebaut?«

»Mit Magnus' Hilfe«, strahlte er. Ich schaute mich um. Magnus und Anni gesellten sich zu uns.

»Vielen Dank für deine Hilfe, Magnus.« Ich drückte ihn an mich. »Gerne. Aber das meiste hat Rasmus gemacht, ich war nur sein Handlanger.«

»Wo ist denn mein Handy? Ich muss unbedingt ein Foto machen und es Mads schicken. Der wird Augen machen.«

Ich tastete in meinen Hosentaschen nach meinem Telefon, doch da war nichts. »Mist, ich habe es bestimmt im Atelier liegen lassen.«

»Dann nimm doch meins.« Rasmus zog sein Handy aus seiner Hosentasche. »Setz dich doch mal auf die Bank und ich schieße ein Foto von dir, das wir dann Mads schicken«, sagte er und grinste dabei wie ein kleiner Junge.

»Gute Idee.« Ich setzte mich auf die Bank und lächelte in die Kamera. Nicht nur Rasmus, sondern auch Anni und Magnus schauten komisch und fingen zu lachen an.

»Was ist denn?«, wollte ich wissen. »Habe ich etwas im Gesicht?«

»Nein, nein«, sagte Anni und prustete erneut los.

»Zeig mir mal das Bild.« Ich nahm Rasmus sein Handy aus der Hand und betrachtete es. Abrupt ließ ich das Telefon sinken und schaute auf die Stelle, an der ich eben noch gesessen hatte, dann erneut auf das Bild.

»Das kann doch nicht sein. Spinne ich so langsam?«

Wieder brachen die anderen in Gelächter aus.

»Nein, Süße. Natürlich spinnst du nicht. Komm.« Rasmus nahm meine Hand und führte mich um den dicken Baumstamm herum auf die andere Seite, auf der niemand anderes breit grinsend saß als Mads.

»Du bist es«, kreischte ich und warf mich ihm in die Arme. »Hej Stine. Überraschung«, grinste er.

»Ihr wusstet alle Bescheid?«, fragte ich in die Runde.

»Jap«, grinste Rasmus und ließ seine Hände lässig in die Hosentaschen gleiten.

»Ich fass es nicht. Das ist der Wahnsinn.«

Anni kam wie aus dem Nichts mit einem Tablett zurück, auf dem Sektgläser schwankten. Wir stießen an, lachten und feierten diesen perfekten Tag, der keinen besonderen Anlass brauchte. Wir hoben unsere Gläser auf die Freundschaft, die Liebe und die Familie, denn das war alles, was wir brauchten.

Zwischen all dem Gelächter und der ausgelassenen Stimmung

zog Rasmus mich beiseite.

»Eine Kleinigkeit habe ich noch.«

Wir gingen einige Schritte, bis die Stimmen der anderen leiser wurden.

Rasmus griff in seine Hosentasche und zog ein zusammengefaltetes Stück Pappe auseinander.

»Was ist das?« Vorsichtig nahm ich das Papier entgegen.

»Schau es dir an.«

Ich faltete die Pappe auseinander und hielt eine Postkarte aus Little Buffalo, Kanada in den Händen.

Danke für alles. S.

»Stieg.«

»Ja, er hat es geschafft. Er ist dort angekommen, wo er immer hinwollte. Zwar ist er nicht mit Freja dort, aber ich bin mir sicher, er wird sich dort ein neues Leben aufbauen.«

»Ich wünsche es ihm.« Ich wendete die Postkarte wieder. »Er hat gar keinen Absender darauf geschrieben. Wir können ihm nicht antworten.« Zu gerne hätte ich gewusst, wie es ihm in Kanada ging.

»Das müssen wir auch nicht«, sagte Rasmus ruhig. »Es geht ihm gut, sonst hätte er nicht geschrieben. Vielleicht ist es gut, die Dinge zu belassen, wie sie sind.«

Zögerlich nickte ich. »Wahrscheinlich hast du recht. Er ist an dem Ort, an dem er sich immer gewünscht hat, zu sein.«

Ich faltete die Postkarte wieder zusammen und ließ sie in meiner Hosentasche verschwinden.

Rasmus griff meine Hand. »Nicht nur Stieg ist an dem Ort, an dem er immer sein wollte.«

Ich hielt die Luft an. »Nein?«, piepste ich aufgeregt.

»Nein«, lachte er tief und erschütterte mich dabei tief in meinem Inneren. »Auch ich bin da, wo ich immer sein wollte. Hier bei dir.«

Unsere Lippen verschmolzen zu einem innigen Kuss.

»Hej, ihr beiden. Knutschen könnt ihr später genug«, rief Magnus. »Anni hat die Piñata aufgehängt, das dürft ihr euch nicht entgehen lassen.«

Lachend liefen wir über den Rasen und gesellten uns zu den anderen. Die Schmetterlingsspange wippte bei jedem Schritt auf meinem Kopf, als wolle der kleine Schmetterling jeden Moment losflattern. Ja, auch ich war an dem Ort, an dem ich immer sein wollte.

DANKSAGUNG

Wow, einfach wow! Wie kann ich in Worte fassen, was nach der Veröffentlichung meines Debütromans ***Das kleine Strandhaus am Meer*** passiert ist? Eure lieben, herzerwärmenden und berührenden Worte zu Annis und Magnus' Geschichte fühlten sich wie ein warmer Sommerregen an. Ich bedanke mich von ganzem Herzen bei euch für eure Unterstützung, das eifrige Teilen in den sozialen Medien, um das Strandhaus in die Welt zu tragen, euer Feedback und den spannenden, produktiven und tollen Austausch mit euch.

Darum war es mir ein Herzensprojekt, euch noch einmal nach Tideborg zu entführen und ich hoffe, dass auch Stine und Rasmus euch wunderschöne Lesestunden beschert haben.

Ein besonderer Dank gilt meiner Lektorin Anja Koser, die auch die verstecktesten Fehler und Ungereimtheiten aufgespürt hat.

Ebenso von Herzen danke ich Anja von BuchAuszeit (www.buchauszeit.de, ihr findet sie und ihre tollen Rezensionen aber auch auf Instagram und Facebook), die diesen Roman vorab gelesen, den Rotstift geschwungen und mir ihr produktives Feedback gegeben hat.

Liebe LeserInnen, ich wünsche euch viele kleine Glücksmomente und wenn es Liebe regnet, nehmt eure Schirme und schmeißt sie weg. Ihr braucht sie nicht.

Herzlichst, Eure Sina Junker

Das kleine Strandhaus am Meer

von Sina Junker

Ein herzerwärmender Sommerroman über Liebe, Freundschaft und die traumhafte Atmosphäre der malerischen Nordseeküste Dänemarks

Nachdem Anni ihren Freund in flagranti erwischt hat, hält sie nichts mehr in Hamburg und sie flüchtet mit ihrer Hündin an den Ort, den sie zusammen mit der Vergangenheit hinter sich lassen wollte:
Tideborg an der dänischen Nordseeküste.

Im Strandhaus ihrer Schwester Stine möchte sie eigentlich nur zur Ruhe kommen.
Unter keinen Umständen will sie ihrer Jugendliebe Magnus begegnen, dem Mann, der ihr einst das Herz gebrochen hat. Und das nicht nur einmal.
Doch wie das Schicksal es will, trifft Anni schon kurz nach ihrer Ankunft auf ihn.
Anni ist sich sicher, dieses Mal nicht Kopf und Herz zu verlieren.

Doch sie hat die Rechnung ohne die Magie der Dünen, des Meeres und der rauen Nordsee gemacht.

Als eBook und Taschenbuch erhältlich.

Du möchtest keine meiner zukünftigen Veröffentlichungen verpassen? Dann schaue auf meine Homepage www.sinajunker.de und folge mir auf meinen Kanälen:

Instagram:
www.instagram.com/sina_junker
Facebook:
www.facebook.com/SinaJunker.Autorin

Oder schreibe mir doch gerne eine E-Mail:
sinajunker.autorin@gmx.de